신이 되려 한 남자

신이 되려 한 남자

김교협 지음

보이지 않고 행사하지 않는 신은 죽은 신이다.

생각나눔

미
지
의　남
자

미지의 남자

에밀리는 오늘 남자친구에게 이별을 통보하기 위해 브로드웨이 42번가에 있는 만남의 장소로 가고 있었다. 그러나 만남의 장소가 가까워지자 그녀는 차츰 불안해지기 시작했다. 이유는 아이러니했다. 그녀의 남자친구가 그녀의 이성적인 결정을 무력화시켜 버릴 만큼 충분히 매력적인 남자였던 것이다.

에밀리는 타임스퀘어를 지나 브로드웨이로 접어들면서 스스로에게 질문해 보았다. 내가 과연 그 남자와 마주 앉아 그 남자의 눈을 바라보면서 헤어지자고 말할 수 있을까? 자신 없음, 혹은 실패할 것이라는 내면의 답이 나왔다. 그녀는 입술을 깨물었다. 안 돼. 지금 와서 고심 끝에 내린 이성적 결정을 번복할 수는 없어. 그건 나답지 않아.

에밀리는 갑자기 걸음을 재촉하여 브로드웨이 42번가 2층에 있는 카페 '세오파니아'의 문을 밀고 들어갔다.

"여기야, 에밀리!"

창가에 앉아 있던 남자가 에밀리를 향해 손을 흔들었다.

에밀리는 입술을 꼭 다문 채 남자를 향해 또박또박 걸어가 남자의 앞자리에 앉았다.

"에밀리, 왜 거기 앉는 거야? 이리 와."

남자가 자신의 옆자리를 검지로 가리켰다.

"아냐. 나 오늘만큼은 진지해지고 싶어."

에밀리는 남자의 시선을 피하며 결연한 표정을 지었다.

"뭐야! 그 표정. 마치 헤어지자는 말이라도 할 분위긴데…."

"맞아. 나 오늘 스테판 씨한테 이별 통보하려고 여기 왔어."

"갑자기 왜 그러는 거야? 에밀리."

"갑자기가 아니야. 나 많이 생각했어."

"얼씨구! 그래, 이유가 뭐야?"

"다음 주에 남편이 돌아와. 나… 가정과 직장, 스테판과의 교제, 세 가지를 다 해낼 자신이 없어. 그래서…."

"남편이 있었단 얘기네. 남편이 장기 출장에서 돌아오는 거야? 아님 외국에 배낭여행이라도 갔었나?"

스테판이 빈정거리는 투로 말했다.

"거 봐! 스테판은 내게 전혀 관심 없었던 거잖아. 우린 단지 섹스 파트너에 불과했어."

"그렇지 않아, 에밀리. 에밀리는 내게 아주 중요한 사람이야."

스테판이 정색을 하며 말했다.

"거짓말. 자신의 신분도 감추고 있으면서…."

"그건 사업상의 이유 때문이라고 미리 양해를 구했을 텐데…?"

"스테판은 모든 게 그런 식이었어. 뭘 물으면 너무 깊게 알려고 들지 마, 이러고. 솔직히 난 스테판에 대해서 아는 게 너무 없어. 내가 아는 거라곤 이름과 휴대폰 번호뿐이야. 난 스테판의 출신도 직업도 주소도 나이도 몰라. 때때로 '제이미 스테판'이라는 그 이름조차도 가명일지 모른다는 생각이 들 때가 다 있어."

"미안해 에밀리. 조금만 기다려 줘. 일이 해결되고 나면 나에 대한 모든 것을 에밀리에게 오픈할 거야."

"이젠 알고 싶지도 않아. 단순한 섹스 파트너에 불과한 우리가 그런 거 알아서 뭐 해?"

"그렇지 않다고 했잖아. 에밀리는 내게 아주 중요한 사람이란 말이야."

"거짓말. 이제 더는 안 속아."

에밀리는 핸드백을 손으로 집어 당기며 여차하면 일어설 태세를 취했다.

"그러지 마, 에밀리. 에밀리는 나를 위해 조만간 중요한 미션을 수행하게 될 거야."

"미션이라고? 흥. 그게 뭔데?"

"오! 사랑스러운 나의 에밀리. 그런 걸 미리 알아버리면 재미가 없잖아."

스테판은 어느새 자리를 이동해 에밀리 옆에 앉더니 한쪽 팔을 그녀의 어깨 위에 부드럽게 얹었다. '미션'이라는 말이 주는 의미의 특별함 때문이었을까? 에밀리는 스테판의 팔을 뿌리칠 타이밍을 놓쳐버렸고, 그사이 스테판은 그녀의 귀밑 볼에 자신의 향기가 실린 입김을 호 불었다. 그 남자만의 특수한 향기가 전해지자 에밀리의 몸이 반응하기 시작했고, 그녀의 이성은 백기를 들었다.

　에밀리가 타임스퀘어 인근 호텔 지하 주차장에 주차한 후 밖으로 나왔을 때 폰이 울렸다. 에밀리는 스테판을 예상하며 폰을 열었지만, 남편에게서 걸려 온 국제전화였다.

"여보세요."

"오! 마이 다알링~!"

폰을 통해 전해지는 남편의 목소리에서 사막의 열기가 후끈 느껴졌다.

"무슨 일이세요? 거긴 지금 밤중일 텐데….."

"여보, 여긴 지금 새벽 2시 17분이야. 나 지금 타슈켄트 시내 호텔에 있어."

"글쎄, 무슨 일이냐니까요?"

"무슨 일은? 곧 당신을 만날 생각을 하니 통 잠이 오질 않아서 전화한 거야."

"어머! 당신답지 않게 웬 감상이야."

"여보. 지금 뭐 하고 있어?"

"뭐 하긴요. 일하지."

"당신, 동영상 본 소감은 어때?"

"아직 열어 보지 못했어요. 오늘 너무 바빠서….."

"뭐! 그렇게 바빠?"

"네. 지금도 변호사 심부름으로 사건 의뢰인에게 서류 전달하러 가는 중이에요."

"아무리 바빠도 그렇지. 당신은 남편이 하는 일에 별 관심이 없나 보네."

"아뇨. 당신이 엄청난 일을 해냈다는 거 이미 알고 있어요."

"동영상도 보지 않았다면서 그걸 어떻게 알아?"

"고고학계의 획기적인 뉴스. 고고학계의 거장 리암 폴딩 박사가 이끄는 컬럼비아대학 중앙아시아 탐사팀의 쾌거. 인간 미라 화석 발견. 중앙아시아의 모래사막에서 발굴한 역사상 가장 오래된 고대 도시의 흔적. 그 신비의 베일이 곧 벗겨질 전망. 그 뉴스는 벌써 전파를 탔다고요."

"벌써? 내가 지구촌 시대에 살고 있다는 게 실감 나는군."

"귀국 일정은 잡혔어요?"

"뉴욕 시간으로 13일 오후 3시 10분에 케네디공항 도착 예정이야."

"알았어요, 폴과 함께 공항에 마중 나갈게요. 나중에 통화해요."

"아냐. 그럴 필요 없어. 우리는 팀으로 움직일 거고, 대학으로 가서 몇 가지 행사에 참여한 후에 해산할 거야. 그냥 집에서 봐."

"알았어요. 그럼 끊어요."

"당신, 정말 많이 바쁜가 보네."

"그렇다니까요. 이만…"

뚝.

에밀리는 걸음을 재촉했다. 차가 밀리는 바람에 스테판과의 약속

시간이 촉박했던 것이다.

에밀리는 가쁜 숨을 몰아쉬며 카페 '세오파니아'의 문을 밀고 들어갔다. 그런데 스테판이 보이지 않았다. 늘 그가 앉아 있던 자리에는 다른 커플이 앉아 있었고, 홀을 아무리 둘러봐도 스테판의 모습은 보이지 않았다. 순간 에밀리가 스테판에게 가졌던 환상 하나가 깨졌다. 난 여자를 기다리게 하지 않아. 에밀리가 나를 원할 때 난 항상 그곳에 있을 거야. 언젠가 스테판이 말했을 때 에밀리는 감동했다. 시간관념이 철저한 남자. 귀가 시간이 되면 쿨 하게 여자를 풀어 주는 남자. 스테판이 에밀리에게 심어 준 이러한 이미지는 오로지 성만을 매개로 한 이 만남을 한 달간 지속시켜 준 한 요인이기도 했다.

에밀리는 순간적으로 실망했지만, 스테판에게 피치 못할 사정이 있었을지 모른다는 생각이 다시 들었다. 에밀리는 홀 입구에 선 채로 스테판에게 전화를 걸었다. 평소와 달리 신호음이 끊어질 것만 같다가 간신히 연결됐다.

"여보세요. 스테판?"

"오! 에밀리. 나야."

스테판의 목소리는 지구 반대편 수천 미터 지하에서 들려오는 것처럼 가물거렸을 뿐만 아니라 어떤 파동에 흔들리는 것처럼 느껴졌다.

"스테판, 나 세오파니아에 와 있는데, 지금 어디야?"

"미안, 에밀리. 오늘 약속은 취소해야겠어. 나 지금 멀리 있거든."

"뭐야! 다섯 시 반에 만나자고 자기가 전화해 놓고선…."

"에밀리, 난 사업가야. 때때로 예기치 못한 일이 발생하기도 해. 이해해 줘."

"근데 거긴 어디야? 왜 이렇게 감이 멀어요?"

"그런 건 알 필요 없어."

"그럼 내일은 만날 수 있는 거야?"

"미안해, 에밀리. 사정상 당분간은 어려울 것 같아. 일을 해결하고 나서 내가 전화할게."

"아이 김새네. 끊어요."

에밀리는 전화를 끊고 그냥 나갈까 하다가 카운터로 가서 아메리카노를 주문한 후 적당한 곳에 자리를 잡고 앉았다.

스테판을 생각하면서 살짝 달아 있던 에밀리의 몸은 이미 싸늘히 식어 있었다. 에밀리는 커피를 조금씩 마시면서 속으로 중얼거렸다. 끝났어. 끝난 거야. 그렇게 성적인 매력이 탁월한 남자가 어디 간들 여자가 없겠어. 어쩌면 오늘 중으로 또 다른 여자를 유혹해 자신의 성적인 매력을 증명하겠지. 천하의 바람둥이 같으니라고…. 그래, 차라리 잘된 거야. 그 남잔 어차피 내가 잡아 둘 수 없는 남자였어. 잊자. 내겐 사랑하는 아들과 성실한 남편이 있어. 그래, 잊는 거야. 에밀리는 스마트폰을 열고 연락처 목록에서 '미지의 매력남'으로 입력되어 있던 스테판의 전화번호를 지운 후 커피 한 모금 더 마시고 일어났다.

저녁 7시경, 에밀리가 집으로 돌아왔을 때 아들 폴이 주방에서 뭔가를 하고 있었다.

"폴, 뭐 하는 거니?"

"설거지해, 엄마."

"저녁은 먹었니?"

"응. 미트로프 요리를 해 먹었어."

"너 미트로프 요리할 줄 아니?"

"인터넷에서 미트로프 레시피를 찾아냈어."

"그랬구나!"

"나 잘해, 엄마. 걱정하지 마."

에밀리는 불과 7살짜리 꼬마의 지나친 의젓함에 갑자기 우울해졌다.

"근데 엄마, 오늘도 늦는댔잖아. 왜 이렇게 일찍 들어왔어?"

"갑자기 일이 취소됐어. 폴, 뭐 마실 거 좀 줄래?"

"타트체리랑 레몬주스 있어. 엄마 뭐 마실 거야?"

"레몬주스 주렴."

에밀리가 옷을 갈아입고 나왔을 때, 식탁에 레몬주스 한 잔이 놓여 있었고, 폴은 제 방으로 들어가고 없었다.

에밀리는 식탁에 앉아 레몬주스를 마시면서 자신이 스테판에게 빠져 어린 아들을 너무 방치했으며, 사막에서 1년을 보낸 남편의 전화를 너무 무성의하게 받았다는 자책감에 빠져들었다.

에밀리는 소파에 앉아 낮에 남편이 보내 준 동영상을 열어보았다. 동그라미가 뱅글뱅글 돌더니 구름 한 점 없이 푸르른 중앙아시아의 하늘이 나타났다. 이어서 푸른 하늘이 감기듯 휘어지는가 싶더니 거대한 모래언덕이 화면에 불쑥 떠올랐다. 화면은 모래언덕을 타고 쭉쭉 내려가기 시작했다. 한참을 내려가던 화면이 이윽고 한곳에 정지했다. 정지한 화면에는 깨알같이 작은 까만 점들이 보였다. 화면이 확대되기 시작했고, 마침내 발굴 현장의 모습이 드러났다. 여기저기 산재한 스무 명가량의 사람들은 하나같이 페도라 모자를 쓴 채 엎드려서 바닥을 긁어대고 있었다. 상태가 좋지 않은 듯 화면이 몇 번 번쩍거렸다. 우즈베키스탄 타슈켄트시 티무르 박물관. 자막과 함께 푸른색 돔을 지붕 위에 얹은 원형의 흰색 석조건물이 나타났다. 다시 번개가 치듯 화면이 몇 번 번쩍거렸다. 박물관 앞 광장에 한 무리의 사람들이 모여 있는 화면이 떴다. 컬럼비아대학 중앙아시아 탐사팀 기자회견. 횡으로 길게 이어진 테이블 뒤로 일곱 명이 앉아 있었다. 화면은 이들을 왼쪽에서부터 천천히 비추며 지나갔다. 오른쪽 맨 끝에 앉은 남편 올리버 윌리엄스의 모습도 보였다. 수염을 깎지 않은 남편은 햇빛에 잔뜩 그을린 얼굴에 출국하기 전보다 야윈 듯했다. 화면은 남편을 비춘 후 다시 왼쪽으로 이동하더니 맨 중앙에 앉은, 수염이 무성한 폴딩 박사를 클로즈업했다. 언젠가 남편의 사진에서 본 적이 있는 얼굴이었다. 곧 화면이 바뀌었고, 테이블 앞쪽에 앉아 있던 한 사람의 어깨가 움직이는가 싶더니 불쑥 일어났다.

"우즈베키스탄 국영 방송국 슈크랏 알라바예프 기잡니다. 먼저 지난 1년간 사막에서 보낸 컬럼비아대학 중앙아시아 탐사팀원 모두의 노고에 경의를 표합니다. 폴링 박사님께 질문드리겠습니다. 배포한 자료에 따르면 중앙아시아 킬리쿰 사막에서 역사상 가장 오래된 고대 도시를 발굴했다고 하였는데, 그 정확한 위치와 고대 도시의 규모를 말씀해 주시기 바랍니다."

폴딩 박사가 오른 손바닥으로 무성한 수염을 위에서 아래로 쓸어내린 후 마이크를 집어 들었다.

"저희 팀이 발굴한 고대 도시는 우즈베키스탄 나보이주의 최북단 카자흐스탄과의 국경 지역에 위치해 있습니다. 발굴한 고대 도시의 규모는 반경 1.2마일(약 2km)에 달하는 방대한 규모였습니다."

"고대 도시의 형성 시기를 언제쯤으로 보십니까?

"기원전 4500년에서 4000년 사이로 보고 있습니다."

"한 가지만 더 질문드리겠습니다. 고대 도시에서 6마일(약 10km) 떨어진 암벽 무덤군에서 인간의 미라 화석을 발견했다고 하셨는데, 그 미라 화석이 고대 도시와 어떤 연관이 있는지요? 그리고 인간 미라 화석이 있던 암벽 무덤군이 고대 도시국가의 귀족이나 장군들의 무덤으로 추정된다고 하였는데, 시기적으로 일치한다는 것인가요? 언뜻 이해가 되지 않아서요."

"좋은 질문입니다. 인간 미라 화석은 시기적으로나 내용적으로나 완벽한 고대국가의 것입니다. 확신합니다."

"확신의 근거를 말씀해 주시겠습니까?"

"발굴한 유물에서 채취한 샘플, 반경 내의 화장장 바닥에서 건져 올린 미세 뼛조각과 숯가루 알갱이, 인간 미라 화석에서 채취한 샘플 모두 방사선 탄소 연대 측정을 했습니다. 샘플을 본국 연구소로 공수했고, 모두 시기적으로 비슷하다는 답을 받았습니다. 내용적인 면을 말씀드리자면, 무덤 입구 암벽에 음각된 그림문자와 고대 도시에서 발굴한 제단에 음각된 그림문자가 완전히 일치했습니다."

"그림문자라면 혹시 초기 수메르인들이 사용하던 문자를 말씀하시는 겁니까?"

"초기 수메르인들의 그림문자 형식을 따르고 있었지만, 많이 달랐습니다."

일어선 기자가 앉고 다른 사람이 일어났다.

"뉴델리 주재 CNN 특파원입니다. 무덤에서 인간 미라 화석을 발견했다고 하셨는데, 무덤의 형태는 어땠나요? 또 인간 미라 화석의 상태는 어떠한지 말씀해 주십시오."

폴딩 박사가 멋들어지게 무성한 수염을 다시 손바닥으로 쓸어내리고 오른쪽을 힐끗 돌아본 후 말했다.

"화석에 관한 문제라면 별도의 팀을 꾸려 발굴에 참여한 지질학 전문가 네오 박사께서 답해 줄 겁니다."

폴딩 박사의 소개에 그의 바로 오른쪽에 앉아 있던, 작업복 차림에 페도라 모자를 쓴 남자가 마이크를 집어 들었다.

"네오 박사입니다. 무덤은 동굴 안에 있었습니다. 동굴의 벽면을 파낸 형태였죠. 인간 미라 화석은 20여 기의 무덤 중 한 곳에서 발견했습니다. 그리고 아… 화석의 상태는 아주 좋습니다."

"네오 박사님께 질문 드리겠습니다. 학계의 일반적 상식에 따르면 화석의 형성에 몇십만 년에서 몇백만 년의 시간이 필요하다고 하는데, 아까 폴딩 박사님은 미라 화석과 고대국가의 형성 시기가 비슷하다고 하셨습니다. 그것이 가능하다고 보십니까?"

"예상 가능한 질문을 하시는군요. 일반적으로 화석 형성에 수십만 년에서 수백만 년 이상의 시간이 걸리는 것은 맞습니다. 그러나 그것이 필요조건은 아닙니다. 화석 형성에 보다 중요한 것은 상황 조건입니다. 구성 성분들의 적절한 혼합만 있으면 긴 시간이 필요치 않습니다. 콘크리트 형성 과정을 생각해 보면 이해가 쉬울 겁니다. 분명히 말씀드립니다만 이번에 저희가 발굴한 인간 미라 화석은 완전한 미라 화석은 아닙니다. 미라의 일부가 화석화되었고, 일부는 미라의 상태로 남아 있는 것입니다. 미라의 일부가 화석화되었기 때문에 우리가 그것을 인간 미라 화석이라고 부르는 데는 문제가 없습니다. 아… 그리고 추가 질문이 있을 것 같아 미리 말씀드리자면, 그런 화석이 생겨난 이유는 무덤이 있던 동굴이 석회암 동굴이었기 때문이 아닐까 저희는 그렇게 추정하고 있습니다."

"답변 감사합니다. 그럼 폴딩 박사님, 그 인간 미라 화석의 영상을 볼 수 있을까요? 발굴한 다른 유물이나 유적의 영상도 함께 보여 주시면 더욱 좋겠고요."

"모리스 선생. 큐!"

폴딩 박사가 왼쪽으로 손가락질을 했다.

잠시 후, 회견장 뒤편에 설치된 천막 스크린에 어둡게 화면이 잡혔다. 화면은 이리저리 움직이더니 플래시가 비추는 곳에서 멎었다. 화면이 확대되기 시작했다. 자궁 속의 태아처럼 웅크린 미라의 상체가 드러났다. 화면은 미라의 얼굴을 비친 후 거무죽죽한 미라의 등 쪽을 타고 내려가더니 허리께에서 멎었다. 하체는 보이지 않았다. 그때 고강도의 플래시가 커지면서 희끔한 암석이 나타났다. 사람들의 손이 암석에 닿는가 싶더니 암석 덩어리가 이리저리 움직였고, 그때 미라의 상체도 따라서 움직였다. 다시 화면이 몇 번 번쩍거리더니 발굴 현장 여기저기를 비추기 시작했다. 깊게 파인 수로 같은 곳, 모래 속에서 반쯤 드러난 거대한 석축, 점토판 같은 것들이 화면에 떴다가 사라지곤 했다.

에밀리는 남편에게도 발언의 기회가 있을까 하고 끝까지 지켜보았지만, 남편에게 마이크는 돌아가지 않았고 동영상은 끝났다.

지난 한 주간 특별한 국가적 이슈나 대형 사건이 없었던 때문일까? 컬럼비아대학 중앙아시아 탐사팀의 발굴 성과는 미국 언론의 대대적인 주목을 받았다. CNN을 비롯한 방송들은 앞다투어 폴딩 박사팀의 발굴 성과를 보도했고, 일간지들 1면의 대부분은 폴딩 박사팀 관련 기사로 채워졌다.

2029년 8월 14일 자 미국 10대 일간지들의 1면을 차지한 뉴스 제목들만 발췌하면 다음과 같다.

『USA투데이』 - 영웅들, 사막에서 돌아오다

『뉴욕타임즈』 - 컬럼비아대학 중앙아시아 탐사팀의 쾌거. 역사상 가장 오래된 고대 도시 발굴

『워싱턴포스트』 - 기록 가능한 인간의 역사가 1000년쯤 앞당겨질 듯

『월스트리트저널』 - 고고학계의 엄청난 성과. 인간 미라 화석 발견

『뉴스저널』 - 영웅들의 귀환. 컬럼비아대학 중앙아시아 탐사팀 사막에서 돌아오다

『뉴욕포스트』 - 인간 미라 화석 발견

『데일리뉴스』 - 고대사를 다시 쓰다

『로스엔젤레스타임즈』 - 신비의 고대 도시. 6000년 전의 비밀

『시카고 트리뷴』 - 인간 미라 화석, 어떻게 가능했을까?

『am뉴욕』 - 자연이 빚은 마술, 인간 미라 화석

❖ ❖ ❖

귀국 후 두 번째 밤.

에밀리의 남편 올리버 윌리엄스는 거친 숨을 내쉬며 에밀리의 알몸을 애무하기 시작했다. 귀국 후 잇단 행사 등으로 지친 탓인지 키스만 하고 잠들어 버린 어젯밤과는 완전히 달랐다. 에밀리는 남편이 사막에서 1년을 보냈다는 사실을 상기하며, 위안의 심정으로 그런 남편을 받아 주며 적극적으로 섹스에 임했다. 그러나 몹시 서두르던 남편은 채 5분을 넘기지 못하고 사정한 후 섹스를 끝내 버렸다. 나무토막처럼 쓰러진 남편을 곁눈으로 흘겨보던 에밀리는 티슈로 남편의 남성을 닦아 주고 조명등을 껐다.

에밀리는 남편이 잠든 것을 확인한 후 침대에서 빠져나와 거실로 향했다. 알 수 없는 열기가 그녀의 온몸을 휘감고 지나갔다.

에밀리는 소파에 앉아 와인을 음미하듯 조금씩 마시면서 스테판과의 정사를 회상하기 시작했다. 스테판은 성적인 능력이 매우 특별한 남자였다. 스테판의 몸에서는 그만의 특별한 향기가 났는데, 그것이 여성의 성호르몬을 자극했다. 스테판이 발산하는 향기에 취해 황홀해진 가운데 촉감이 좋으면서도 강력한 것이 그녀의 질을 꽉 채우면서 밀고 들어와서는 마치 끝에 혀라도 달린 듯 질 벽을 이리저리 핥아 줄 때 그녀는 오르가슴의 극치를 느끼곤 했다.

귀국 후 3일째 밤.

올리버 윌리엄스는 다시 에밀리의 몸을 애무하기 시작했다. 오늘은 어제의 시행착오를 반복하지 않겠다는 듯 서두르지 않고 차분히 에밀리의 몸을 공략해 왔다. 윌리엄스는 에밀리의 잠옷을 벗긴 후 혀와 손끝을 이용해 에밀리의 성감대를 자극하기 시작했다. 에밀리는 남편에게 몸을 맡기고 있었지만, 남편에게서 아무런 성적 쾌감도 느끼지 못하고 있었다. 그것은 이미 어른들의 게임을 알아 버린 아이가 또래 아이들과의 놀이에 전혀 흥미를 느끼지 못하는 것과 흡사했다. 에밀리의 수동적인 태도를 눈치챈 걸까? 윌리엄스는 집요하게 에밀리의 성감대를 자극하더니 에밀리에게 자신의 몸 위로 올라올 것을 요구했다.

"여보, 그만해요. 나 피곤해요."

에밀리는 더 이상 참지 못하고 말했다.

에밀리의 말에 자존심이 상했던 걸까? 윌리엄스의 몸은 급격히 식어 버렸고, 에밀리에게서 떨어졌다.

에밀리는 남편의 학문적 열정과 인간적 성실함에 반해서 결혼했다. 결혼 후 남편은 성생활에 관한 한 청교도적이라 할 만큼 보수적이었다. 남편은 한 번도 체위를 바꾸어 섹스를 요구한 적이 없었다. 그런 남편이 사막에서 돌아온 후 왜 섹스에 집착하는지 에밀리는 이해할 수 없었다.

거대한 시작

거대한 시작

　　　　　탐사팀의 책임자였던 폴딩 박사는 언론의 집중 조명을 받으며 귀국한 지 일주일 만에 일약 미국의 영웅으로 떠올랐다. 위대한 미국을 주창하며 선거에서 당선된 새 대통령이나 할리우드의 인기 스타 못지않게 유명세를 타던 폴링 박사는 그러나 곧 유명(幽明)을 달리했다. 귀국한 지 10일째 되던 날 밤, 자택에서 의문의 죽음을 맞이한 것이었다.

　폴딩 박사의 부인 소피아 폴딩 여사는 전날 밤 서재에서 잠든 박사를 깨우기 위해 아침 7시경 서재의 문을 노크했다. 아무런 반응이 없자 여사는 문을 열고 들어갔다. 폴딩 박사는 고개가 심하게 꺾인 채로 간이침대 위에 똑바로 누워 있었다. 그 모습이 너무 부자연스러워 보여서 여사는 남편을 부르며 달려가 흔들었지만, 아무런 반응이 없었다. 여사는 재차 남편의 상태를 확인했지만, 심장은 뛰지 않앉고, 체온은 식어 있었다. 여사는 몹시 놀랐지만 지체하지 않고 경찰에 사실을 신고했다.

폴링 박사 사망 사건이 경찰에 접수된 지 3시간쯤 지난 오전 10시 10분경. 뉴욕 경찰국 기자실에서 마테오 워커 경찰국 대변인의 발표가 있었다.

— 오늘은 매우 슬픈 날입니다. 미국의 영웅이자 자랑스러운 뉴욕 시민인 폴딩 박사가 서거하신 날입니다. 오늘 오전 7시 9분경, 폴딩 박사의 사망 신고가 경찰에 접수되었습니다. 신고자는 폴딩 박사의 부인인 소피아 폴딩 여사였습니다. 뉴욕 경찰 수사관들은 7시 37분 폴딩 박사 자택에 도착하여 박사의 사망 사실을 확인하였습니다. 도착 당시 폴딩 박사는 침대 위에서 목이 약 90도 정도 돌아간 상태로 똑바로 눕혀져 있었습니다. 수사 결과 외부인의 침입 흔적은 전혀 발견하지 못했으며, 목이 돌아간 것 외에는 어떠한 외상도 발견할 수 없었습니다. 현재로써는 부검만이 박사의 사인을 밝힐 수 있는 유일한 방안이라는 결론을 내리고, 유족들의 동의를 받아 절차를 진행 중에 있습니다. 저희 뉴욕 경찰은 폴딩 박사 사망 사건을 해결하기 위해 최선을 다할 것입니다. 이상입니다. —

단상 바로 앞에 앉아 있던 기자가 재빨리 일어났다.

"CBS 알렉산더 파커 기잡니다. 타살 가능성을 어느 정도로 보시는지 말씀해 주…"

경찰 대변인은 기자를 돌아보지도 않고 바로 퇴장해 버렸다.

폴딩 박사의 사망 소식은 곧바로 언론을 통해 미국 전역에 보도됐고, 외신을 통해 전 세계에 타전되었다.

폴딩 박사 사망 다음 날 오후 1시. 뉴욕 경찰청 마테오 워커 대변인의 2차 발표가 있었다.

— 뉴욕 경찰은 카말라 스타일스 뉴욕시 법의관에 의뢰한 폴딩 박사 시신 부검 결과를 오늘 오전 11시에 통보받았습니다. 폴딩 박사의 사망 시간은 21일 오전 2시 50분이며, 사인은 기도 막힘에 의한 호흡 정지로 밝혀졌습니다. 또한 어떤 강력한 힘에 의해 목이 비틀어졌으며, 그 과정에서 4번 목뼈가 골절된 사실도 확인되었습니다. 따라서 폴딩 박사의 사망은 타살에 의한 것임이 드러났습니다. 그러나 범인이 아무런 흔적도 남기지 않았기 때문에 수사에 상당한 난항이 예상됩니다. 뉴욕 경찰은 먼저 폴딩 박사 자택을 기준으로 반경 2km 내에 있는 모든 CCTV와 뉴욕시로 들어오는 모든 도로의 CCTV를 확인한 후 수사 방향을 설정하기로 하였습니다. 뉴욕 경찰의 명예를 걸고 조속히 범인을 검거하도록 최선을 다하겠습니다. 이상입니다. —

대변인이 나가려 하자 기자들이 우 모여들어 대변인을 에워쌌다.
"현장에서 지문은 전혀 발견되지 않았습니까?"
"박사의 사망을 개인적 원한 관계로 보십니까? 아니면…."
기자들의 질문에 마테오 워커 대변인은 잠시 난감한 표정을 지은 후 말했다.

"좀 비켜 주시죠. 지금은 질문에 답을 줄 수 있는 상황이 전혀 아닙니다. 죄송합니다."

대변인은 기자들을 밀어내며 나가버렸다.

뉴욕 경찰 대변인의 2차 발표 후 5시간이 지난 오후 6시 타임스퀘어 광장.

번쩍거리는 LED 광고 스크린 아래로 북적거리며 이리저리 움직이던 사람들의 발길이 강력한 접착제를 밟은 듯 하나둘 고정되기 시작했다. 타임스퀘어 빌딩 정중앙의 광고 스크린에 지난 1년 동안 잠시도 쉬지 않고 반복 상영되던 한국의 IT 기업 삼성전자의 광고가 잠시 중단되고, 미국 NBC 방송의 뉴스 속보가 전파를 타고 있었다.

— NBC 뉴스 속봅니다. 폴딩 박사 사망 사건 수사본부에 나가 있는 해리 에반스 기자가 전하는 소식입니다. 뉴욕 경찰은 CCTV를 분석한 결과 폴딩 박사가 사망한 당일 밤 새벽 2시 38분에 스테튼 아일랜드 자치구 주택지구 4번가 도로를 벗어나 박사의 자택 방향으로 걸어가는 한 남성을 발견하였습니다. 6피트(약 180cm)의 키에 검은색 점퍼를 입고 후드를 눌러쓴 채 검은색 마스크를 쓴 이 남성은 이보다 3분 전에 택시에서 내리는 장면이 다른 CCTV에 원격 포착되기도 하였습니다. 경찰은 현재 이 남성을 유력한 용의자로 보고,

신원 파악에 총력을 기울이고 있습니다. 아울러 경찰은 주택가 근처에서 용의자를 내려 준 택시기사의 제보를 기다리고 있습니다. ─

"범인이 곧 잡히겠군."

타임스퀘어 광장을 벗어나며 와이셔츠 차림의 한 시민이 말했다.

"저 정도면 잡힌 거나 마찬가지지 뭐."

옆에서 껌을 씹으며 걷던 사람이 맞장구를 쳤다.

"도대체 범인이 누굴까? 왜 폴딩 박사를 죽였을까?"

"개인적인 원한 때문은 아닐 거야. 아마…."

"그건 모르지."

"폴딩 박사는 학문적인 성취뿐만 아니라 고매한 인격자로도 보도되고 있던데, 그런 분에게 누가 원한을 가지겠어?"

"그건 모르는 거야. 폴딩 박사 개인의 사생활에 관해서는 그 누구도 세세히 알 수 없으니까."

"범인이 잡히면 밝혀지겠지 뭐. 두고 보자고."

그랬다. CCTV에 용의자의 모습이 포착됐다는 뉴스가 나왔을 때만해도 뉴욕 시민들은 물론 대부분의 미국 국민는 범인이 곧 잡힐 거라고 예상했다. 그러나 다음 날 아침, 용의자를 폴딩 박사의 자택 근처에 내려 준 택시기사의 실종 신고가 경찰에 접수됐다는 뉴스를 접한사람들은 이 사건의 심상치 않음을 막연하게나마 인지하기 시작했다.

❖ ❖ ❖

폴딩 박사 사망 사건은 사안의 중대성을 감안하여 이례적으로 뉴욕 경찰국 본청에 수사본부가 설치됐다. 수사본부는 CCTV 관련 보도가 나가고 4시간이 지난 어젯밤 10시부터 용의자를 주택가에 내려 준 택시기사의 신원 확인 작업에 착수했다. 많은 언론이 매시간 CCTV 관련 보도를 했고, 4시간이 지났기에 자발적인 제보 의사가 없다고 보았던 것이다. 원격 포착된 CCTV에는 용의자를 내려 주었던 택시가 개인택시라는 것과 차종만 알 수 있었고, 번호판은 잡히지 않았다. 뉴욕시의 모든 택시는 노란색(yellow cap)이었기에 차종만으로 뉴욕시에 돌아다니는 수많은 개인택시 중 해당 차량을 찾아내기란 쉽지 않았다. 하지만 수사팀은 심야임에도 불구하고 뉴욕시 교통국 직원들의 협조를 구하는 등 다각적인 노력을 기울인 결과 새벽 4시쯤 폴딩 박사 자택 근처에서 용의자를 내려 준 택시기사가 롱아일랜드 낫소 카운티 웨스트버리 27번지에 주소를 둔 마테오 곤살레스 씨라는 걸 특정하기에 이르렀다.

날이 완전히 밝기까지는 시간적 여유가 있었기에 수사팀이 곤살레스 씨에게 출두를 요청할 것인지 자택에 수사관을 파견할 것인지를 두고 의견을 교환하고 있을 때, 전화가 울렸다.

"낫소 카운티 제2 경찰서 당직 근무자 짐 프랭코 경사입니다. 폴딩 박사 사망 사건 수사팀이지요?"

"그렇습니다. 로버트 카피넬로 형삽니다."

"조금 전 저희 서에 택시기사 실종 신고가 접수되었기에 혹시나 해서 전화 드렸습니다."

그때, 강력반에서 오래 근무한 카피넬로 형사의 동물적인 감이 예리한 촉수를 뻗기 시작했다.

"실종 신고된 택시기사의 신원을 확인해 주시겠습니까?"

"롱아일랜드 낫소카운티 웨스트버리 27번지에 주소를 둔 1967년생 마테오 곤살레스 씨입니다."

"네?"

카피넬로 형사는 깜짝 놀랐다. 순간적으로 느낀 막연한 예감이 백 프로의 적중률로 나타날 줄은 미처 몰랐던 것이다.

뉴욕 경찰국은 택시기사의 실종 사건이 폴딩 박사 사망 사건과 관련이 있을 거라고 보고, 별도의 수사본부를 설치하지 않고 폴딩 박사 사망 사건 수사본부에서 수사 인력만 증원하여 함께 수사하기로 결론을 내렸다.

수사본부는 긴급대책회의를 가진 후 곤살레스 씨가 운행하던 차량의 소재를 파악하는 것이 시급하다고 보고 수색 인력 동원령을 내리는 한편, 뉴욕시를 벗어나는 도로의 CCTV 확인 작업에 돌입했다.

그러나 많은 경찰 인력을 동원하여 이틀간 롱아일랜드 해안가를 비롯하여 차량이 버려질 만한 곳을 수색하였지만, 곤살레스 씨가 운행하던 T8485LC번 익스플로러 차량을 찾는 데 실패했다. 뿐만 아니라 CCTV 확인 작업에서도 아무런 성과를 내지 못했다.

차량 수색 3일째 되던 날 오후 1시경, 수사본부에 한 통의 제보 전화가 걸려 왔다.

"여기 낫소카운티 웨스트버리 사거린데요. 저희 가게 앞에 붉은색 차량이 너무 오래 주차되어 있어서 전화 드립니다."

"그런 거라면 관할 경찰서에 전화해 보세요."

수사에 도움이 될 만한 제보를 기대하던 니콜스 수사관은 짜증 섞인 목소리로 말하고는 전화를 끊으려 했다. 그런데 그때, "잠깐만 요!"라는 다급한 목소리가 들려왔다.

"뭡니까?"

"그런데요. 차가 최근에 도색한 것 같아서요."

"아! 그렇습니까? 죄송합니다. 차종이 뭐죠?"

"포드사의 익스플로러 3.0 플래티넘입니다."

"차가 얼마나 오래 주차되어 있었습니까?"

"정확히는 모르겠어요. 가게 문 열기도 전부터 주차되어 있었으니 까요."

"넘버를 불러 주시겠습니까?"

"뉴욕ENM6010번입니다."

"거기 위치가 어딘가요?"

"웨스트버리 밀가 16번지 존슨네 피자샵 앞입니다."

"제보 주셔서 감사합니다."

니콜스 수사관은 곧장 차량 넘버를 조회해 보았다. 가짜 번호임이 드러나자 수사팀 내에 갑자기 팽팽한 긴장감이 감돌기 시작했다.

낫소카운티 일대에서 탐문 수사를 진행하던 파브리시오 형사 조에도 1시 20분경 붉은색 차량에 관한 소식이 전해졌다. 파브리시오 형사 조는 곧바로 현장으로 달려갔다. 경찰차 한 대와 교통사고 조사차량 한 대가 주차해 있었고, 짙은 붉은색 차 바로 옆에서 두 명의 교통조사관과 두 명의 사복 경찰이 따로 서서 대화를 나누고 있었다. 사복 경찰 중 한 명은 파브리시오 형사와도 안면이 있는 낫소 카운티 제2 경찰서의 형사였다.

"어떻게 된 겁니까?"

파브리시오 형사가 안면이 있는 형사에게 다가가며 물었다.

"곤살레스 씨가 운행하던 차량으로 확인되었습니다."

"어떻게요?"

"차 안에 곤살레스 씨의 개인택시 면허증이 그대로 있었으니까요. 그리고 택시 표시판을 뜯어내고 두껍게 도색한 흔적까지 확인했습니다."

"차 문을 열어 봐도 되겠습니까?"

파브리시오 형사가 교통조사관에게 물었다.

"지금은 안 됩니다. 법과학연구소로 이송해야 합니다."

교통조사관이 말했다.

"아! 네."

파브리시오 형사 조는 차량을 한 바퀴 둘러보았다. 차량은 누가 보아도 조금 전에 도색한 것을 알 수 있을 정도로 번들거렸다.

"선배님, 색깔이 너무 붉은데요? 시선을 자극할 만큼…."

힐 형사가 말했다.

"힐 형사, 차량 넘버를 적어 두게."

"가짜 번호인걸요, 선배님."

"범인이 뉴욕 경찰을 조롱하고 있네. 조롱이 지나칠 때는 오버액션이 수반되는 법이지. 범인이 거기에 무슨 힌트를 남겨 두고 쾌재를 부르고 있을지도 모르지 않는가?"

힐 형사는 파브리시오 형사를 힐끗 쳐다본 후 수첩을 꺼내 차량 넘버를 적었다.

뉴욕 경찰은 폴딩 박사 사망 사건이 발생한 지 5일이 지나도록 범인을 검거하기는커녕 범인의 신원조차 파악하지 못하고 있었다.

범인 검거 소식을 기대하던 뉴욕 시민들을 비롯한 미국 국민들은 차츰 뉴욕 경찰을 비난하기 시작했다.

뉴욕 경찰은 범인이 첨단 수사기법을 비껴갈 만큼 치밀하고 지능적이었다는 점과 폴딩 박사 자택에 CCTV가 설치되어 있지 않은 점 등이 수사의 애로 사항이라고 밝히면서, 국민들에게 인내심을 갖고 기다려 줄 것을 당부했다.

그러나 사건 발생 후 일주일이 지나도 범인이 검거되기는커녕 수사에 진전이 있다는 어떤 소식조차 들려오지 않았다.

뉴욕 경찰에 실망한 국민들은 수사를 더 이상 뉴욕 경찰에 맡길 것이 아니라 FBI(미국연방수사국)가 나서야 한다고 아우성이었고, 급기야 '위대한 미국'을 주창하며 당선된 새 대통령까지 나서서 조속히 범인을 검거할 것을 촉구했다.

다급해진 뉴욕 경찰은 폴딩 박사의 시신이 안치된 곳에 다시 프로

파일러를 파견하는 한편, 범인이 박사의 자택에 침입하는 과정을 여러 각도로 나누어 시뮬레이션까지 실시했지만, 여전히 어떤 단서도 확보할 수 없었다.

폴딩 박사 사망 사건 발생 8일째.

인간 미라 화석을 직접 발굴하였으며, 어느 모로 보나 탐사팀의 두 번째 주요 인물이었던 네오 박사는 아침 8시경 뉴욕 외곽의 자택을 빠져나와 인근 도로를 천천히 달리고 있었다. 그때, 맞은편에서 헬멧을 쓴 경찰 한 명이 사이드카를 타고 달려오더니 네오 박사의 차를 막아 세웠다. 경찰은 사이드카에서 내려 차량 넘버를 확인한 후 운전석으로 다가가 창문을 두들겼다. 네오 박사는 창문을 내리지 않고 가만히 앉아 있었다. 그러자 경찰은 선팅된 창문에 얼굴을 들이대고 네오 박사를 확인한 후 곧바로 허리춤에서 권총을 빼내 두 발의 총격을 가했다. 그러나 총알은 방탄유리를 뚫지 못하고 강한 충격음과 함께 튕겨 나갔다.

놀란 경찰은 재빨리 사이드카에 올라타고 도주하기 시작했다. 네오 박사의 차가 움직였다. 네오 박사의 차는 엄청난 속도로 경찰을 추격했고, 얼마 지나지 않아 사이드카를 추월한 후 앞을 가로막았다. 당황한 경찰은 사이드카에서 내린 후 헬멧마저 던져 버린 채 도로를 벗어나 도주하기 시작했다. 그때, 네오 박사의 차 트렁크가 덜컹 열리더니 두 사람이 용수철처럼 튀어나왔다. 두 사람은 날렵한

동작으로 경찰을 추격하기 시작했다. 네오 박사가 차에서 나왔다. 네오 박사는 여유 있는 걸음으로 도롯가로 걸어가더니 팔짱을 낀 채 추격전을 구경했다. 500피트(약 150m) 전방에서 총격전이 벌어지는가 싶더니 곧 잠잠해졌고, 5분쯤 후 수갑을 찬 경찰이 두 사람에 의해 양팔이 붙잡힌 채 네오 박사 앞에 섰다.

"너 인마, 이 옷 어디서 훔쳐 입은 거야?"

수갑 찬 경찰복 왼쪽에 앉은 사람이 말했다. 경찰복은 아무 말도 하지 않았다.

"묵비권을 행사하겠다? 좋아. 하지만 넌 인마 뉴욕 경찰을 과소평가했어. 우리는 몇 가지 수사 방향을 설정했지. 그중 하나가 폴링 박사 개인이 아니라 탐사팀을 겨냥한 범죄일 수 있다는 거였어. 폴딩 박사님은 훌륭한 인격자셨어. 그런 분이 개인적인 원한을 샀을 리 없다는 점에 착안했지. 그래서 우리는 폴딩 박사의 다음 타깃이 네오 박사일 거라고 쉽게 예측할 수 있었어."

경찰복은 표정을 찡그리며 침묵했다.

"켐벨 반장님, 이제 그거 벗으시죠. 답답할 텐데…."

경찰복 오른쪽에 앉은 남자가 말했다.

"그럴까?"

앞 좌석에서 운전하던 사람이 왼손으로 가발을 벗어 옆자리에 툭 던졌다. 이어 얼굴을 더듬더니 네오 박사의 얼굴을 본뜬 바이오실리콘 재질의 얼굴 마스크를 뜯어냈다.

"클라크 형사, 그 친구한테 배후가 있는지 물어봐 주게."

켐벨 형사반장이 운전을 계속하며 말했다.

"이봐, 어차피 다 알게 되어 있어. 배후가 있으면 어서 말해."

범인의 왼쪽에 앉아 있던 클라크 형사가 추궁했으나, 범인은 대답 대신 키득키득 웃기만 했다.

"이 자식이 비웃고 있어."

클라크 형사가 화를 참지 못하고 문신이 드러나는 범인의 목덜미를 팔꿈치로 가격했다. 그러나 범인은 여전히 키득키득 웃어댔다.

켐벨 반장이 차를 갓길에 세웠다.

"한 대 피우고 가지. 데이비스 형사, 그 친구에게도 담배 한 대 물려 주게."

범인 오른쪽에 앉은 데이비스 형사가 담배 한 개비를 범인의 입에 물려 주었고, 왼쪽에 있던 클라크 형사가 재빨리 라이터를 켜 불을 붙여 주었다. 네 사람은 시원하게 차창을 모두 내린 채 담배를 피웠다.

"이봐, 친구. 자네는 사람을 죽이지 않았어. 수사에 협조해 주면 정상참작이 될 거야. 그러니 고집부리지 말고 어서 배후를 말해."

켐벨 반장이 범인을 달래듯이 말했다.

담배를 질겅질겅 씹어대며 피우고 있던 범인이 담배꽁초를 입에서 떨어뜨리며 큭큭 웃기 시작했다.

"이 자식이…."

클라크 형사가 이번에는 고개가 흔들릴 정도로 강하게 범인의 목덜미를 가격했다. 데이비스 형사는 범인이 떨어뜨린 담배꽁초를 재빨리 주워서 창밖으로 던졌다.

"형사님들, 미안하지만 당신들은 실패했어."

"뭐? 이 자식이…."

클라크 형사가 다시 팔꿈치를 들어 올리자 켐벨 반장이 제지했다.

"클라크, 그만두게. 어이 친구. 어떤 의미에서 우리가 실패했다는 거지?"

켐벨 반장이 몸을 반쯤 돌려 날카로운 시선으로 범인을 쏘아보며 말했다.

"난 단순한 청부업자요. 난 착수금을 받고 네오 박사를 죽이려 했을 뿐이오. 사주한 사람의 신원은 내 정보 주파수에도 잡히지 않는 정체불명의 남자였소. 계좌 추적 같은 것은 아마 불가능할 거요."

"착수금은 얼마나 받았나?"

켐벨 반장이 묻자 범인은 다시금 키득거리더니 말했다.

"내 계좌를 확인해 보면 알겠지만, 자그마치 200만 달러요. 그 정도라면 왜 내가 위험을 감수하면서까지 네오 박사를 죽이려 했는지 이해가 갈까? 형사님들."

"데이비스 형사, 본부에 연락하게. 30분 안으로 도착할 거라고…."

켐벨 반장은 사이렌을 울리며 빠르게 차를 몰기 시작했다.

"기분 참 묘하네."

식사를 마친 후 에밀리와 티 타임을 갖던 윌리엄스가 심각한 표정으로 말했다.

"뭐가요?"

에밀리가 대꾸했다.

"당신도 뉴스 들었을 거 아냐?"

"네오 박사 살해 미수건 말이죠?"

"응. 아무래도 탐사팀을 겨냥한 범죄가 분명한 것 같아."

"아직 확실히 드러난 건 아니잖아요."

"아냐, 확실해. 오늘 논문 자료를 찾으려고 도서관에 가던 길에 그 소식을 전해 들었는데, 몹시 찜찜하더라고. 그래서 탐사팀의 세 번째 책임자였던 무어 교수한테 전화를 해 보았지. 무어 교수도 조금 전 그 뉴스를 직접 들었는데, 순간 온몸에 소름이 좌악 돋더라는 거야."

"그럴 만도 하죠."

"그런데 말이야, 난 아무리 생각해도 지금의 상황이 납득이 안 가. 왜 선량한 과학자들이 테러의 대상이 되어야 하는지 모르겠어."

"정말이지 이번 사건은 야만적인 범죄예요. 빨리 범인이 잡혀야 할 텐데…."

"당신은 범인이 쉽게 잡힐 것 같아?"

"곧 잡히겠죠, 뭐. 뉴욕 경찰의 명예가 걸린 일인데…."

"범인은 어떤 흔적도 남기지 않고 있어. 뉴욕 경찰은 '투명인간이 저지른 범죄처럼'이라는 표현까지 쓰던데? 그렇게 치밀한 놈들이 쉽게 잡힐 것 같아?"

"쉽지는 않겠지요. 하지만 경찰을 믿어야지요. 이번 네오 박사 건에 대한 뉴욕 경찰의 대처는 정말 훌륭했다고 봐요. 탁월한 예측 능력으로 사건을 미연에 방지했으니까요."

"하긴, 지금으로써는 뉴욕 경찰을 믿어 보는 수밖에…."

❖ ❖ ❖

네오 박사 살해 미수 사건 이틀 후 새벽 5시 30분.

타임스퀘어 빌딩 정중앙의 LED 광고 스크린에는 삼성전자 광고가 잠시 중단되고 CNN 뉴스의 속보가 방송되고 있었다.

"긴급 뉴스입니다. 지금부터 4시간 전인 오늘 밤 1시 30분경, 이스트리버 강변 공원에서 한 청년이 살해된 채 발견되었습니다. 발견 당시 이 청년은 예리한 흉기에 무자비하게 난자당한 상태였다고 하는데요. 이 소식 뉴욕 경찰국에 나가 있는 줄리언 테일러 기자 연결해 알아보겠습니다. 테일러 기자 나와 주시죠."

"예, 줄리언 테일러 기잡니다."

"테일러 기자, 경찰 당국은 이 사건도 컬럼비아대학 탐사팀을 노린 범죄와 관련이 있는 것으로 보고 있다지요?"

"예, 그렇습니다. 뉴욕 경찰은 이번 사건 역시 컬럼비아대학 탐사팀을 겨냥한 범죄의 일환으로 보고 있습니다. 살해된 청년의 신원이 조금 전 밝혀졌는데요. 컬럼비아대학 인문학부 고고학과 4학년 코비 다비스 군으로 드러났습니다. 다비스 군은 실습생으로 탐사팀에 참여했던 것으로 확인되었습니다."

"테일러 기자, 관련해서 새로운 소식 있으면 계속 전해 주시죠."

"예, 조금 전 들어온 소식입니다. 다비스 군은 어젯밤 여자친구와 이스트리버 강변 공원에서 데이트를 하던 도중 변을 당했다고 합니다."

"그럼 여자친구는 어떻게 된 겁니까?"

"사망한 다비스 군의 여자친구는 현재 실종 상태인 것으로 알려져 있습니다. 아! 방금 줄리아 정이라는 뉴욕대학에 재학 중인 여대생의 실종 신고가 접수되었다는 속보가 들어왔네요."

"그럼 새로운 소식 들어오는 대로 전해 주시죠. 테일러 기자, 수고했습니다.

다음은…'.'

에밀리가 오후 5시 30분경 집으로 돌아왔을 때, 아들 폴이 불안한 눈빛으로 말했다.

"엄마, 아까부터 이상한 아저씨들이 왔다 갔다 해."

"오! 폴, 너무 걱정하지 마. 아빠를 경호해 주는 분들이야."

"아빠를 왜 경호해?"

"그건… 아빠가 중요한 일을 하고 있기 때문이야."

"아빠가 무슨 중요한 일을 하는데?"

"아빠는 고고학을 연구하는 학자잖니. 폴, 너도 알잖니?"

"고고학! 그게 뭐야?"

"고고학이란, 그, 그러니까… 옛날 우리 인류의 조상들이 남긴 모든 잔존을 찾아내고 연구하는 학문이란다."

"근데 아빠를 왜 경호해?"

"그건, 그건 말이야, 폴. 음… 좀 이상한 일이 발생해서 그런 거란다. 폴, 너는 신경 쓰지 말고 네 방에 가 있으렴. 엄마가 저녁 준비 끝나면 부를게."

"알았어, 엄마."

폴은 여전히 의아한 표정이었지만, 착한 아들답게 엄마의 말을 순순히 따랐다.

컬럼비아대학 탐사팀 개개인에 대한 경찰의 경호가 시작된 지 3일째 되는 날 저녁 7시.

윌리엄스는 집으로 돌아오자마자 재킷을 벗어 던진 후 방으로 들어가 침대에 벌렁 드러누웠다.

"여보, 많이 피곤해 보여요. 뭐 마실 거 좀 줄까요?"

에밀리가 남편 곁으로 다가가며 말했다.

"피곤한 게 아니라 막 화가 나. 이게 뭐야! 내가 왜 심리적 압박감에 시달려야 하고, 개인의 자유를 제약당해야 하는지 모르겠어."

"여보, 진정해요. 당신답지 않아요."

"나답다는 게 뭔데? 나보고 도대체 어쩌라는 거야? 당신이 내 기분 알기나 해? 당신은 모를 거야. 때때로 가슴이 미어지고 미칠 것 같단 말이야!"

"알 것 같아요. 그 기분…."

"안다고? 알면서 내게 그렇게 대한다고? 맥주 있어?"

"있을 거예요."

"가져와."

에밀리는 어제 사 둔 맥주 한 캔을 들고 와 뚜껑을 따고 남편에게 건넸다.

남편은 캔맥주를 벌컥벌컥 마신 후 말했다.

"당신 오늘 몇 시에 들어왔어?"

"네?"

"몇 시에 집에 왔냐고?"

"제 귀가 시간이 다섯 시 반인 거 알잖아요. 왜요?"

"다섯 시 반이라고? 내가 폴과 통화한 시간이 다섯 시 삼십칠 분이었어. 그때까지 당신이 오지 않았다고 하던데?"

"맙소사! 당신, 지금 제 퇴근 시간까지 체크하는 거예요?"

"당신은 내가 왜 이러는지 몰라?"

"모르겠어요. 전."

"당신은 변했어. 변했단 말이야! 예전의 당신이 절대로 아니야. 당신은 내가 사막에서 돌아온 후 한 번도 따뜻하게 대해 주지 않았어. 무엇이 당신을 이렇게 변하게 만든 거야? 도대체 무엇이…."

윌리엄스는 잔뜩 흥분해 언성을 높였고, 에밀리는 놀란 눈으로 한동안 남편을 바라보다가 방을 나갔다.

에밀리는 식탁에 앉아 커피를 마시면서 남편의 말을 곱씹었다. 그리고 자신이 변했다는 사실을 인정했다. 이유는 간단했다. 그녀가 스테판이라는 비범한 남자를 경험했기 때문이었다.

에밀리는 문득 자신의 삶이 위기에 봉착했음을 느꼈다. 에밀리는 우울한 표정으로 팔짱을 낀 채 창밖의 풍경을 우두커니 바라보았다. 어스름이 깔리는 가운데 가로등 빛 속에 드러나는 주택가의 풍경은 언제나처럼 평온해 보였지만 어쩐지 자신이 그 세계에서 추방

당한 것처럼 느껴졌다.

　이리저리 거실을 서성이던 에밀리는 문득 생각난 듯 주방으로 가서 프랑스산 레드와인 한 병을 찾아냈다. 레드와인은 스테판과 호텔 방에 들기 전에 늘 함께 마시던 술이었다. 에밀리는 망설임 없이 뚜껑을 따고 잔에 와인을 따랐다.

영생의 피

영생의 피

        컬럼비아대학 중앙아시아 탐사팀을 겨냥한 테러 사건 수사에 진전이 없는 가운데 뉴욕 경찰은 퀸스 자치구 외곽의 주택가 담벼락에 이상한 벽보가 붙어 있다는 주민의 신고를 받고 즉시 출동해 짙은 붉은색 페인트로 휘갈기듯 쓴 벽보를 확인했다.

〈너희가 내 미라를 건드렸다. 너희는 차례차례 죽게 될 것이다!〉

경찰은 벽보를 수거했고, 한 시간쯤 후 벽보에 대한 뉴스가 전파를 탔다.

스태튼 아일랜드 변두리 주택가. '빌리의 펍'에서 맥주를 마시던 사람들이 웅성거렸다.

"저거 뭐지?"

"영화 대사 같군."

"누가 장난치는 거 아니야?"

"탐사팀에 대한 경고문 같은데…?"

"뭔가 이상한데 저거."

"이상하긴 뭐가 이상해? 딱 보니 한심한 뉴욕 경찰을 조롱한 거네 뭐."

"맞아. 경찰 이 자식들, 아직까지 범인도 못 잡고 도대체 뭐 하는 건지 모르겠어."

수사에 전혀 진전이 없는 가운데 이상한 벽보까지 나붙자 수사본부는 범인이 수사팀을 조롱하는 것이라 보고 벽보 건에 대해서 따로 수사팀을 꾸리지 않았다. 그러나 다음 날, 처음 벽보가 붙은 곳에서 1마일가량 떨어진 초등학교 담벼락에 똑같은 벽보가 나붙자 수사본부에서는 벽보 건만을 담당하는 별도의 수사팀을 꾸리기로 결정하였다.

5층짜리 빈 건물 옥상 FRP 물탱크 속에서 잠복 중이던 벽보 전담 수사팀의 가르시아 형사는 갑자기 눈의 피로를 느끼고 눈을 몇 번 깜박거린 후 손가락으로 눈 가장자리를 문질렀다.

"아, 지겨워!"

가르시아 형사는 짜증스러운 목소리로 투덜거리며 시계를 보았다. 새벽 3시 28분이었다.

"이런 물탱크 속에서 5시간을 보내다니!"

가르시아 형사는 가슴이 답답해지면서 스트레스를 느꼈지만, 32분만 견디면 교대가 올 거라는 생각을 하면서 자신을 진정시켰다.

가르시아 형사는 농구공 크기만큼 둥글게 뚫어놓은 FRP 물탱크 구멍을 통해 얼굴을 내밀고 어둠을 주시했다. 그러나 짙은 어둠 속에서 시선은 금방 사라져 버린다. 고개를 들어 300피트 전방의 가로등으로 시선을 보냈다가 다시 고개를 숙인 후 어둠을 훑는다. 다시 눈에 피로가 느껴진다. 가르시아 형사는 눈을 몇 번 깜박거린 후 눈의 각도를 훨씬 높여 멀리 뉴욕 시내를 밝히는 휘황한 불빛들을 바라본다. 그곳은 자신이 있는 이곳과는 완전히 다른 세상처럼 보인다. 이곳도 분명 뉴욕 시내건만, 어찌 이토록 대비가 된단 말인가?

벽보 사건 수사팀은 회의를 거쳐 벽보가 나붙을 만한 유력한 후보지 중 하나로 이곳 변두리 지역을 지정하고 형사들을 파견했지만, 가르시아 형사는 처음부터 불만이었다. 열흘이 넘게 계속된 비상근무에 지쳐 있기도 했지만, 주민들이 거의 살지 않는 이런 철거촌에 범인이 벽보를 붙이겠나 싶어서였다. 그러나 막상 근무에 들어가자 몸에 밴 직업의식 때문인지 아주 태만할 수도 없었다.

가르시아 형사는 다시 시계를 보았다. 3시 33분.

"젠장, 시간 참 더럽게 안 가네."

가르시아 형사는 투덜거리다가 자신도 모르게 담배 한 개비를 꺼내 물었다. 잠복근무 시 담배를 피울 수 없게 되어 있었지만, 그는 '에라, 모르겠다'는 심정으로 담배에 불을 붙인 후 연기를 한 모금 빨아들였다. 그러나 연기를 물고 구멍 밖으로 고개를 내밀었다가 아차 싶었다. 어둠 속에서 담배 연기를 내뿜는 건 '여기 사람 있소!'라고 소리치는 것과 다름없다는 생각이 든 것이다. 가르시아 형사는 고개를 당겨 물탱크 바닥을 향해 조금씩 연기를 내뿜고는 담뱃불을 껐다. 그는 구멍으로 미량의 연기가 빠져나갈지 모른다는 염려를 하면서 다시 고개를 내밀어 주위를 둘러보았다.

그때였다. 300피트 전방 도로에서 검은 물체가 움직이는 것이 보였다. 언뜻 개나 고양이처럼 보이기도 했지만, 가르시아 형사는 눈에 잔뜩 힘을 주며 신경을 곤두세웠다. 검은 물체는 사거리에서 방향을 바꾸어 가르시아 형사가 있는 철거촌 쪽을 향해 오고 있었다. 검은 물체가 가로등 불빛 반경에 들어오자 사람임이 드러났고, 손에 무언가를 들고 있다는 것까지 알 수 있었다. 가르시아 형사는 반사적으로 가슴팍의 권총으로 손을 가져가며 수상한 사람을 향해 추적의 시선을 내리꽂았다.

수상한 사람은 건물 아래편, 어둠이 짙은 곳에서 가르시아 형사의 시선에서 사라졌다. 가르시아 형사는 베레타92F 권총을 꽉 움켜잡은 채 방아쇠에 검지를 걸었다. 그는 눈에 온 신경을 집중하며 다시 어둠을 훑기 시작했다. 그때, 수상한 사람이 건물 아래를 지나 우측으로 걸어가는 모습이 다시 보였다. 가르시아 형사는 재빨리 차에서 대기하고 있는 동료 켈리 형사에게 문자 메시지를 발송했다.

〈상황 발생. 용의자 추정 인물이 너 쪽으로 가고 있음.〉

메시지를 발송한 후, 가르시아 형사는 물탱크를 빠져나와 조심스러우면서도 빠르게 계단을 내려가기 시작했다.

가르시아 형사는 수상한 사람이 지나간 곳까지 가서 은신한 후 전방을 주시했다. 3분쯤 기다렸을까. 어둠 속 어디쯤에서 둔탁한 소리가 들리더니 곧 켈리 형사의 목소리가 들렸다.

"가르시아, 여기야."

가르시아 형사는 곧장 소리가 난 곳으로 달려갔다. 켈리 형사가 막 범인을 제압한 후 손에 수갑을 채우고 있었다.

"상황 종료야?"

가르시아 형사가 말했다.

"글쎄, 모르겠어. 피라미를 때려잡은 것 같기도 하고…."

켈리 형사가 자신 없는 투로 말했다.

"죽은 거 아니야? 전혀 움직임이 없는데?"

"기절한 것 같아. 심장은 뛰고 있어."

"벽보는?"

"옆에 가 봐. 우리가 찍었던 곳에 붙어 있을 거야. 떼어 와."

가르시아 형사는 옆으로 돌아가 보았다. 낮에 현장을 둘러보면서 예상했던 바로 그 지점에 붉은색 글씨로 쓴 벽보가 붙어 있었다. 지난 두 번과 찍어낸 듯 똑같은 벽보였다. 가르시아 형사는 일단 스마트폰으로 사진을 찍은 후, 벽보를 떼어 켈리 형사에게로 갔다. 켈리 형사는 수갑을 찬 채 시체처럼 누워 있는 범인을 내려다보며 중얼거리듯 말했다.

"김빠지게 허약한 놈이었어. 일단 병원으로 데려가야겠는데…."

"경찰 구급차를 부를까?"

"그럴 것까지 뭐 있겠어? 우리 차에 싣고 가지, 뭐."

"안 돼, 켈리. 우선 본부에 보고하고 경찰 구급차를 보내 달라고 하는 게 좋을 거야."

"그래. 그럼 본부에 연락해."

가르시아 형사는 곧 본부에 연락했고, 십 분쯤 후 경찰 구급차가 경찰차 한 대와 함께 도착했다. 가르시아 형사 조는 범인을 경찰 구급차에 넘기고 수사본부로 출발했다.

에밀리는 두 건의 송장과 한 건의 답변서 작성을 마무리하고 건너편의 라일리를 바라보았다. 라일리는 아직도 이어폰을 낀 채로 앉아 있었다.

"아직 덜 끝난 거니, 라일리?"

에밀리가 물었다.

"아직이야. 언니."

"점심시간이야."

"벌써 그렇게 됐나? 아이, 짜증 나!"

라일리가 손목시계를 들여다보며 말했다.

"뭔데 오전 내내 그러고 있어?"

에밀리가 라일리에게 다가가며 말했다.

"이거 내 변호사가 어제 녹취해 온 건데, 중간중간 잘 들리지도 않고 미치겠어, 아주."

"너희 변호사는 그런 것까지 다 시키니?"

"정말 못 해먹겠어, 언니. 나 페라리걸 그만두고 변호사 자격시험 볼까 봐."

"그야 나도 그러고 싶다만 그게 어디 쉽겠니? 점심이나 먹고 해."

"그래야겠어. 가, 언니."

두 사람은 로펌 사무실을 나와 아래층의 식당으로 들어갔다. 두 사람은 자주 먹는 메뉴인 애플 타르트를 주문해 놓고 마주 앉았다.

"참! 언니네 변호사는 오늘 출근 안 했어? 못 본 것 같은데…."

"응. 늦을 것 같다고 아침에 전화가 왔어. 아들이 병원에 있나 봐."

"왜? 어디 아픈 거야?"

"글쎄, 아들이 어떤 사건에 연루됐나 봐."

"무슨 사건?"

"나도 자세히는 몰라."

"하긴, 아버지가 변호산데 무슨 걱정이야."

뉴욕시 보건국이 운영하는 K 병원 605호실.

오전 9시경 변호사 린튼 윌슨은 다리에 깁스를 하고 환자복을 입은 채 침대에 누워 있는 아들을 우울한 표정으로 바라보고 있었다. 창백한 피부에 해골처럼 퀭한 눈을 한 아들은 천장만 뚫어져라 올려다보고 있었다.

그때, 두 명의 경찰이 문을 밀고 들어왔다. 한 명은 사복 차림이었고, 다른 한 명은 제복 차림이었다.

"변호사 린튼 윌슨 씨죠?"

사복 경찰이 말했다.

"그렇습니다. 제가 애비의 아버집니다."

"벽보 사건 용의자 애비 윌슨을 조사하러 나왔습니다. 신원을 확인하겠습니다. 윌슨 씨, 저 친구가 윌슨 씨의 아들 애비 윌슨 군이 맞습니까?"

"그렇습니다."

"알겠습니다. 윌슨 씨, 자리를 비켜 주시겠습니까?"

윌슨은 문을 열고 밖으로 나갔다.

사복 수사관은 침대 곁에 의자를 바짝 당겨 앉았고, 제복 경찰은 간호사들이 이용하는 간이 책상 위에 노트북을 펼쳤다.

"이거 네 거 맞지?"

수사관이 포켓에서 애비 윌슨 군의 학생증을 꺼내 보였다.

"네."

애비가 퀭한 눈을 껌벅이며 덤덤하게 답했다.

"2012년생이고, 세인트 존스 고등학교 재학 중 맞지?"

"네."

"네가 하는 일이 뭐야?"

"학생입니다."

"인마, 네가 밤마다 하는 게 있잖아."

"뭐요? 저, 전 학생인데요."

"이 자식이! 브라운 경사, 그거 좀 줘 봐."

수사관이 말하자 제복 경찰이 가방에서 종이 뭉치를 꺼내 건네주었다.

"이거 네가 쓴 거 맞지?"

수사관이 다그쳤다.

"네."

"너 작가 지망생이야?"

"네. 추리소설을 쓰고 있어요."

"추리소설 좋아하네. 자식. 이렇게 허접한 걸 추리소설이라고 쓰고 있다니! 너 참 한심한 놈이구나."

"…."

"어쨌든, 좋아. 그런데 왜 그런 짓을 했어?"

"뭐가요?"

"벽보 붙인 거 말이야, 인마."

"그냥요."

"뭐야? 짜식. 어서 바른대로 말하지 못해!"

"별 이유 없어요. 그냥…."

"너 인마, 그게 얼마나 큰 죄인지 알아? 너는 수사에 혼선을 초래하고, 뉴욕 경찰을 우롱했어. 넌 수사방해죄로 기소될 거야."

"죄송합니다, 수사관님."

"그러니까 어서 말해 봐. 왜 그런 짓을 했어?"

애비는 표정만 잔뜩 찡그릴 뿐 쉽게 입을 열지 않았다.

"말 안 할 거야? 너 이런 식으로 나오면 곤란해. 우리가 하기에 따라서 넌 최대 5년 동안 감옥에서 지내게 될 거야. 그래도 말 안 할 거야?"

"상상력의 한계에 부딪혔어요."

애비는 울상을 지으며 말했다.

"무슨 소리야? 좀 알아듣게 말해 봐."

"추리소설을 쓰다가 상상력의 한계에 부딪혀서… 진도가 전혀 나가지 않았어요. 그래서 저 자신에게 정신적 충격을 주고 싶었어요."

"그게 다야?"

"네."

"정말이야?"

"네."

"이런 한심한 놈!"

수사관이 종이 뭉치로 애비의 머리를 때렸다.

"죄송합니다, 수사관님."

"네 아버지 변호사지?"

"네."

"너, 네 아버지 존경하냐?"

"네."

"그럼 네 아버지께 누 끼칠 일은 앞으로 하지 마라."

"네."

"그리고 넌 네가 저지른 죄만큼 죗값을 치르게 될 거야."

"그건 각오하고 있습니다."

"각오하고 있다고? 자식. 아직 철창 신세를 져보지 않아서 잘 모르는 모양이군. 브라운 경사, 가지."

두 사람은 눈짓을 교환한 후 병실을 나갔다.

❖ ❖ ❖

뉴욕 경찰은 벽보 사건을 한 고등학생이 저지른 해프닝으로 결론 내렸고, 언론에서도 경찰의 결론을 그대로 보도했다. 하지만 뉴스가 나간 지 6시간이 지난 다음 날 새벽 1시, 센트럴파크 인근의 한 건물 벽면에 또 다른 벽보가 등장했다.

〈너희가 내 신성한 왕국을 건드렸다. 너희는 모두 죽게 될 것이다.〉

이번에도 붉은 글씨로 쓰여 있었고, 패턴도 비슷했다. 다른 점이 있다면 사람이 많이 다니는 59번가에 버젓이 벽보가 나붙었다는 점이었다.

"어머! 이게 뭐야?"

"섬뜩하네"

최초로 벽보를 발견한 사람은 뉴욕의 밤거리를 탐험하러 나온 한국인 여성 관광객들이었다. 이어 벽보를 보고 사람들이 하나둘 모여들기 시작했다.

"뉴스에 나오던 그 벽본가 보네"

"누가 또 장난을 치는 모양이군."

"신고해야 하나? 말아야 하나?"

"당연히 신고해야지. 그게 시민정신 아니겠어."

"우선 사진부터 찍어 두자."

한 시민이 스마트폰을 꺼내 사진을 찍고 있을 때 경찰이 다가왔다. 경찰은 사람들을 해산시킨 후 어딘가로 전화했다.

뉴욕 도심에 새로운 벽보가 나붙었다는 뉴스를 전해 들은 대부분의 뉴욕 시민은 약간의 피로감을 느꼈다. 사건이 해결될 조짐은 전혀 보이지 않고 엉뚱한 소식만 꼬리에 꼬리를 무는 식으로 들려왔기 때문이었다.

시민들이 느끼는 피로감이 막연하고 간접적인 것이었다면, 경찰들이 느끼는 피로감은 매우 체감적이고 직접적인 것이었다. 경찰들은 시민들의 따가운 시선과 계속되는 비상근무 등으로 점점 지쳐가고 있었다. 그 와중에 몇몇 일선 경찰관은 스스로 자랑스러워했던 제복을 벗어 던지고 평범한 시민으로 돌아가기도 했다.

❖ ❖ ❖

도심에 나붙었던 벽보를 애비 윌슨의 벽보와 비교 관찰하던 분석관은 두 벽보의 성격이 전혀 다름을 직감하였다. 내용이나 패턴은 비슷했지만, 도심의 벽보는 붉은색 페인트가 아니라 어떤 생명체의 피로 쓰여 있었던 것이다.

분석관은 그게 인간의 피인지 동물의 피인지는 당장은 알 수 없다. 분석관은 이 사실을 수사본부에 통보하고 법과학연구소에 정밀 감식을 의뢰했다.

5시간쯤 후, 인간의 피라는 감식 결과가 수사본부에 전해졌고, 수사본부는 즉각 대책회의를 열었다.

❖ ❖ ❖

자정을 넘은 시각에도 타임스퀘어 광장에는 수많은 사람으로 붐볐다. 그들 중 대부분은 뉴욕의 밤거리를 구경하러 나온 관광객들이었다. 관광객들은 뉴욕의 모든 것을 망막을 통한 기억의 필름에 담아 두려는 듯 쉼 없이 눈망울을 굴려댔다.

타임스퀘어 빌딩 맞은편 건물 5층 레스토랑에 두 명의 남성 관광객이 들어왔다. 한 사람은 청바지에 카우보이모자를 쓴 채 여행용 배낭을 메고 있었고, 한 사람은 캐주얼한 복장에 카메라를 메고 있었다.

두 사람은 광장이 훤히 내려다보이는 창문 옆에 자리를 잡고 앉았다.

"자네는 그 차림이 잘 어울리는군. 드라마에 출연해도 되겠어."

카우보이모자가 말했다.

"선배님도 잘 어울리세요. 너무 건들거리는 오버액션만 빼면⋯."

캐주얼 차림이 말했다.

"내가 그렇게 건들거렸다고?"

"동영상이라도 찍어 둘 걸 그랬네요. 연기란 자연스러운 게 기본이죠. 어깨에 힘을 약간만 빼세요."

"아, 알았어, 알았어. 일단 뭘 좀 시키자고."

카우보이모자가 벽에 걸린 메뉴판을 돌아보며 말했다.

"난 에브리띵베이글. 자네는?"

"저도요."

두 사람은 에브리띵베이글 두 접시와 홍차 두 잔을 주문하고 대화를 이어갔다.

"난 형사 생활 15년 차지만 사건을 두고 이렇게 막막해 보기는 처음일세."

"저 역시 그래요. 때때로 무기력증에 빠지기까지 한다니까요."

"자네는 이번 사건의 성격을 어떻게 보는가?"

"글쎄요. 어떤 목적을 가진 집단에 의해 저질러지고 있는 반사회적이고 야만적인 범죄라고 보는데요?"

"그렇지. 분명 어떤 목적을 가진 범죄임은 틀림없는 것 같은데…. 문제는 어떤 놈들이, 왜 그런 짓을 하는지 알 길이 없으니 말이야."

"탐사팀이 발굴한 유물과 관련이 있지 않을까요?"

"이런 젠장! 그런 뻔한 얘기는 듣고 싶지도 않네. 내가 듣고 싶은 얘기는 어떤 집단이 왜 그런 범죄를 저지르느냐 그거야. 상상력을 좀 발휘해 보게."

"놈들의 범죄 목적과 수법이 우리의 상상력을 넘어서고 있어요. 셜록 홈즈가 살아온다 해도 두 손 들고 말 걸요 아마?"

"이건 그냥 내 추측이긴 한데…. 난 아무래도 어떤 사이비 종교 집단의 소행이 아닐까 싶어."

"예측 가능한 추측이긴 합니다만, 너무 치밀하고 아무런 흔적을 남기지 않는 걸 보면 그것도 아닌 것 같아요. 만약에 사이비 종교집단의 소행이라면 목적 달성을 위해 범행의 의도를 드러내는 게 오히려 유리하지 않을까요?"

"논리적으론 그렇지. 정말이지 이번 사건은 미스터리야."

"선배님은 이번 벽보 사건은 어떻게 생각하세요?"

"인간의 피로 글씨를 썼다는 점에서 심각하다고 보지. 하지만 이번 건 역시 어떤 미친놈의 장난일 거라고 봐."

"글쎄요?"

"자네는 그렇게 보지 않는단 말인가?"

"저는 어쩐지 이번 건은 진짜일 것 같은 느낌이 팍 오거든요."

"진짜라고? 그럼 범인이 쓴 벽보란 말인가?"

"그럴 수도 있잖아요."

"그럼 범인이 왜 그런 걸 썼겠나?"

선배의 질문에 캐주얼 차림의 형사는 손가락을 두 개 폈다가 하나로 줄였다.

"둘 중 하나겠죠."

"둘 중 하나라니?"

"사실이거나, 수사에 혼선을 줄 목적이거나…."

"사실이라니! 토마스, 자네 그게 무슨 말인가?"

"선배님, 이번 사건에는 인간의 이성을 뛰어넘는 무언가가 작용하고 있다는 느낌 같은 게 들지 않으세요?"

"이 사람 좀 보게. 점점…."

"범인이 탐사팀이 발굴한 고대국가의 수호신이거나, 그 고대국가를 다스렸던 왕의 혼령일 수 있다는 가정(假定)이 터무니없는 것일까요?"

"이런! 자네가 형산가? 그런 비과학적인 말을 다 하다니…."

"얼마나 답답했으면 제가 이러겠습니까? 어떻게 흔적 하나 남기지 않고 그렇게 신출귀몰할 수가 있냐고요."

"쓸데없는 소리 말게. 조만간 범인의 정체가 드러나게 될 거야."

"저 역시 그러길 바라죠."

"몇 시야?"

"11시 22분이네요."

"교대가 얼마 남지 않았군."

"언니네 변호사는 오늘도 늦나 봐?"

커피를 마시며 라일리가 말했다.

"아마도 그럴 것 같아."

에밀리가 대답했다.

"또 뭔 일이 있어?"

"이번에도 아들 때문이야."

"아들이 사고뭉친가 보네. 이번엔 또 무슨 일인데?"

라일리가 커피잔을 입으로 가져가며 궁금한 듯 물었다.

"아들이 이틀 전에 보석금을 내고 풀려났잖니. 그래서 내 변호사
가 아들을 앉혀 놓고 훈계를 좀 했나 봐. 그것 때문인지는 모르겠는
데, 아들이 밤중에 집을 나가 버렸대. 그리고 완전 연락두절이래. 그
래서 가출 신고를 해야 하나 어쩌나 고민 중인 모양이야."

"맙소사! 언니네 변호사 걱정되겠다."

"변호사 사정 때문에 나도 일이 안 되네. 업무상 물어볼 게 많이
있는데 내 전화를 받을 상황이 아닌 것 같아 미루고 있어."

"가출 신고를 하면 찾긴 쉽겠다. 그치 언니?"

"무슨 말이야?"

"해골 같은 걔 얼굴 벌써 인터넷에 떴던데 뭐."

"인터넷에 떴다고?"

"몰랐어? 걔 이미 유명인사 다 됐어! 언니."

"언니네 변호사는 오늘도 늦나 봐?"

"오늘은 아예 안 나올 것 같아."

에밀리의 말에 라일리는 놀란 표정을 지었다.

"왜? 아들이 아직도 안 돌아온 거야?"

"어젯밤 늦게까지도 안 돌아와서 결국 가출 신고를 했대. 일이 심상치 않게 돌아가고 있어."

"아들이 반항심이 대단한가 보네."

"그냥 가출이면 다행이지. 변호사는 실종에 무게를 두고 있는 것 같아."

"설마…."

"글쎄? 가출일까? 실종일까?"

"언니, 우리 내기할까? 난 가출에 걸게."

"애는, 남의 불행을 두고 내기를 다 하자고 하니?"

"어머, 내가 그랬나? 미안."

❖ ❖ ❖

"아드님 때문에 걱정이 많겠군요?"

수사관이 책상 앞으로 다가오는 월슨 변호사에게 앉기를 권하며 말했다.

"수사에 진전이 있습니까?"

"월슨 씨, 아들의 부재는 실종이 아닌 것 같습니다."

"실종이 아니라니, 무슨 말씀인가요?"

"저희는 실종보다는 자발적 가출에 무게를 두고 있습니다."

그러자 월슨이 차분하지만 날이 선 목소리로 따지듯 말했다.

"제 아들은 이제 겨우 열여섯 살입니다. 설사 가출이라 해도 일주일 동안 행방불명 상태라면 실종으로 처리해야 하는 것 아닙니까?"

"아! 법에 관해서라면 변호사님이 저보다 더 잘 아시겠지만요. 애비 군의 경우는 좀 다른 것 같습니다."

"다르다니, 뭐가 어떻게 다르다는 겁니까?"

"월슨 씨, 애비 군이 혹시 '영생의 피'에 대해 말한 적 있습니까?"

"무슨… 영생의 피요? 처음 들어봅니다."

"월슨 씨, 애비 군은 종교가 있었습니까?"

"아니오. 내 아들은 종교에 대해서 부정적인 편이었습니다. 그건 제가 잘 알아요. 그 아이가 나이는 어려도 자신만의 주관이 뚜렷했으니까요."

"월슨 씨, 아무래도 애비 군이 사이비 종교에 빠져든 것 같습니다."

"그럴 리가요! 제 아들이 조금 엉뚱하긴 해도 절대로 그럴 아이가 아닙니다."

"애비 군이 집을 나가기 세 시간 전에 작성한 글입니다. 애비 군의 노트북에서 찾아냈습니다. 읽어 보십시오."

수사관은 A4 용지 두 장을 윌슨에게 내밀었다.

— 소설은 허구다. 허구를 실재로 포장하는 글자놀음은 유치한 장난이다. 그러나 '영생의 피'는 실재다. 그것이 내가 작가의 꿈을 버리고 새로운 길을 떠나는 데 망설임이 없는 이유다. 가족들이 나를 찾기 위한 수고를 제발 하지 않았으면 좋겠다. —

— 어린 시절 내 별명은 '해골바가지'였다. 나는 아이들의 놀림에 상처를 받았고, 늘 외톨이로 지냈다. 집에서도 나는 늘 조용하고 말이 없는 아이였다. 부모님은 그런 나를 늘 걱정스러운 눈길로 바라보곤 했다. 사실 부모님은 나를 무척 사랑하셨다. 하지만 나는 부모님의 사랑을 그대로 받아들이지 못했다. 한 번도 겉으로 드러낸 적은 없지만, 사실 나는 부모님에 대한 막연한 원망으로 가득 차 있었다. '나는 왜 이 모양으로 생겨 먹었을까? 나를 낳은 엄마 아빠에게 이 책임을 물어야 하나? 말아야 하나?' 하는 따위의 생각에 늘 시달리곤 했다. 부모님은 사람의 가치를 결정하는 데 외모는 별로 중요하지 않다고 늘 말씀하셨지만, 외모에 대한 나의 콤플렉스는 커져만 갔다.

중학교 1학년 때 학교에서 장래희망을 묻는 설문조사에 '소설가'라고 적었다. 그때 나는 소설이 뭔지 제대로 알지도 못했다. 다만 나의 외모가 사람들과 어울리는 직업에 적합하지 않다고 막연히 생각했고, 혼자 방에 처박혀서 일하는 직업이 무엇일까를 생각하다가 그렇게 적었던 것 같다. 이후, 나는 슬금슬금 소설책을 찾아 읽기 시작했다. 소설은 생각보다 재미가 있었다. 그중에서도 나는 추리소설을 가장 재미있게 읽었다. 나는 차츰 추리소설에 관심을 갖기 시작했고, 막연했던 내 꿈은 자연스레 추리소설가로 정착되었다.

그런데 이 무슨 내 인생의 아이러니란 말인가! 소설보다 더한 반전이 내 실재의 인생에서 일어나고 있으니 말이다!

그분의 조직원이 어젯밤 나를 찾아왔다. 조직원은 신출귀몰한 방법으로 나타나서 그분의 메시지를 전했다. '영생의 피'를 공급하시며 초능력을 행사하시는 그분께서는 내가 재기발랄한 상상력으로 뉴욕 경찰을 조롱한 것을 칭찬하셨으며, 나의 외모가 그분을 위한 쓰임의 도구로 적합하다고 판단하여 나를 데려오라고 명하셨다는 것이다. 나는 무척 놀랐지만, 동시에 신선한 충격을 느꼈다. 내 인생에서 이런 특별한 일이 일어나리라고 나는 예상치 못했다. 나의 콤플렉스였던 나의 외모가 가장 중요한 곳에 쓰일 수 있다는 사실이 내 가슴을 뛰게 했다!

나는 조직원이 보여 주는 동영상을 통해 그분의 초능력을 확인한 후, 기꺼이 그분을 위해 헌신할 것을 서약했다.

죽지 않고 영원히 살 수 있는 길이 있었다. '영생의 피'는 실재였다. 무릇 사람들이 말하는 그 불멸의 길이 내게 열리고 있다. 역사상 수많은 성자가 추구했지만 아무도 이르지 못했던 그 불멸의 길이….

이제 이곳에서의 정리는 모두 끝났다. 어둠이 오면 그분의 조직원이 나타날 것이고, 나는 조직원을 따라 '영생의 피'의 공급원인 그분을 만나러 떠날 것이다. ―

"제 아들이 이런 걸 남겼단 말입니까?"

"그렇습니다."

"믿을 수가 없군요. 어떻게 이런 일이…?"

"믿기 힘드시겠지만, 아드님이 그 메모를 남긴 건 사실입니다."

"그럼 이제 어떻게 해야 하나요?"

윌슨이 심각한 표정으로 물었다.

"부탁드리겠습니다. 윌슨 씨, 앞으로 이 메모에 관해서는 일절 언급하지 말아 주시기 바랍니다. 아드님을 찾는 데 전혀 도움이 되지 않을 테니까요."

"그건 약속드리겠습니다만…."

"저희는 아드님의 행방을 찾는 데 최선을 다할 것입니다. 그것이 어쩌면 컬럼비아대학 탐사팀… 아, 윌슨 씨, 이제 가셔도 좋습니다. 좋은 소식이 있으면 즉시 연락드리겠습니다."

❖ ❖ ❖

컬럼비아대학 중앙아시아 탐사팀을 겨냥한 테러가 시작된 지 20일이 지났지만, 뉴욕 경찰은 수사에 전혀 진전을 보이지 못하고 전전긍긍하고 있었다.

이 사건은 이제 뉴욕 시민들의 관심을 넘어 전국민적 관심사로 떠올랐고, 사람들이 모이는 곳에서는 대화의 단골 메뉴로 등장했다.

"세상에 별일도 다 있지. 첨단 수사기법을 자랑하는 뉴욕 경찰이 이런 사건도 해결하지 못하고 있다니 말이야."

뉴욕시 브루클린가의 한 노천 카페에서 보라색 셔츠를 입은 시민이 탄산음료를 마시며 말했다.

"그러게 말이야. 정말 한심해."

탁자 맞은편에 앉은, 뉴욕 양키스 모자를 쓴 사람이 대꾸했다.

"난 특단의 대책이 필요하다고 생각해. 당장 뉴욕 경찰국장을 바꾸던지, 아니면 이 사건을 FBI에 넘겨야 한다고 봐."

"난 인사권자인 뉴욕시장이 책임지고 물러나야 한다고 생각해. 이건 정말 무능의 극치야."

"근데 그 여대생은 어떻게 된 걸까?"

"누구?"

"두 번째 희생자인 코비 다비스의 여자친구 말이야. 데이트 도중에 실종됐다고 했잖아."

"아! 참. 그 건도 전혀 진전이 없잖아."

"범인이 여자를 납치한 걸까?"

"그럴지도 모르지. 아주 예쁘던데?"

"봤어?"

"자네 아직 못 봤어? 인터넷에 떴어!"

"그래?"

보라색 셔츠는 탁자 위에 둔 스마트폰을 집어 들었다.

"걔 이름이 뭐였더라?"

"줄리아 정."

"줄리아 정? 한국계야?"

"한국계 미국인이야. 예쁘기만 한 게 아니라 뉴욕대학에 수석으로 입학한 재원이야."

"오! 그래?"

보라색 셔츠는 손가락을 바삐 움직이더니 화면을 쭉쭉 밀어 올렸다.

"와우! 엄청 예쁜데?"

"그래서 어쩔 건데?"

"어쩌긴 친구야. 안타까워서 그러는 거지."

사건 발생 22일째인 9월 15일. 『뉴욕포스트』는 여론조사 전문 회사인 라스무센 리포트에 의뢰하여 뉴욕 시민들을 대상으로 실시한 여론조사를 발표하였다.

* 이번 사건을 컬럼비아대학 중앙아시아 탐사팀을 향한 테러로 보는가?

그렇다 92%, 그렇지 않다 5%, 모름 또는 무응답 3%

* 이번 사건을 현재 진행형으로 보는가?

그렇다 87%, 그렇지 않다 4%, 모름 또는 무응답 9%

* 이번 사건을 해결하지 못한 책임을 지고 뉴욕 경찰국장이 사임해야 한다고 생각하는가?

그렇다 95%(즉시 사임 78%였음), 아니다 3%, 모름 또는 무응답 2%

* 이번 사건의 책임을 뉴욕시장에게도 물어야 한다고 생각하는가?

그렇다 45%, 그렇지 않다 23%, 모름 또는 무응답 32%

* 이번 사건을 바라보는 당신의 기분은?

우울하다 21%, 무력감을 느낀다 30%, 이상하다 47%, 답하고 싶지 않다 2%

사건 발생 28일이 지난 9월 21일 아침 7시 10분, 타임스퀘어 광장. 사람들이 단체 마임이라도 하듯 정지된 자세로 일제히 타임스퀘어 빌딩 정중앙에 위치한 광고 스크린을 향해 고개를 젖히고 있었다. 광고 스크린에는 삼성전자 광고가 다시 중단되고 CNN 뉴스 속보가 전파를 타고 있었다.

"CNN 뉴스 속봅니다. 컬럼비아대학 중앙아시아 탐사팀에 세 번째 희생자가 발생하였습니다. 세 번째 희생자는 탐사에 참여했던 컬럼비아대학 박물관 전 학예연구실장 티튜스 무어 박사로 알려졌습니다. 이번 사건은 경찰의 철통 같은 경호망을 뚫고 일어난 일이라 국민들의 충격이 상당히 클 것 같은데요. 이 소식 뉴욕 경찰국에 나가 있는 노아 존슨 기자를 연결해서 알아보도록 하겠습니다. 존슨 기자 나와 주시죠."

"예, 노아 존슨 기잡니다."

"존슨 기자, 경찰이 경호를 철저히 하고 있었을 텐데 어떻게 이런 일이 발생했습니까?"

"그렇습니다. 상당히 충격적인 일이 벌어졌습니다. 사건이 일어난 어제 새벽 3시경, 두 명의 경호경관이 무어 박사를 경호하고 있었는데요. 한 명은 무어 박사의 집 앞에 설치된 간이 초소에서 숨진 채 발견됐고, 다른 한 명은 현재 실종 상태입니다."

"숨진 경관과 실종된 경관의 신원은 밝혀졌습니까?"

"예, 숨진 경관은 뉴욕 경찰국 특수경호대 소속의 애런 힐 경사고, 실종된 경관은 같은 소속의 카벤 로빈슨 경위입니다."

"사건이 새벽 3시경에 일어났다는 건 어떻게 알게 된 겁니까?"

"무어 박사의 부인 미아 무어 씨의 제보로 알려졌습니다. 미아 무어의 제보에 의하면 새벽 3시경 복면을 한 괴한이 문을 부수고 침실로 들어와 다짜고짜 남편을 칼로 찔러 살해하고 달아났다고 합니다."

"집 안에 비상벨 같은 것은 없었나요?"

"침대 옆에 비상벨이 설치되어 있다고 합니다. 그러나 범인이 문을 부수는 소리를 듣고 무어 박사 부부가 계속 비상벨을 눌렀지만 아무 소용이 없었다고 합니다."

"알겠습니다.

CNN 뉴스 속보를 마칩니다."

타임스퀘어 빌딩 광고 스크린에는 언제 무슨 일이 있었나 싶게 다시 삼성전자 광고가 떴고, 집단 마임을 하듯 멈춰 있던 사람들은 잠시 웅성거리다가 이리저리 흩어졌다.

세 번째 희생자가 발생했다는 속보가 나온 지 2시간 50분이 지난 오전 10시, 새로운 속보가 여러 방송을 통해 일제히 보도됐다. 이번에는 애릭 애덤스 뉴욕 경찰국장이 전격 사임했다는 속보였다. 그중 폭스뉴스의 보도.

— 오늘 오전 9시, 애릭 애덤스 뉴욕 경찰국장이 카벤 벨 뉴욕시장에게 사임 의사를 전했고, 카벤 벨 뉴욕시장은 이를 수용했다고 합니다. 애릭 애덤스 전 뉴욕 경찰국장은 경찰 책임자로서 과학자들을 지켜내지 못한 책임을 통감한다는 짧은 멘트를 남긴 채 청사를 떠났습니다. 카벤 벨 뉴욕시장은 곧 새로운 경찰국장을 임명할 예정으로, FBI 출신의 마이클 마틴이 유력한 후임자로 거론되고 있습니다. —

오전 11시경, 세 번째 희생자인 무어 박사의 집 앞에 수많은 취재진이 몰려들었다. 취재진은 경찰 바리케이드 앞에 둘러서서 일제히 박사의 집을 바라보고 있었다. 건축용 사다리 위에 올라가 카메라를 들이대는 사람도 있었다. 취재진이 있는 곳에서 100피트쯤 떨어진 곳에는 동네 주민 20여 명이 모여 있었는데, 이들 역시 무어 박사의 집을 주시했다.

11시 20분경, 뉴욕시 법의관인 카말라 스타일스가 경관 한 명과 함께 박사의 집에서 나왔다. 이를 본 취재진이 우르르 몰려들자 보초를 서고 있던 두 명의 경찰이 결사적으로 막아섰다.

"숨진 경호관의 사인은 무엇입니까?"

"실종된 경호관은 어떻게 된 겁니까?"

"간이 초소에 설치된 CCTV는 확인했습니까?"

기자들이 고함치듯 질문했지만, 법의관과 경관은 아무 말도 하지 않고 경찰차 옆에 주차된 검은색 세단을 타고 떠나 버렸다.

"왜 취재를 막는 거야?"

한 기자가 볼멘소리로 말했다.

"이거 뭔가 이상해."

다른 기자가 말을 받았다.

"저 간이 초소에 분명 CCTV가 설치돼 있었을 텐데 말이야."

또 다른 기자는 의문스럽다는 듯 고개를 갸웃했다.

"아직까지도 숨진 경관과 실종 경관에 대한 언급이 일절 없는 걸 보면 뭔가 냄새가 나."

그때, 한 기자가 바리케이드를 넘어 간이 초소 쪽으로 달리기 시작했다. 보초를 서던 경찰 두 명이 황급히 기자를 뒤쫓았고, 간이 초소 바로 앞에서 기자를 붙잡았다.

"당신은 법을 위반했어. 당신을 현행범으로 체포한다."

경찰이 기자에게 수갑을 채우며 말했다.

그때, 저쪽에서 동네 주민들이 우르르 몰려왔다.

"당신들이 경찰이야? 범인도 못 잡으면서!"

한 주민이 삿대질까지 해 가며 말하자 다른 주민들이 동조했다.

"무능한 경찰은 필요 없다!"

"썩어빠진 경찰도 필요 없어!"

"왜 기자들의 취재를 막는 거야?"

"분명 뭔가가 있어."

주민들은 취재진과 합세해 일제히 경찰을 맹비난하기 시작했다.

다음 날 아침 7시, ABC 뉴스가 티튜스 무어 교수는 범인이 아닌 실종 경호경관 카벤 로빈슨에게 피살되었다고 보도하였다. 범인 측에 매수된 경호경관 카벤 로빈슨이 음료에 독극물을 타 동료 경호경관을 살해한 후, 복면을 쓰고 무어 박사의 집에 침입해 예리한 칼로 박사를 살해한 후 도주했다는 것이었다.

이 보도를 접한 뉴욕 시민들은 충격에 휩싸였다. 뉴욕 경찰국 민원실에는 사실 여부를 확인하려는 시민들의 전화가 빗발쳤다.

ABC의 보도 후 2시간이 지난 오전 9시, 뉴욕 경찰은 이 사실을 인정하고 간이 초소에 설치되어 있던 CCTV를 처음으로 공개하였다. CCTV는 순찰에서 돌아온 카빈 로빈슨이 건넨 캔커피를 마신 애런 힐 경호경관이 목을 움켜쥐며 쓰러지는 장면, 카빈 로빈슨이 가슴팍에서 복면을 꺼내 쓰고 빠르게 뛰쳐나가는 장면 등이 고스란히 담겨 있었다.

경찰의 CCTV 공개 2시간 후인 오전 11시.

뉴욕 경찰국 앞에는 수천 명의 시민이 몰려들었다. 시민들은 "뉴욕 경찰은 썩었다", "우리는 더 이상 뉴욕 경찰을 믿을 수 없다", "뉴욕 경찰은 사건을 당장 FBI에 넘겨라" 등의 피켓을 들고 시위를 벌였다.

같은 시각, 뉴욕 시청 앞에는 더 많은 시민이 몰려들어 시위를 벌이며 카벤 벨 뉴욕시장의 사임을 요구했다.

시민들의 비난과 시위 등으로 어수선하던 9월 23일 FBI 출신의 마이클 마틴이 새로운 뉴욕 경찰국장으로 부임하였다.

마이클 마틴은 당일 오전 10시 뉴욕 경찰청사 대강당에서 취임사를 가졌다.

— 저는 너무나도 무거운 마음으로 이 자리에 섰습니다. 먼저 훌륭한 일을 수행하시고도 테러범들로부터 희생당한 폴딩 박사님, 무어 박사님, 코비 다비스 군의 영전에 삼가 조의를 표합니다. 뉴욕 경찰의 책임자로서 그분들의 안녕을 지켜 드리지 못한 점을 가슴 깊이 사죄드립니다. 그리고 경호 임무 중 사망한 애런 힐 경사의 가족들에게 깊은 위로의 말씀 전합니다.

법과 질서를 존중하고 자유를 사랑하는 뉴욕 시민 여러분, 컬럼비아대학 탐사팀원 여러분, 그리고 탐사팀원의 가족 여러분, 저는 지금 여러분들께 무슨 말씀을 드려야 할지 몰라 매우 안타까운 심정입니다. 사건의 조속한 해결 외에는 그 어떤 말도 공허한 메아리에 불과하다는 것을 저는 누구보다 잘 인지하고 있습니다.

그러나 유감스럽게도 이번 사건은 쉽게 해결될 유형의 사건이 아닙니다. 시민 여러분께서는 인내심을 갖고 전대미문의 사건에 직면한 뉴욕 경찰을 지켜봐 주십시오. 저희 뉴욕 경찰은 사건의 해결을 위해 최선을 다하겠습니다.

저는 오늘 아침 청사로 출근하면서 몇 가지 조치를 구상하였습니다.

우선, 추가 범죄를 예방하기 위해 컬럼비아대학 탐사팀원 전원을 안전한 장소로 모시려 합니다. 이를 위해 신속하게 당사자들의 동의 절차를 밟을 예정입니다.

다음으로, 뉴욕 경찰이 투철한 사명감으로 재무장하여 민중의 지팡이, 시민들의 안전 지킴이로 거듭날 수 있도록 철저한 정신 교육을 실시하고자 합니다.

마지막으로, 경찰의 명예를 실추시키고 추악한 범죄에 가담한 배신자 카벤 로빈슨을 체포하기 위해 특별 대책위원회를 구성할 것입니다. 필요하다면 거액의 현상금을 내걸어서라도 배신자를 기필코 잡아 법정에 세울 것입니다.

뉴욕 경찰은 오늘부터 새로운 각오로 사건 해결에 최선을 다할 것을 약속드립니다. ―

❖ ❖ ❖

뉴욕 브롱크스 지역의 한 아파트.

"여보, 아직 안 끝났어?"

줄리언 스미스가 주방에서 설거지 하고 있는 아내에게 물었다.

"다 돼 가요."

스미스의 아내 마리아가 대꾸했다.

"빨리 끝내고 와. 지금 막 시작했어."

그 순간, 미국 NBC 방송 시사프로그램『그것이 궁금하다』의 진행자인 방송인 짐 모리스가 TV 화면에 등장했다.

진행자: 안녕하십니까?『그것이 궁금하다』진행자 짐 모리스입니다. 오늘은 예고한 대로 각계각층의 패널 여섯 분을 모시고 컬럼비아대학 탐사팀에 가해지고 있는 테러 문제를 다루어 볼까 합니다. 컬럼비아대학 탐사팀에 테러가 시작된 지 한 달이 지났습니다. 그동안 이 사건으로 네 명이 살해되고, 두 명이 실종되었으며, 한 번의 살해미수까지 일어났습니다. 하지만 해결의 기미는 전혀 보이지 않고 사건은 점점 미궁으로 빠져들고 있습니다. 경찰의 수사는 아직도 원점에 머무르고 있는 것으로 알려져 있습니다. 뉴욕 경찰은 범인이 전혀 흔적을 남기지 않고 있다는 말만 되풀이하는 중입니다. 과학수사와 첨단 수사기법으로 유명한 뉴욕 경찰답지 않은 변명입니다. 에릭 애덤스

뉴욕 경찰국장이 사임하고 새로운 경찰국장이 어제 취임하였습니다. 마이클 마틴 신임 뉴욕 경찰국장은 국민들이 큰 기대를 하고 있음을 명심하시고, 사건 해결에 최선을 다해 주시기 바랍니다.

오늘은 사전 협의에 따라 패널들의 이름을 공개하지 않고, 앉은 순서대로 패널 A, 패널 B 하는 식으로 칭하면서 진행하도록 하겠습니다.

진행자: 그럼 범죄심리학 전문가이신 패널 A에게 질문드리겠습니다. 먼저 이번 사건의 성격을 어떻게 보시는지요?

패널 A: 이번 사건은 조직적인 범죄집단에 의해 저질러지고 있는 매우 잔인하고 반사회적인 범죄입니다.

진행자: 범인들이 무슨 목적으로 이런 범죄를 저지르고 있다고 생각하십니까?

패널 A: 현재로써는 알 수 없습니다. 하지만 이번 사건으로 인해 나타난 사회적 현상들을 통해 범인들의 목적을 유추해 볼 수는 있겠죠. 사건 이후 뉴욕 시민들이 불안해하고, 뉴욕 경찰의 무능을 질타하는 시위가 일어나는 등 사회가 매우 혼란스러워졌습니다. 어쩌면 이게 범인들이 노리는 목적이 아닐까, 개인적으로 생각해 봅니다.

진행자: 다음은 법의학 전문가이신 패널 B께 질문드립니다. 첫 번째 희생자인 폴딩 박사님의 사인이 기도 막힘에 의한 호흡 정지로 밝혀졌는데요. 그렇다면 누가 손으로 목을 조르거나 무언가로 기도를 압박했을 것 아닙니까? 당하는 사람은 당연히 몸부림을 쳤을 것이고, 그 과정에서 어떤 식으로든 범행의 흔적이 남지 않겠습니까?

패널 B: 범인이 특수한 기구를 사용했을 것으로 보입니다.

진행자: 특수한 기구라면…?

패널 B: 폴딩 박사는 사망 당시에 목이 90도로 돌아가 있었습니다. 목뼈도 부러져 있었지요. 제 추측입니다만, 전기충격기 같은 것을 이용해 순간적으로 기절시킨 후 목을 비틀어 기도를 막은 게 아닐까 생각됩니다.

진행자: 얼굴을 잡고 목을 비틀었다면 얼굴에 눌린 자국이나 어떤 흔적이 남지 않을까요?

패널 B: 범인이 특수한 장갑 같은 걸 꼈다면 사진에는 그런 흔적이 나타나지 않을 수도 있겠지요.

진행자: 특수한 기구에 특수한 장갑이라. 이번 사건은 정말 특수한 사건인 것 같습니다. 그럼 전직 경찰 간부 출신의 패널 C께서는 이 사건을 어떻게 보고 계시는지 궁금하군요.

패널 C: 이번 사건은 프로파일링이 전혀 통하지 않는 미스터리한 사건입니다. 뉴욕 경찰이 한 달 넘게 수사를 진행하고 있지만, 전혀 단서를 잡지 못하고 있어요.

진행자: 범인이 경찰보다 한 수 위라는 겁니까?

패널 C: 범인들이 왜 이런 범죄를 저지르는 걸까? 그런 기본적인 질문에서부터 벽에 부딪혔어요. 도무지 그 범행의 의도를 종잡을 수가 없으니까요.

진행자: 그렇다면 범인을 잡아서 물어보면 될 것 아닙니까?

패널 C: 할 말이 없네요. 저도 경찰에 몸담았던 사람으로서 자괴감을 느낍니다.

진행자: 이번에는 현직 대학교수이자 고고학 박사이신 패널 D께 질문드리겠습니다. 고고학이란 학문에 대해 일반인들은 사실 막연하게 알고 있는데요. 우선 고고학이란 학문이 어떤 것인지 구체적으로 말씀해 주시겠습니까?

패널 D: 고고학이란, 고대인들이 남긴 유물이나 유적 등 잔존물들을 발굴 및 수집하여 연구하는 학문입니다.

진행자: 그럼 범인들이 왜 하필이면 이런 학문을 연구하는 사람들을 겨냥했다고 생각하십니까?

패널 D: 글쎄요? 그건 범인들만이 알겠지요. 저는 탐사팀원들이 테러를 당해야 할 이유를 찾을 수가 없습니다.

진행자: 탐사팀이 발굴한 유적과 유물이 이번 사건과 관련이 있을 거라는 생각은 해 보지 않았습니까?

패널 D: 당연히 해 보았지요. 탐사팀이 한 행위란 유적과 유물을 발굴한 것뿐이니까요. 하지만 그것이 테러를 당해야 할 이유가 될 수는 없다고 봅니다.

진행자: 조심스러운 질문이긴 합니다만, 혹시 고고학계에 어떤 갈등 같은 것은 없습니까?

패널 D: 없습니다. 있을 수 없는 일입니다.

진행자: 다음은 순서를 바꿔서 평범한 뉴욕 시민인 패널 F께 질문드리겠습니다. 패널 F께서는 왜 이런 사건이 발생했다고 생각하십니까?

패널 F: 잘 모르겠습니다.

진행자: 저를 포함한 여기 계신 모든 분들도 모르기는 마찬가집니다. 어떤 말씀을 하셔도 좋습니다. 자신의 의견을 말씀해 주시면 좋겠습니다.

패널 F: 이번 사건에는 이상한 점이 너무 많습니다. 인간의 이성적인 판단을 뛰어넘는 무엇이 작용하고 있는 것 같습니다. 그러니까… 경찰도 지금까지와는 다른 관점에서 수사에 임해야 한다고 생각합니다.

진행자: 다른 관점이라면?

패널 F: 비과학적이라고 할지 모르지만, 저는 인간 미라 화석에 주목할 필요가 있다고 생각합니다.

그때, 다른 패널들이 일제히 패널 F를 돌아보았다. 몇몇 패널은 참지 못하고 웃기도 했다.

진행자: 인간 미라 화석이라면 컬럼비아대학 탐사팀이 발굴한 유물을 말씀하시는 거겠지요? 그렇다면 그 화석을 어떻게 해야 한다는 말씀인가요?

패널 F: 저는 인간 미라 화석을 원래 자리에 돌려놓는 것이 사건의 해결 방법일 수도 있다고 생각합니다.

진행자: 그러니까 패널 F께서는 미라의 혼령이 나타나서 탐사팀에게 복수극을 벌이고 있다, 이렇게 보신단 말씀인가요?

패널 F: 뭐 꼭 그렇다기보다는…. 사건이 미궁에 빠지고 시민들이 불안해하니까 그렇게라도 해 보자는 거지요. 생각해 보세요. 경찰이 아무리 과학적 방법을 동원해서 수사해도 아무런 효과가 없었습니다. 그렇다면 이번 사건은 과학적인 방법으로는 해결이 불가능한 거 아닐까요?

진행자: 하하, 알겠습니다. 패널 F께서는 혹시 '미라' 관련 영화를 보신 적이 있습니까?

패널 F: 아닙니다, 전 그런 종류의 영화를 좋아하지 않습니다.

진행자: 그렇군요. 의견 주셔서 감사합니다. 다음은 전직 인권변호사이자 현재 민간단체에서 인권운동을 하고 계시는 패널 E께 질문드리겠습니다. 컬럼비아대학 탐사팀원들이 경찰의 보호하에 안가에서 지내는 것으로 알려져 있는데, 이 점에 대해서 어떻게 생각하십니까?

패널 E: 매우 심각한 문제라고 봅니다. 컬럼비아대학 탐사팀원들이 안가에서 지내게 된다면 필연적으로 개인의 자유가 제한될 것이고, 이로 인해 또 다른 문제가 발생할 것입니다. 안전만큼이나 개인의 자유도 중요합니다. 신임 뉴욕 경찰국장이 이렇게밖에 할 수 없었는지 저는 정말 안타까울 따름입니다.

진행자: 이 사건은 현재 진행형인 사건입니다. 마이클 마틴 신임 뉴욕 경찰국장이 더 이상의 희생을 막기 위해서 이와 같은 극단적인 조치를 한 것으로 알고 있습니다. 다른 더 좋은 방법이 있었을까요?

패널 E: 자유와 인권은 미국이 추구하는 최고의 가치입니다. 테러에 굴복해 개인의 자유를 제한하는 것은 미국의 정신이 아닙니다.

진행자: 국민의 생명보다 자유와 인권이 더 중요하다는 말씀입니까?

패널 E: 자유와 인권을 보장하면서 국민의 생명을 지켜내자, 이겁니다.

진행자: 그런 좋은 방안이 있다면 말씀해 주시죠?

그러자 패널 E의 얼굴이 갑자기 붉어졌다. 그는 불쾌한 표정을 감추지 못했다.

패널 E: 그런 방안을 왜 제가 말해야 합니까? 경찰 당국이 찾아내야 하는 것 아닙니까?

진행자: 알겠습니다. 이번 사건의 해결을 위해서 경찰 당국뿐만 아니라 국민 모두가 지혜를 모아야 할 때가 아닌가 싶습니다. 그럼 잠시 시청자들의 의견을 들어보는 시간을….

"언니, 오늘 많이 다운된 것 같은데?"
라일리가 커피 두 잔을 쟁반에 받쳐 들고 휴게실로 들어오며 말했다.
"요즘 기분이 좀 그러네. 일도 손에 잡히지 않고…."
에밀리가 소파에 몸을 묻은 채 말했다.
"남편 때문에 그러는 거지? 언니. 집에도 못 온다면서."

"꼭 그 문제 때문만은 아니야. 왠지 내 삶이 막연한 불안에 갇혀 있다는 느낌이야."

"그 기분 알 것 같아. 근데 언니네 남편은 지금 어디 있는 거야?"

"그건 나도 몰라."

"남편과 통화는 하고 있고?"

"당분간 통화도 할 수 없대."

"어머나! 사건이 빨리 해결되어야 할 텐데 큰일이야. 나도 뉴욕 시민의 한 사람으로서 너무 걱정돼. 언니."

"난 참 나약한 인간인가 봐."

"어머! 언니 왜 갑자기 그런 말을 해?"

"모르겠어. 요즘 자꾸 그런 기분이 들어."

"너무 걱정하지 마, 언니. 뉴욕 경찰이 곧 사건을 해결할 거고, 언니는 평화로운 일상으로 돌아가게 될 거야. 언니, 안 들어갈 거야? 난 들어가 봐야겠어."

"응, 먼저 들어가. 난 좀만 더 있다 갈게."

컬럼비아대학 중앙아시아 탐사팀이 뉴욕 경찰의 보호하에 격리 수용된 지 일주일 만에 또 한 명의 희생자가 발생했다는 소식이 CNN 저녁 뉴스를 통해 발 빠르게 보도됐다.

― 불면증과 정서불안 증세를 보이던 컬럼비아대학 탐사팀원 머렌 토마스 씨가 뉴욕 시내 모 병원에 입원한 지 하루만인 오늘 오후 5

시 30분경 입원실 창문을 열고 투신했습니다. 피를 흘리며 쓰러져 있는 토마스 씨를 발견한 병원 방문객이 즉시 병원 측에 알렸고, 병원 관계자들은 즉시 토마스 씨를 응급실로 옮겼지만 이미 숨진 뒤였다고 합니다. NBN 기자들이 취재한 바에 따르면, 두 군데 안가에 분산 수용되어 있는 컬럼비아대학 탐사팀원 대부분이 숨진 토마스 씨와 비슷한 정서불안 증세를 보이고 있다고 하는데요. 이에 대한 대책이 시급한 것 같습니다. ─

퇴근 후 거실 소파에 앉아 TV를 보던 안토니오 리드는 문득 알 수 없는 불안감을 느꼈다. 컬럼비아대학 탐사팀원들이 느끼는 불안감이 어쩐지 강 건너 불처럼 느껴지지 않았다. 언젠가는 뉴욕 시민 전체에게로 번져 올, 전염성을 지닌 것처럼 느껴진 것이다.

조금 전, 씻은 포도를 쟁반에 담아 리드 옆에 두고 간 그의 아내가 초등학교에 다니는 딸을 데리고 나왔다.

"여기서 아빠랑 포도 먹으렴. 그리고 엄마 아빠랑 대화도 좀 하고. 여보, 스잔나가 벌써 사춘긴가 봐요. 엄마 말도 잘 안 듣고 그래요. 어쩌면 좋아요?"

엄마 아빠 사이에 앉은 스잔나는 새침한 표정으로 물기를 머금은 포도 한 알을 따서 입안에 쏙 집어넣었다.

"여보, 왜 그래요? 무슨 일 있었어요?"

리드의 아내는 상념에 잠긴 듯 망연한 표정으로 앉아 있는 남편에게 물었다.

"또 한 명이 희생되었대."

"뭐가요? 또 컬럼비아대학 탐사팀… 맙소사! 어쩌면 좋아."

"뉴욕 시민의 한 사람으로서 무력감을 느껴. 무고한 과학자들이 차례로 희생되는 상황을 지켜볼 수밖에 없다는 게…."

"그렇긴 하지만, 평범한 시민인 당신이 뭘 어떻게 하겠어요?"

"아빠, 인터넷에 살해 현황 명단 떴어."

스잔나가 대화에 끼어들었다.

"명단이라니, 무슨 명단?"

리드가 놀란 듯 물었다.

"아빠, 방금 그거 얘기하는 거 아니었어? 컬럼비아대학 탐사팀."

"그래, 맞아. 근데 너 그거 어디서 봤니?"

"학교에서 애들이랑 봤어."

"너희들이 그런 걸 봤다고?"

리드가 우울한 표정으로 아내를 돌아보았다. 아내는 걱정스러운 눈길로 딸 스잔나의 옆모습을 바라보고 있었다.

"나 방에 들어가도 돼?"

스잔나가 엄마 아빠를 번갈아 빤히 올려다보며 말했다.

"왜? 포도 더 먹지 않고…."

"그만 먹고 싶어, 엄마. 나 그만 들어갈래."

스잔나는 일어나서 자기 방으로 갔다.

한동안 심각한 표정으로 앉아 있던 리드는 일어나 거실 한쪽 컴퓨터로 걸어갔다. 그의 아내 아멜리아도 궁금한 듯 남편의 뒤를 따라갔다. 리드는 컴퓨터를 열고 구글 창에 '컬럼비아 대학 탐사팀 명단'으로 검색했다. 화면을 쭉쭉 올리던 리드는 곧 컬럼비아대학 탐사팀 명단을 찾아냈다.

〈컬럼비아대학 중앙아시아 탐사팀 살해 현황〉

- **리암 폴딩**: 74세, 컬럼비아대학 전 박물관장, 고고학 박사, 교수……살해

- **제프 네오**: 73세, 컬럼비아대학 지질학연구소장, 지질학 박사, 교수……1차 살해미수. 살해 예정

- **티튜스 무어**: 65세, 컬럼비아대 박물관 학예연구실장, 고고학 박사, 교수…살해

- **초이 잭슨**: 47세, 컬럼비아대 박물관 연구원, 고고학 박사, 교수……살해 예정

- **줄리언 제임스**: 40세, 컬럼비아대 박물관 연구원, 고생물학 박사, 조교……살해 예정

- **튜이 브라운**: 39세, 컬럼비아대 박물관 연구원, 역사학 박사, 조교……살해 예정

- **올리버 윌리엄스**: 38세, 컬럼비아대 대학원 박사과정,
고고학 석사, 조교……살해 예정

- **딕 스미스**: 36세, 컬럼비아대 대학원 박사과정,
역사학 석사, 조교……살해 예정

- **머렌 토마스**: 34세, 컬럼비아대 대학원 박사과정,
고미술학 석사, 조교……살해

- **딕 테일러**: 25세, 컬럼비아대 고고학과 학생,
실습생……살해 예정

- **코비 다비스**: 23세, 컬럼비아대 고고학과 학생,
실습생……살해

- **줄리언 제임스**: 22세, 컬럼비아대 고고학과 학생,
실습생……살해 예정

- **자코브 머스크**: 23세, 컬럼비아대 고고학과 학생,
실습생……살해 예정

- **제프 주니어 베이조스**: 22세, 컬럼비아대 고생물학과 학생,
실습생……살해 예정

- **로버트 케이츠**: 22세, 컬럼비아대 고미술학과 학생,
실습생……살해 예정

- **조수아 톰슨**: 22세, 컬럼비아대 역사학과 학생, 실습생……살해 예정

- **빌리 브라운**: 22세, 컬럼비아대 역사학과 학생, 실습생……살해 예정

명단을 유심히 살펴보던 리드가 흠칫 놀랐다.

"뭔가 이상해."

리드가 중얼거리듯 말했다.

"뭐가요?"

그의 아내가 놀란 눈을 하고 곧장 물었다.

"여기 봐. 조금 전 뉴스에서 오늘 오후 5시 30분에 사망했다고 나온 머렌 토마스가 '살해 예정'이 아니라 '살해'로 되어 있잖아."

"벌써 살해 명단에 추가한 건가요?"

"아니, 이 명단이 작성된 시점은 오늘 새벽 3시 18분이야. 여기를 봐."

"어머! 정말이네."

"치밀한 놈들이 오기를 했을 리는 없고…."

"그럼 명단이 자동으로 '살해 예정'에서 '살해'로 바뀐 걸까요?"

"현재의 기술로는 불가능한 일이야. 머렌 토마스의 사망을 예견하고 미리 올려 둔 거라면 몰라도…."

"왜 이렇게 이상한 일들이 자꾸 일어나는 걸까요? 세상이 어떻게 되려나…."

"여보, 경찰에 이 사실을 알리는 게 어떨까?"

리드가 아내를 뒤돌아보며 말했다.

"아서요. 경찰이 뭐 그 정도 모를까 봐."

"그야 그렇겠지"

10월 2일 오전 10시. FBI(미국연방수사국)는 대변인을 통해 매우 이례적으로 성명을 발표하였다.

— FBI 사이버수사대는 현재 수사력을 총동원하여 인터넷에 컬럼 비아대학 중앙아시아 탐사팀 살해 현황 명단을 올린 사람을 찾고 있 습니다. 저희 FBI는 명단 작성자가 하루 전에 '살해 예정'으로 표기 한 글자가 어제 오후 5시 30분에 투신자살한 머렌 토마스 씨의 사 망 실시간에 맞춰 '살해'로 바뀐 점을 심각하게 보고, 이번 수사에 직접 개입하기로 하였습니다. 현재 저희 수사팀은 구글 등 포털사의 관계자들을 불러 '보이지 않는 손'의 존재 유무와 현재의 기술로 인 터넷에 올린 글자의 자동 변신이 가능한지 등을 조사하고 있습니다. FBI는 사회 전반에 불안을 조성하는 어떤 행위에 대해서도 연방정 부 차원에서 대응할 것입니다. —

FBI 발표는 곧 언론을 통해 미국 전역에 보도되었다.

"드디어 FBI가 나서는군."

뉴욕의 한 노천 카페에서 스마트폰을 들여다보던 한 시민이 말했다.

"당연한 수순이지. 무능한 뉴욕 경찰은 동네 불량배들 단속이나 하고 이번 사건에서 손을 떼야 해."

맞은 편에서 커피를 마시던 다른 시민이 말했다.

"본격적인 수사 개입이 아니라 사이버 수사만 할 모양이던데?"

"그게 그거 아니겠어? 수사를 하다 보면 거미줄처럼 엮여 있을 거고, 그럼 결국 FBI가 전면에 나서게 될 거야."

"근데 인터넷에 올린 글이 실시간에 맞춰서 저절로 바뀌는 게 가능할까? 난 그거 듣고 섬뜩하더라니까."

"그러게 말이야. 나도 그게 이해가 안 되더라고."

"이번 사건에는 인간의 이성을 뛰어넘는 뭔가가 있는 게 분명해."

"빌리, 자네 무슨 소릴 하는 거야?"

"자네도 생각 좀 해 보게. 사건이 발생한 지 한 달이 지났지만, 범인의 실체는 오리무중이고 시민들의 불안감은 가중되고…. 이 상황이 자네는 이해가 되냐고."

"그래서 FBI가 뛰어든 거 아니겠어? 조금 더 기다려 보자고."

10월 5일, 『워싱턴포스트지』 사회면.

— 늘어나는 실종자 문제, 심각하게 우려할 만한 수준.

FBI 통계에 따르면 올해 1월 1일부터 9월 31일 현재까지 미국 전역에서 1,254건의 실종 신고가 접수된 것으로 밝혀졌다. 이는 작년

한 해 동안 미국 전역에서 발생한 실종 건수의 두 배에 가까운 수치이다. 올해 발생한 1,254건 중 해결 및 종결 처리된 건수는 20%에도 미치지 못하는 244건에 불과하다. 244건 중 안전하게 귀가한 건수는 165건에 불과하고, 나머지는 피살, 자살, 해외 도피 등이었던 것으로 밝혀졌다. 244건을 제외한 나머지 1,010건은 현재 미해결 상태로 남아 있다. 미해결 상태로 남아 있는 1,010명의 실종자는 모두 어떻게 된 것일까?

올해 실종된 사람 중 눈에 띄는 인물로는 핵물리학자 제프 화이트 박사, 전 전략사령부 부사령관 딕 베이조스 장군, 유명 개그맨 겸 방송 진행자 글렌 케이츠 등인 것으로 확인됐다. 또한, 컬럼비아대학 탐사팀 사건과 직간접적으로 관련된 실종자도 세 명이 있다. 폴딩 박사 살해 용의자를 태웠던 택시기사 마테오 곤살레스, 실습생으로 탐사팀에 참여했다가 살해된 코비 다비스의 여자친구 줄리아 정, 벽보 소동을 일으킨 후 '영생의 피'를 찾아 떠난다며 사라진 애비 윌슨이다.

10월 6일 저녁 9시, CNN의 뉴스 보도.

— 미국 연방수사국 FBI는 올해 발생한 1,010건의 미해결 실종 사건 중 약 50%에 해당하는 504건이 지난 3개월 동안 집중적으로 일어났다는 점에 주목하고 수사에 착수한 것으로 밝혀졌습니다. CNN이 취재한 바에 따르면 FBI는 실종 사건이 뉴욕에서 미국 전역으로 번져가고 있는 사회적 불안 현상과 어떤 식으로든 관련이 있을

것으로 보고, 심도 있는 수사를 하고 있다고 합니다.

10월 8일, 유타주의 지역방송 보도.

— FBI는 어젯밤 8시경 유타주 오그던시 변두리의 한 건물 지하실을 급습하여 사이비 종교인 천국교 교주 조수아 마르티네스를 종말론을 유포한 혐의로 긴급 체포했습니다. 천국교 교주인 마르티네스는 컬럼비아대학 탐사팀 사건은 경찰이 결코 해결할 수 없는 사건이며, 곧 세상에 종말이 도래할 것이라고 설교해 온 것으로 알려져 있습니다. 현재 FBI는 교주 마르티네스와 신도 60여 명을 연행해 조사하고 있습니다.

10월 9일, 유타주 지역신문 사회면.

— 천국교 교주 조수아 마르티네스와 신도들을 이틀 동안 수사한 FBI는 마르티네스가 컬럼비아대 탐사팀 사건과 직접적인 관련성이 없음을 확인하고 신도들을 석방했다. 그러나 교주인 마르티네스는 사회불안 조성혐의로 유타주 검찰에 넘겨졌다. 맹인인 마르티네스는 6년 전 사이비 종교인 천국교를 설립한 후, 자신이 앉아서 미국 전역을 볼 수 있는 천리안을 가진 존재라고 주장해 왔다. 마르티네스는 자신을 따르면 영혼이 맑아지고, 영혼이 맑아진 사람은 천국에 갈

수 있다는 논리로 신도들을 끌어모았다. 몰몬교 신도가 많이 사는 지역임에도 불구하고 한때 700여 명의 신도를 거느렸던 마르티네스는 최근 신도 수가 줄면서 성금이 줄어들자 컬럼비아대학 탐사팀 사건을 이용하여 종말론을 유포한 혐의를 받고 있다. 실제로 마르티네스가 종말론을 유포하기 시작하면서 천국교 신도가 다시 늘어나는 추세를 보였다고 한다. 사이비 종교는 인간의 불안을 먹고 살아가는 것일까?

네오
박사

네오 박사

— NBN 오전 9시 뉴스입니다. 두 군데 안가에 분산 수용되어 뉴욕 경찰의 보호하에 지내고 있는 컬럼비아대학 탐사팀원 대부분이 신경쇠약과 정서불안 증세에 시달리고 있다고 합니다. 병원에서 투신한 머렌 토마스 씨의 사망을 계기로 저희 NBN이 취재한 바에 따르면, 컬럼비아대학 탐사팀원들은 외출은 물론이고 가족과의 통화도 할 수 없어 사실상 수용소나 다름없는 안가 생활에 점점 지쳐 가고 있다고 합니다. 현재 탐사팀원 중 두 명이 병원에 입원한 가운데 또 한 명이 오늘 중으로 입원할 것으로 알려졌습니다. 이런 가운데 탐사팀원 중 최연장자이며, 탐사팀의 두 번째 책임자였던 네오 박사가 탐사팀원들에게 가족과의 면회를 허용할 것을 요구하는 자필 서한을 어제 마이클 마틴 뉴욕 경찰국장에게 보냈다고 합니다. 저희 NBN은 사건이 조속히 해결되어 이런 안타까운 상황이 해소되기를

미국민들과 함께 기원합니다.

NBN이 컬럼비아대학 탐사팀원들의 현재 상황을 보도한 지 두 시간이 지난 오전 11시, 뉴욕 경찰청사 앞 거리에는 인권단체 회원들을 비롯한 2천여 명의 시민이 몰려나와 플래카드와 피켓을 들고 시위를 벌였다.

— 자유는 안전만큼이나 중요하다.

— 아까운 과학자들 다 죽는다.

— 탐사팀원들에게 가족과의 면담을 허용하라.

— 마이클 마틴 뉴욕 경찰국장은 즉각 사임하라!

경찰청사 옥상에서 우울한 표정으로 시위를 지켜보던 마이클 마틴 뉴욕 경찰국장은 호주머니에서 편지를 꺼내 다시 읽기 시작했다. 네오 박사가 탐사팀원들과 가족의 면담을 허용해 줄 것을 요구하는 자필 서한이었다.

그때 비서가 옥상으로 뛰어 올라왔다.

"국장님, 사의가 수용되었다고 합니다."

"알았네."

"국장님, 퇴임식은 어떻게…?"

"퇴임식은 무슨… 택시나 한 대 불러주게. 곧 청사를 떠날걸세. 아 참! 자네가 나 대신 네오 박사님께 좀 전해 주게. 부탁을 들어주지 못하고 떠나게 되어 매우 미안해하더라고 말이야."

마틴은 비서의 등을 가볍게 두드려 주고 돌아섰다.

❖ ❖ ❖

네오 박사는 책임감이 강한 사람이었다. 그는 매일 팀원들의 방을 한 차례 이상 돌면서 위로와 여러 가지 조언을 건네는 한편, 경호팀 상황실을 찾아가 의견을 개진하기도 했다.

또한, 네오 박사는 매우 담대한 사람이기도 했다. 그는 범인들의 살해 위협이 계속되는 상황에서도 자신과 탐사팀이 발굴한 인간 미라 화석과 유물들을 공개할 계획을 컬럼비아대학 박물관장 및 대학 관계자들과 비밀리에 논의하고 있었다. 안전상의 이유로 통화가 제한되는 상황인 만큼 e메일을 활용해 논의를 이어갔다.

대학 측 입장에서는 유물의 공개가 대학의 위상을 높일 수 있는 좋은 기회였다. 하지만 탐사팀에 대한 살해 위협이 계속되는 상황에서 유물을 공개할 엄두를 내지 못하고 있었다. 그때 네오 박사가 먼저 유물 공개를 요구하는 e메일을 총장과 박물관장에게 보냈고, 컬럼비아대학에서는 회의에 안건으로 올렸다. 대학 측이 내린 결론은 일단 유물을 전시할 공간부터 마련해 두고, 사건이 해결되기를 기다리자는 것이었다.

박물관장이 이 결론을 네오 박사에게 전했다. 그러나 네오 박사는 유물의 전면 공개가 어렵다면 자신이 직접 발굴한 인간 미라 화석만이라도 우선 공개해 줄 것을 강력히 요구했다. 대학 측은 유물을 발굴한 사람의 요구를 그냥 넘길 수 없었기에 다시 회의를 거쳐 총장이 교육부를 방문해 협의해 보기로 결론을 내렸다.

❖ ❖ ❖

FBI 뉴욕지부에 근무하는 2년 차 수사요원 제프 테일러는 새벽 3시경 잠에서 깼다. 테일러는 화장실을 다녀온 후 냉장고에서 오렌지 주스 한 병을 꺼내 들고 책상 앞으로 갔다. 노트북을 열고 몇 가지 업무를 처리한 후 구글에서 '컬럼비아대학 탐사팀 살해 명단 현황'을 찾아냈다. 요 며칠 사이 열 번도 넘게 들여다본 명단이었다.

주스를 병째로 마시며 명단을 살피던 테일러는 순간 자신의 눈을 의심했다. 밑에서 다섯 번째 줄 끝에 두 글자가 갑자기 사라져 버리는 순간을 목도했던 것이다. 깜짝 놀란 테일러는 눈을 크게 뜨고 다시 확인해 보았다. 어제까지 '살해 예정'으로 표기되어 있던 실습생 자코브 머스크의 상황이 '살해'로 바뀌어 있었다. 이럴 수가! 테일러는 재빨리 다른 포털로 가서 명단을 찾아보았다. 거기서도 마찬가지 상황이 발생해 있었다.

테일러는 곧장 같은 팀 선배인 글렌 톰슨에게 전화를 걸었다.

"뭐야?"

톰슨의 목소리에는 잠이 잔뜩 묻어 있었다.

"선배님, 깨워서 죄송합니다. 긴급상황이라서요."

"뭐냐니까?"

"방금 실습생 자코브 머스크의 상황이 '살해 예정'에서 '살해'로 바뀌었습니다. 바뀌는 순간을 제가 직접 목격했습니다."

"자세히 설명해 보게."

"제가 명단을 살펴보고 있는데 '살해 예정'이 갑자기 '살해'로 바뀌었습니다. 그러니까… 보이지 않는 손이 끝에 두 글자를 지우개로 싹 지워 버리는 것처럼요."

"팀장님께 보고는 드렸는가?"

"아직요. 다른 포털의 명단도 확인해 보느라 아직 보고하지 못했습니다."

"다른 포털도 같은 상황이던가?"

"그렇습니다."

"알았네. 내가 확인한 후 팀장님께 보고하겠네."

"네, 선배님."

테일러가 선배와 통화를 끝내고 채 3분도 지나지 않았을 때, 문자 메시지가 왔다. 상황실에서 요원들에게 자동으로 발송되는 메시지였다.

— 상황 발생. 실습생 자코브 머스크, 병원 입원 중 사망. 사망 추정 시간, 금일 새벽 3시 5분경 —

이럴 수가! 테일러는 붕어처럼 벌어진 입을 다물지 못했다. 3시 5분이라면 '살해 예정'이 '살해'로 바뀌는 것을 목격한 바로 그 실시간이었던 것이다!

컬럼비아대학 총장이 박물관 수장고에 보관 중인 인간 미라 화석의 공개 여부를 논의하기 위해 워싱턴DC로 떠난 다음 날 오전 10시경. 보관 중인 유물의 상태를 점검하고자 유물관리부 연구관 아론 데이비스와 직원 샘 뱅크먼 테일러가 제3 수장고 문을 열고 들어갔다.

"큰일 났어요! 연구관님."

통로를 따라 앞장서서 걷던 직원 테일러가 소리쳤다.

"무슨 일인가?"

연구관 데이비스가 달려왔다.

"여기 있던 미라 화석이… 사, 사라졌습니다!"

"뭐라고!"

유리관의 뚜껑은 열려 있었고, 방부 처리된 상태로 유리관에 보관 중이던 인간 미라 화석이 보이지 않았다. 수장고 여기저기를 살펴보던 두 사람은 중앙아시아 탐사팀이 발굴해 온 다른 유물 50여 점도 함께 사라졌다는 사실을 확인했다. 연구관 데이비스는 즉각 전화로 이 사실을 유물관리부장에게 보고했다.

잠시 후, 박물관장과 유물관리부장이 수장고로 들어왔다.

"어떻게 된 건가?"

유물관리부장 베이조스가 연구관 데이비스에게 물었다.

"인간 미라 화석과 다른 유물들 모두 어제까지 여기 있는 걸 확인했는데, 지금 와 보니 보이지 않았습니다."

"미라 화석은 우리 박물관에서 가장 중요한 유물인데 도대체 관리를 어떻게 한 건가?"

"죄송합니다, 부장님."

"죄송하다고 될 문젠가? 이게!"

유물관리부장은 낭패한 표정으로 두 직원에게 화를 냈다.

"베이조스 부장, 총장님께 보고드리고 경찰에 신고부터 하게."

사태의 심각성을 인지한 듯 심각한 표정으로 세 사람을 지켜보던 프리드 박물관장이 말했다.

"총장님은 교육부 장관님을 면담하러 워싱턴DC에 가셨습니다."

유물관리부장이 말했다.

"아, 참! 그렇지. 그럼 게오르규 수석부총장님께 보고하고 경찰에 신고하게."

"알겠습니다, 관장님."

부장은 빠르게 수장고를 빠져나갔다.

"미라 화석을 비롯한 다른 유물들이 분명 어제까지 여기에 있었단 말이지?"

박물관장이 두 사람을 추궁하듯 말했다.

"그렇습니다. 저희가 어제 진공청소기로 청소하면서 함께 확인했습니다."

연구관이 대답했다.

"자네들 외에 수장고에 들어온 다른 사람은 없는가?"

"전혀 없습니다."

"CCTV는 어디 어디에 있는가?"

"수장고 입구와 내부 벽면, 천장 등에 총 9기가 설치되어 있습니다."

"알았네. 일단 수장고 문을 잠그게."

박물관장은 자신의 집무실로 가던 도중 유물관리부장과 마주쳤다.

"경찰에 신고했는가?"

"아직 못했습니다. 수석부총장님께서 내부의 소행일지 모르니 우선 CCTV부터 확인해 보라고 하셔서요."

"CCTV를 돌려본다고 우리가 뭘 어떻게 할 수 있겠나? 게오르규 부총장께서 신고하지 말라고 하시던가?"

"그건 아닙니다만… 신고를 보류하고 자체조사를 먼저 해보라는 취지로 말씀하셨습니다."

"알았네."

박물관장은 곧장 자신의 집무실로 돌아갔다.

프리드 박물관장은 수석부총장의 지시가 이해가 되지 않았다. 그리고 자칫 신고가 늦어지면 자신에게 돌아올 책임도 간과할 수 없었다.

고민을 거듭하던 박물관장은 대학의 원로 교수이자 인간 미라 화석을 직접 발굴한 네오 박사의 의견을 들어보기로 하고 컴퓨터를 열어 메일을 작성했다.

〈네오 박사님, 큰일 났습니다. 박사님과 탐사팀이 발굴한 인간 미라 화석과 유물들이 간밤에 몽땅 사라져 버렸습니다. 그런데도 아직 경찰에 신고하지 못하고 있습니다. 게오르규 수석부총장님께서 신고를 보류하고 자체조사를 먼저 실시하라고 지시하셨기 때문입니다. 박사님의 고견을 기다리겠습니다.〉

메일을 보내고 10분 만에 네오 박사의 답장이 도착했다.

〈게오르규 부총장은 내가 잘 아네. 부총장이 어떤 의도를 가지고 그런 결정을 내리지는 않았을 걸세. 하지만 이번 결정은 부총장의 판단이 잘못된 것 같군. 이번 건은 시간을 다투는 사안일세. 모든 책임은 내가 질 테니 우선 신고부터 하게.〉

네오 박사의 답장에 박물관장은 속이 뻥 뚫리는 기분이 들었다. 네오 박사야말로 존경할 만한 원로교수라는 생각이 들었다.

박물관장은 곧바로 유물관리부장을 호출했다. 부장이 곧 관장실로 들어왔다.

"방금 네오 박사님의 e메일을 받았네. 박사님은 유물 도난을 경찰에 빨리 신고하는 게 좋겠다 하시네. 유물을 발굴한 네오 박사님의 의견은 매우 중요하다네. 앞으로의 모든 책임은 내가 질 테니 당장 경찰에 신고부터 하게."

박물관장이 단호한 어조로 말했다.

"알겠습니다."

부장이 관장실을 나가자 프리드 박물관장은 수석부총장실로 전화를 걸었다. 게오르규 수석부총장에게 박물관 책임자로서 신고를 더이상 늦출 수 없어서 신고했다고 강력히 말할 작정이었다. 부총장실 여직원이 전화를 받았다.

"박물관장일세. 수석부총장님 좀 바꿔 주게."

"수석부총장님은 지금 출타 중이십니다."

"지금 어디 계신가?"

"저희도 지금 잘 모르겠습니다. 중요한 일이 있으시다며 20분 전에 나가신 후로는 통화가 안 되는 상태입니다."

"알았네."

전화를 끊은 프리드 박물관장은 혀를 찼다.

"거참! 무책임한 양반일세. 이렇게 중요한 사안을 두고 외출해 버리다니…."

❖ ❖ ❖

네오 박사는 뉴스를 시청하기 위해 12시 정각에 TV를 켰다.

— CNN 정오 뉴스입니다. 컬럼비아대학 박물관 제3 수장고에 보관 중이던 유물 50여 점이 도난당하는 사건이 발생했습니다. 도난당한 유물은 인간 미라 화석을 비롯해 컬럼비아대학 박물관 중앙아시아 탐사팀이 발굴한 유물 모두입니다.

뉴욕 경찰은 이번 사건이 현재 컬럼비아대학 탐사팀을 대상으로 한 테러 사건과 연관이 있을 것으로 보고, 이례적으로 100여 명의 인력을 투입하여 대대적인 조사를 진행하고 있습니다. 새벽 2시에서 3시 사이에 대학 내에 있는 모든 CCTV가 작동 중지된 사실을 확인한 경찰은 유물 도난 시간을 새벽 2시에서 3시 사이로 보고 그 시간대에 대학 주변은 물론 맨해튼 일대를 주행하던 모든 차량을 조회하고 있습니다.

이와는 별도로 경찰은 대학 측의 도난 신고가 30분 이상 지연된 사실을 확인하고 그 경위를 조사하고 있습니다. 오늘 오전 9시 20분경, 유물 점검을 위해 제3 수장고로 들어간 유물관리부 연구관 아론 데이비스와 직원 샘 뱅크먼 테일러가 유물 도난 사실을 확인한 시간은 오전 9시 3분이었다고 합니다. 그러나 경찰이 도난 신고를 접수한 시간은 오전 9시 37분으로, 30분 이상의 시차가 발생합니다. 신고가 늦어진 이유는 대학 측의 잘못된 결정 때문이었다고 합니다. 교육부를 방문 중인 총장을 대신하여 대학 내 모든 의사 결정권을 행사하고 있던 게오르규 수석부총장은 경찰에 신고를 보류하고 대학 내에서 자체조사를 먼저 실시할 것을 지시했다고 합니다.

이와 관련하여 경찰은 신고를 30분 이상 지연시킨 후 외출하여 현재까지 연락 두절 상태인 줄리언 게오르규 수석부총장의 행방을 찾고 있습니다.

다음은 네오 박사와 관련된 소식입니다. 네오 박사는 유물의 도난을 예견이라도 한 걸까요? 그동안 여러 차례 대학 측에 유물 공개를 요청했다고 합니다. 하지만 대학 측은 안전상의 이유로 미루다가 결국 유물을 공개할 수 없는 상황에 이르고 말았습니다. 이 상황을 바라보는 네오 박사의 심정은 어떨까요? 저희 CNN은 살해 위협에 처한 상황에서도 유물의 공개를 요청했던 네오 박사의 입장을 국민 여러분께 직접 전해 드리고 싶었습니다만, 네오 박사와의 접촉은 허용되지 않았습니다. 저희 CNN은 하루빨리 사건이 해결되고 도난당한 유물이 회수되어 공개될 수 있기를 기대합니다.

다음은…. ─

─ CNN 오후 3시 뉴스입니다. 컬럼비아대학 박물관 유물 도난 사건을 수사 중인 뉴욕 경찰은 줄리언 게오르규 수석부총장을 유력한 용의자로 보고 그의 행방을 쫓고 있습니다. 가족들과도 연락이 닿지 않는 게오르규 수석부총장은 현재 완전히 잠적 상태입니다. 게오르규 수석부총장은 어젯밤 늦게까지 대학 내에 남아 있으면서 경비실에 전화를 걸어 엉뚱한 지시를 하는 등 석연치 않은 행동을 했을 뿐만 아니라 퇴근 후인 새벽 3시경 또다시 경비실에 전화를 걸어 대학

본부에 있는 당직자들이 제대로 근무하고 있는지 당장 확인해 보라고 지시했다고 합니다. 경비가 잠시 자리를 비운 그 시간대에 탑차한 대가 대학 정문을 빠져나오는 장면이 대학 외부 CCTV에 포착되었습니다. 또한 컬럼비아대 학생들은 평소 대학 구내식당에 식자재를 공급하는 2.5톤 탑차가 무슨 이유 때문인지 어제 오후부터 밤늦게까지 박물관 옆 공터에 주차되어 있었다고 증언했습니다. 이러한 정황으로 미루어 볼 때 유물도난사건의 중심에는 게오르규 수석부총장이 있는 것이 확실해 보입니다.

한편 경찰은 맨해튼 차이나타운에 있는 열쇠 전문점에서 컬럼비아대학 박물관 제3 수장고의 열쇠가 도난 하루 전에 복사된 사실도 확인하고 열쇠 관리 책임자인 유물 관리부장을 불러 조사하고 있습니다.

다음은…. ─

보스턴 펜웨이파크를 찾은 뉴욕 양키스 팬클럽 회원 8명은 보스턴의 한 맥줏집에 모여 분노를 터뜨리고 있었다. 뉴욕 양키스가 아메리칸 리그 동부지구 막바지 순위경쟁을 펼치던 보스턴 레드삭스를 상대로 연장 승부에서 1점 차로 졌기 때문이다.

"오늘 승리는 마르티네스가 말아먹었어."

뉴욕 양키스 모자를 반대로 돌려 쓴 사람이 말했다.

"맞아, 마르티네스 그 머저리 때문에 진 거야!"

막 맥주를 들이켠 후 왼손으로 거품을 훔치며 다른 팬이 말했다.

오늘 뉴욕 양키스는 9회 초까지 보스턴 레드삭스에 8대 6으로 이기고 있었다. 9회 말 레드삭스의 공격이 시작되었고, 1사 주자 1, 2루 상황이었다. 레드삭스 8번 타자 라미레즈가 2루 방면 평범한 내야 땅볼을 쳤는데, 양키스 2루수 마르티네스가 소위 '알까기'를 하면서 문제가 발생했다. 주자들은 전력을 다해 뛰는 상황이었기에, 2루수가 빠뜨린 공을 잡은 중견수는 중계플레이를 하지 않고 다이렉트로 홈에 뿌렸다. 공만 제대로 들어갔다면 1루 주자를 간발의 차이로 잡을 수 있는 상황. 그러나 공은 옆으로 살짝 비껴갔고, 결국 1루 주자마저 홈을 밟고 말았다. 경기는 연장으로 접어들었고, 10회 말 1사 후 레드삭스의 3번 타자 토너의 끝내기 홈런으로 양키스가 8대9로 역전패를 당하고 말았다.

"그렇게 평범한 타구를 놓치는 게 말이 돼?"

"잡았으면 경기 끝났어. 딱 병살 상황이었단 말이야."

"마르티네스도 그러고 싶어 그랬겠냐? 실수한 거지."

"아냐, 그건 실수가 아니야. 타구는 너무도 평범했어."

"실수가 아니면 뭔데?"

"레드삭스에 매수당한 건지도 모르지."

"그럴지도 몰라. 오늘 마르티네스의 플레이가 마음에 안 들었어. 5회에 3루 쪽으로 땅볼 쳤을 때도 전력 질주를 하지 않더라니까!"

"그게 바로 내부의 적 아니겠어? 게오르규 같으니라고."

"뭐? 누구?"

"자넨 뉴스도 안 보나? 컬럼비아대학 수석부총장말이야."

"아, 참. 그거 어떻게 된 거야? 수석부총장인가 뭔가, 그자가 범인 맞아?"

"확실한 모양이던데?"

"새로 나온 게 뭐 있나?"

한 팬이 스마트폰을 열고 뉴스를 검색하기 시작했고, 그들의 대화는 자연스럽게 컬럼비아대학 유물 도난 사건으로 옮겨갔다.

"전날 밤에 유물관리부장실에 몰래 들어가 수장고 열쇠를 꺼내서 수석부총장에게 넘겨준 혐의로 박물관 자체 경비원 글렌 응웬이 긴급 체포되었다는군."

"그럼 게오르규 부총장이 범인 맞네, 뭐."

"총장이 자리를 비운 사이에 일을 저지른 모양이던데?"

"그런 자가 컬럼비아대학의 수석부총장을 맡고 있었다니, 한심하군."

"게오르규 그자는 지금 어디 있는 거야?"

"악당들과 함께 있겠지."

"악당들? 누구?"

"컬럼비아대학 탐사팀 살해범들 말이야. 그놈들한테 매수당한 게 틀림없어."

"허! 고양이한테 생선을 맡긴 꼴이로군."

"난 그 네오 박사란 사람도 어쩐지 수상해. 살해 위협에 처해 있으면서도 유물을 공개하겠다는 것이 납득이 안 가. 유물의 도난을 예견했다는 거 아닌가?"

"아냐. 네오 박사는 용감한 사람이야. 그 상황에서도 범인들에게 굴복하지 않겠다는 거잖아."

"난 뭐가 뭔지 모르겠어. 모든 게 안갯속이야. 사건이 빨리 해결되고 진실이 명쾌히 밝혀졌으면 좋겠어."

그 시각, 게오르그 수석부총장은 CIA의 한 룸에서 카벤 제임스 CIA 부국장(작전)을 만나고 있었다.

"이번 작전에는 부총장님의 공이 컸습니다."

카벤 제임스가 말했다.

"작전이 성공적으로 수행되어 다행입니다. 다만, 아직 총장님께 보고조차 드리지 못한 점이 마음에 걸립니다."

게오르규가 말했다.

"다 국익을 위한 일 아닙니까? 너무 걱정하지 마십시오. 저희가 며칠 후에 총장님께 잘 말씀드리겠습니다."

"유물 공개를 요구했던 네오 박사께도 이 일의 전모를 전해 주십시오. 지금쯤 많이 상심해 있을 테니까요."

"네오 박사님께는 알리지 않을 겁니다."

"무슨 이유라도…?"

"아, 그런 건 아닙니다. 저희가 파악한 바로는 그분이 상당히 담대한 분이더라고요. 고령임에도 탐사팀원 중 유일하게 평정심을 유지한 채 일과를 소화하고 있었습니다. 아마 잘 견뎌내실 겁니다."

"저희 박물관의 유물은 지금 어디에 있습니까?"

"저희가 안전하게 보관하고 있습니다. 사건이 해결되는 즉시 돌려드릴 겁니다."

"그럼 앞으로 저는 어떻게 해야 합니까?"

"불편하시겠지만, 저희가 제공하는 숙소에서 며칠간 머물러 주십시오."

"알겠습니다."

"협조해 주셔서 감사합니다. 그럼 저희 직원들의 안내에 따라 주십시오."

제임스가 옆에 붙은 버튼을 누르자 정장을 차려입은 젊은 남성이 들어왔다.

CIA는 이미 한 달 전부터 컬럼비아대학 탐사팀을 겨냥한 사건을 심상치 않게 보고 나름 정보를 수집해 왔다.

CIA가 인간의 이성을 뛰어넘는 초능력의 존재를 인지하기 시작한 것은 불과 일주일 전이었다. 인터넷에 올라온 글이 자동으로 수정된다는 FBI 보고서와 자체 수집한 정보 등을 종합 검토한 뒤 내린 결론이었다.

하지만 CIA는 이 미지의 존재가 초능력을 어느 정도까지 행사할 수 있는지, 어떻게 출현하게 되었는지, 왜 컬럼비아대학 탐사팀을 노리고 있는지 등은 전혀 알 수 없었다.

사회불안이 급속도로 확산되는 가운데 CIA는 초능력의 존재가 여전히 그 실체를 드러내지 않자 전격적으로 '유물 도난 작전'을 실행하긴 했지만, 그 결과를 예단할 수는 없었다.

재
회

재회

"안녕, 에밀리!"

에밀리는 사무실에서 서류를 작성하던 중 무심코 자신의 스마트 폰으로 걸려 온 전화를 받고 깜짝 놀랐다. 스테판의 목소리였던 것이다. 에밀리는 어떻게 해야 할지 판단이 서지 않아 망설였다.

"에밀리, 나야, … 듣고 있는 거야? 왜 말이 없어. 설마 날 잊은 건 아니겠지?"

"…"

"한동안 전화하지 못해서 미안해, 에밀리."

"웬일이에요? 스테판 씨."

"웬일이냐니! 에밀리가 보고 싶어서 전화했지."

"거짓말도 잘하시네. 날 잊은 거 아니었어요?"

"아니야, 에밀리. 난 늘 에밀리를 생각했어. 일 때문에 바빠서 연락 못 한 것뿐이야."

"스테판 씨, 우린 끝났어요. 제발 이제 나를 혼란스럽게 하지 말아요. 난 바빠요. 난 가정과 직장에 충실하고 싶다고요."

"에밀리, 그간 많이 서운했나 보네. 내게 그럴 만한 사정이 있었다는 걸 이해해 주면 좋겠어."

"당신이란 남자는 늘 그런 식이었어요. 그만해요. 이젠 더는 안 속아요."

"에밀리, 너무 그리웠어. 사랑해. 우리 일단 만나자."

에밀리는 순간 혼란에 빠졌다.

"에밀리, 듣고 있는 거야? 왜 말이 없어?"

"새, 생각 좀 해 볼게요."

"알았어, 에밀리. 그럼 생각해 보고 연락 줘. 오늘 오후는 에밀리를 위해서 온전히 비워 둘 거야."

에밀리는 스테판과의 통화를 끝내자마자 고민에 빠졌다. 스테판의 입을 통해서 나온 '사랑'이란 말이 어이없게도 그녀의 마음을 뒤흔들고 있었던 것이다.

에밀리의 이성은 분명히 그 부적절한 만남을 끝내라고 경고하고 있었지만, 그녀 안의 또 다른 마음이 너무나도 매력적인 그 남자를 놓치고 싶지 않았던 것이다.

스테판의 성적 매력은 지독했다. 에밀리는 그의 향기에 취해 도저히 헤어날 수 없을 것 같았다. 에밀리는 스테판이 원하기만 한다면 남편과의 이혼도 불사하고 그에게로 가고 싶었다.

"자기, 정말 나 사랑해?"

섹스가 끝난 후, 스테판에게 기대며 에밀리가 물었다.

"그럼."

스테판은 에밀리의 머릿결을 어루만졌다.

"스테판. 나 남편과 이혼할까 해."

"왜 그래, 에밀리?"

스테판이 에밀리를 밀어내며 말했다.

"난 스테판을 온전히 사랑하고 싶어. 이런 식으로 스테판을 만나는 게 남편에게 도덕적으로 미안하기도 하고…."

"그래서? 남편과 이혼하고 나랑 결혼하고 싶다는 거야?"

스테판이 희미하게 웃었다.

"자기가 원하는 일이라면 난 뭐든 다 할 수 있어."

에밀리는 스테판의 가슴을 파고들며 말했다.

"날 위해 뭐든 다 할 수 있다고?"

"정말이야! 스테판. 뭐든지…."

"좋아, 에밀리. 에밀리는 조만간 나를 위해 모종의 미션을 수행하게 될 거야."

"근데, 그 미션이란 게 뭔지 너무 궁금해. 스테판. 지금 말해 주면 안 돼?"

"오! 사랑스러운 에밀리. 그런 걸 미리 말해 버리면 재미가 없잖아."

스테판은 에밀리의 귓불에 입김을 호 불었다. 에밀리의 몸속에서 성호르몬이 다시 분비되기 시작했고, 몸은 금세 뜨거워졌다. 그녀는 신음을 토하며 스테판을 껴안았다.

에밀리는 퇴근 시간 30분 전에 모든 일을 끝내 놓고 스테판의 전화를 기다렸다.

"언니 요즘 밝아진 것 같아."

맞은편에서 라일리가 고개를 갸웃하며 말했다.

"뭐가?"

"언니, 남자친구 생긴 거 맞지?"

"그렇게 보이니?"

"맞지?"

"잘 모르겠어. 누굴 만나긴 하는데…"

"부럽다, 언니. 내겐 왜 그런 일이 일어나주지 않는 거야?"

"너도 있잖니. 전에 사무실에 화분 놓고 간 남자…"

"벨? 걔는 내 스타일 아니란 말야."

"괜찮은 남자 같던데…"

"난 그렇게 야망 없는 남잔 싫단 말야. 언니."

"그것 봐. 눈이 그렇게 높으니까 남자친구가 안 생기는 거지."

"눈이 높기로 치면 언니 따라갈 사람이 얼마나 되겠어? 그런 언니를 사로잡은 남자가 누굴까? 너무너무 궁금하다."

그때 에밀리의 스마트폰이 울렸다.

"여보세요?"

"나야, 에밀리."

"어디야? 스테판."

"오늘은 약속 장소를 변경할까 해."

"왜? 갑자기…"

"오늘은 에밀리랑 뉴욕 거리를 걷고 싶어. 어때?"

"정말?"

에밀리는 감격했다. 스테판과의 달콤한 데이트는 에밀리가 늘 꿈꿔 오던 것이었다.

"타임스퀘어 빌딩 앞에서 그 시간에 만나."

"네, 좋아요!"

에밀리는 약속 시간 5분 전에 타임스퀘어 빌딩 앞에 도착하여 스테판을 기다렸다.

멀리서 스테판이 나타났다. 광장을 오가는 수많은 사람 사이에서도 단연 돋보이는 외모였다. 에밀리는 자신이 지금 저토록 잘생긴 남자를 만나고 있다는 게 믿어지지 않았다.

"여기야, 스테판!"

에밀리가 손을 높이 들어 흔들며 소리쳤다.

"오! 에밀리."

스테판도 에밀리를 향해 손을 흔들었다. 사람들의 시선이 두 사람

사이를 오갔지만, 에밀리는 사람들의 시선이 부담스럽지 않았다. 오히려 부러워하는 사람들의 시선을 즐기며 세상 행복한 표정을 지었다.

스테판이 다가와 에밀리의 어깨에 팔을 걸칠 때, 미키마우스가 약간 뒤뚱거리는 걸음으로 다가왔다. 미키마우스는 두 사람의 얼굴을 번갈아 보더니 함께 사진 찍기를 요청했다.

"어머! 우리를 관광객인 줄 아나 봐."

에밀리가 말했다.

"그런가 보네. 사진 한번 찍지, 뭐."

스테판이 말했다.

두 사람은 미키마우스와 함께 사진을 찍었다.

미키마우스는 스테판을 향해 엄지를 치켜세운 후 노골적으로 돈을 요구했다. 스테판은 주머니를 뒤지더니 두툼한 봉투 하나를 꺼내서 미키마우스에게 주었다. 미키마우스는 봉투를 받아 가슴팍 어딘가에 쏙 집어넣고는 "땡큐!"를 연발하며 도망치듯 멀어져 갔다.

"뭘 준 거예요? 무슨 봉투 같던데…."

에밀리가 놀라며 물었다.

"돈 봉투야. 난 사업상의 이유로 늘 돈을 봉투에 넣어서 지니고 다니거든."

"맙소사! 몇 달러면 충분할 텐데…."

"오늘은 에밀리와 데이트하는 특별한 날이잖아. 그래서 선심 좀 쓴 거야. 오늘은 미키마우스가 운이 좋군."

에밀리는 이 상황을 이해할 수 없었다. 그러나 스테판과의 달콤한 데이트를 망치고 싶지 않아 더는 말하지 않았다. 에밀리는 스테판이 가까이 다가오자 그에게 팔짱을 꼈다.

"우리 어디로 갈까?"

스테판이 말했다.

"글쎄요? 너무 들떠서 아직 코스를 정하지 못했네요."

에밀리가 상기된 표정으로 답했다.

"쇼핑도 할 겸 맨해튼 쪽으로 가 볼까?"

"좋아요!"

두 사람은 팔짱을 낀 채 나란히 맨해튼 방향으로 걸었다. 사람들이 부러운 시선으로 두 사람을 힐끔거렸다.

20여 분 후, 두 사람은 맨해튼의 중심지인 월스트리트에 와 있었다. 월스트리트는 세계 금융의 중심지답게 수많은 금융맨들이 오가고 있었다.

에밀리와 스테판이 뉴욕증권거래소 앞을 마악 지났을 때였다. 건물 옆 모퉁이에서 허름한 작업복 차림의 한 남자가 불쑥 나타나더니 곧장 스테판에게로 다가왔다. 월가에도 저런 사람이 다 있나 싶어 에밀리는 깜짝 놀랐다.

"저… 혹시 스테판 회장님 아니세요?"

작업복 차림의 남자가 말했다.

"맞습니다만, 누구신지…?"

스테판이 놀란 듯 물었다.

"3년 전, 브롱크스에 있는 회장님댁 지하실 배관을 수리한 적이 있지요. 회장님께서는 절 기억하지 못하시겠지만, 전 회장님을 기억합니다. 너무너무 잘생긴 분이라서…."

"아아! 이제 기억나는군. 설비공 무하마드 조이너스 씨로군요. 그때 일을 아주 꼼꼼하게 잘해 준 거로 기억하는데…."

"이런, 제 이름까지 다 기억해 주시다니…. 영광입니다."

"그런데 요즘 형편이 안 좋아 보이는군."

"보시다시피 먹고살기가 좀…."

"저런…. 자, 이걸로 옷이나 한 벌 사 입으시오."

스테판은 속주머니에서 봉투 하나를 꺼내 조이너스에게 건넸다.

"아이고, 회장님! 감사합니다."

작업복 차림의 남자는 스테판에게 꾸벅 절을 하고서 봉투를 받아 챙긴 후 몇 번이나 감사하다는 인사를 한 후, 건물 모퉁이 쪽으로 사라졌다.

에밀리는 팔짱을 낀 채 스테판을 빤히 바라보았다.

"가지, 에밀리."

스테판이 재촉했다.

"잠깐만요. 스테판."

"왜?"

"스테판은 자선사업가예요?"

"아니."

"그럼 억만장자의 상속자예요?"

"그건 더욱 아닌걸."

"스테판은 아무에게나 그렇게 많은 돈을 주나요? 저는 도저히 이해할 수가 없네요."

"많긴. 얼마 안 되는 돈이야."

"봉투가 꽤 두툼하던걸요."

"난 그저… 불쌍한 사람들을 보면 도와주고 싶은 것뿐이야. 그 정도 능력은 되니까."

에밀리는 지지 않고 버텼다.

"스테판은 참 기억력도 좋군요. 그렇게 바쁜 사람이 몇 년 전에 잠깐 본 설비공 이름까지 다 기억하고…"

"맞아, 난 기억력이 좋은 편이지. 그리고 난 사업가야. 사업가의 기본이 사람들의 이름을 잘 기억해야 한다는 걸 에밀리는 모르는 모양이군."

"그럼 돈에 대한 개념이 없는 것도 사업가의 기본인가요?"

"이런, 나중에 에밀리랑 결혼이라도 하게 되면 잔소리 꽤나 듣겠는걸. 아까도 말했지만, 오늘은 에밀리와 데이트를 하는 특별한 날이라서 기분을 좀 낸 거니까 이해해 줘, 에밀리."

스테판의 입에서 불쑥 튀어나온 '결혼'이라는 말에 에밀리의 얼굴이 갑자기 상기됐다.

"오! 사랑스러운 에밀리. 에밀리의 이런 모습이 나의 보호본능을 자극한단 말이야."

스테판은 팔을 뻗어 에밀리의 허리를 강하게 당겨 키스한 후, 특유의 향기가 실린 입김을 목덜미에 무차별 살포했다. 갑자기 에밀리의 몸에서 성호르몬이 맹렬히 분비되기 시작했다.

에밀리는 어느새 스테판에게 이끌려 호텔 입구로 들어서고 있었다.

❖ ❖ ❖

"오늘 어땠어?"

섹스가 끝난 후, 스테판이 에밀리와 눈을 맞추며 물었다. 에밀리
는 아무 말도 하지 않았다. 아니, 할 수 없었다. 황홀했던 섹스 후에
알 수 없는 공허감이 엄습해 왔기 때문이었다.

"별로였나 보군. 좀 더 잘해 줄 걸 그랬나?"

"아뇨. 좋았어요."

"좋았다고?"

"네."

"근데 표정이 왜 그래?"

"뭐가요?"

"방금 오르가슴을 경험한 여자의 표정이 전혀 아닌데?"

"모르겠어요. 좀⋯."

"갑자기 내 능력에 회의감이 드는군."

"무슨 말이에요?"

"오늘 에밀리를 만족시키지 못했으니까."

그 말에 오히려 에밀리가 당황했다.

"아뇨. 충분히 만족했어요. 오르가슴의 실체를 경험했으니까요.
다만⋯."

"다만⋯ 뭐야? 할 말이라도 있어?"

"안개를 걷어내고 싶어요."

"은유는 집어치우고 알아듣게 말해 봐."

에밀리는 스테판의 얼굴을 똑바로 바라보며 말했다.

"전 모든 걸 오픈한 상태에서 스테판과 교제하고 싶어요. 그러니까 스테판에 대해 자세히 알고 싶다고요."

"또 그 얘기군. 내가 말했잖아. 사업상의 이유로 당분간은 신분을 드러낼 수 없다고. 조금만 기다려 줘, 에밀리. 곧 나에 대한 모든 것을 알게 될 거야."

"도대체 얼마나 더 기다려야 스테판의 정체를 알 수 있나요?"

"그게 그렇게도 궁금해?"

"네. 나에게는 아주 중요한 문제예요."

"알았어. 그렇다면 딱 일주일만 기다려 줘."

"약속하는 거죠?"

"그래, 알았어."

짧게 답한 스테판은 에밀리를 와락 끌어당겨 그녀의 상체를 자신의 가슴 위에 얹혔다. 그리고는 자신만의 특수한 향기가 실린 입김을 그녀의 목덜미와 가슴께에 마구 분사하기 시작했다. 에밀리의 몸은 금세 뜨거워졌다.

실습생으로 탐사팀에 참여했던 초이 브라운의 방을 방문하고 돌아온 네오 박사는 기분이 몹시 착잡했다. 브라운이 탐사팀에 참가했던 것을 후회하는 듯한 말을 했기 때문이었다. 네오 박사는 브라운을 위로해 줄 어떤 말도 찾을 수 없었다.

네오 박사는 냉장고에서 캔커피를 꺼내 들고 창가에 섰다. 가로세로 20인치 정사각형의 창문은 절대로 열 수 없게끔 구조되어 있었다. 그렇다고 창밖의 풍경이 잘 보이는 것도 아니었다. 두꺼운 방탄유리 저 너머로 바라보이는 도시의 풍경은 늘 굴절된 모습이었고, 날이 흐리거나 비라도 내리는 날이면 비현실적인 세상을 바라보고 있는 듯한 착각에 빠지기 십상이었다. 그러니까 그 창은 창이 아니라 단지 방의 구조를 갖추기 위한 장식에 불과했다.

네오 박사는 캔커피의 뚜껑을 따고 한 모금 들이켰다. 커피는 시원했지만, 네오 박사의 가슴은 답답하기만 했다. 도대체 언제까지 이런 안갯속 상황이 계속되어야 한단 말인가? 저 창을 망치로 깨뜨려버리고 창밖의 풍경을 명쾌히 볼 날이 오기는 할 것인가?

그때였다. 네오 박사는 창밖으로 무엇이 휙 지나가는 것을 보았다. 돌풍인가 하고 생각하는 순간, 갑자기 창문에 뿌옇게 성에가 끼기 시작했다. 성에는 창에 금이 갈 만큼 강력했다. 방 안에서도 느껴지는 강한 냉기와 함께 1분 정도 계속된 성에는 창밖의 풍경을 완전히 지웠다가 서서히 녹아내리기 시작했다. 다음 순간, 네오 박사는 자신의 눈을 의심했다. 창문에 6010이라는 숫자가 뚜렷이 나타났던 것이었다. 그 순간, 네오 박사는 탐사팀이 무언가를 잘못 건드렸다는 걸 직감했다.

❖ ❖ ❖

네오 박사의 요청으로 성사된 『뉴욕타임스』 케이츠 기자와의 비보도를 전제로 한 단독 면담은 전자파가 차단된 방에서 진행되었다.

"초능력을 행사하는 존재가 출현했다고요?"

케이츠 기자는 네오 박사의 말을 반신반의하는 표정이었다.

"그렇소. 그 존재는 기상의 변화를 가져올 정도의 초능력을 지녔소."

네오 박사는 두 시간 전에 자신이 목도한 사실을 그대로 케이츠 기자에게 서술했다.

"그러니까, 성에가 녹아내리는 과정에서 6010이라는 숫자가 뚜렷이 나타났다는 말씀이시죠?"

"그렇소."

"그렇다면 그 6010이라는 숫자가 의미하는 것은 무엇일까요?"

"유감스럽게도 우리가 발굴한 유물들의 추정 연대와 일치하오. 아무래도 우리가 무언가를 잘못 건드린 것 같소."

"박사님께서 그런 말씀을 하시다니 좀 혼란스럽군요."

"물론 난 과학자요. 평생 과학을 신봉하며 살아왔소. 하지만 난 내가 두 시간 전에 목도한 사실을 말하지 않을 수 없소."

"박사님 말씀이 사실이라면 이건 엄청난 사건이군요."

"당분간 오프 더 레코드를 지켜주시오. 내가 염려하는 것이 무엇인지 케이츠 기자도 잘 아실 테니, 믿겠소."

"물론입니다. 저도 언론인이기 전에 미국 국민입니다."

❖ ❖ ❖

케이츠 기자와의 간담회를 끝낸 네오 박사가 자신의 룸으로 막 돌아왔을 때, 스마트폰에서 e메일 도착 알림이 울렸다. 스마트폰으로 통화는 할 수 없었지만 메시지 알림 기능은 살아 있었던 것이다.

네오 박사는 곧 노트북을 열었다.

〈네오, 자네는 운이 좋은 사람이야. 내 조직원들의 살해 시도를 비껴갔더군. 하지만 자네가 여전히 우리의 데드리스트에 올라 있음을 명심하게.

네오, 자네는 정신력이 강한 사람이야. 탐사팀원 중 유일하게 멀쩡한 정신을 유지하고 있으니 말이야. 그리고 꽤 영리한 사람이기도 해. 나 '이누맘'의 존재를 인지하다니 말이야.

그래서 말인데, 자네가 당분간 나의 메시지를 수령하여 언론에 전하는 역할을 해 주게. 자네가 이 역할을 수행하는 동안은 자네의 목숨을 유예해 두겠네.

오늘은 자네와의 채널을 개설한 정도로 끝내겠네.

또 보세, 네오.〉

네오 박사는 내용을 한 번 더 읽어 본 후 e메일 주소를 살펴보았다. e메일 주소에 6010이라는 숫자가 들어 있는 것을 확인한 네오 박사는 직감적으로 올 것이 왔다는 생각이 들었다.

네오 박사는 이 e메일을 당장 언론에 보낼 수는 없다고 생각했다.

기상의 변화를 일으킬 정도의 초능력을 가진 존재가 세상에 출현했다는 사실이 언론을 통해 세상에 알려질 경우 벌어질 사회적 혼란이 두려웠던 것이다.

네오 박사는 노트북을 닫은 후 다시 한번 고민에 빠졌다. 이 사실을 뉴욕 경찰이나 FBI에 신고할 것인가를 두고서였다. 고민 끝에 박사가 내린 결론은 '아직은 아니다.'였다.

그날 밤 10시 1분, 네오 박사의 스마트폰에서 다시 e메일 도착 알람이 울렸다. 노트북을 열어 보니 6010으로부터 두 번째 e메일이 도착해 있었다.

〈네오, 자네는 예지력이 있는 사람이야. 유물이 도난당할 줄 미리 알고 유물의 공개를 요구했다니 말이야.

네오, 그 유물들이 지금 어디에 있는 줄 아나? CIA가 잠시 보관하고 있다네. 하지만 곧 원래 자리로 돌아갈 걸세. 자네 대학의 박물관이 아닌 내 왕국으로 말이야.

그런데 네오, 자네한테 궁금한 게 있네. 자네는 왜 살해의 위협에도 불구하고 유물의 공개를 요구했던가? 미국의 영웅이 되고 싶었던가? 나의 실체를 수면 위로 드러내고 싶었던가? 후자였다면 자네의 판단력은 CIA를 능가하네. 나 '이누맘'이 이렇게 자네 앞에 나타났으니 말이야.

네오, 그렇다고 특별히 달라질 건 없네. 나의 계획이 조금 앞당겨지고 자네들의 불행이 조금 일찍 닥쳐오게 됐다는 것밖에는….

또 보세, 네오.〉

다음 날 새벽, 네오 박사는 잠에서 깨자마자 노트북을 열어 보았다. 6010으로부터 세 번째 e메일이 도착해 있었다.

〈네오, 2027년 4월 1일을 기억하는가? 자네 탐사팀이 중앙아시아 사막에서 발굴 작업을 시작한 날이지. 그날은 자네와 자네 팀에게 특별한 날이었겠지만, 내게도 특별한 날이었네.

그날 나는 열병을 동반한 극심한 두통과 환청 증세로 병원에 입원하게 되었네. 나는 사경을 헤맸지만, 유능한 의사의 도움으로 일주일 만에 퇴원하게 되었지. 두통은 깨끗이 사라졌고, 삽과 곡괭이로 바위를 긁어대는 듯한 환청도 더는 일어나지 않았다네. 대신 그 후 내게는 경이로운 변화들이 일어나기 시작했지. 그중 하나가 기억력의 회복이었다네. 나는 열두 살 때 의문의 교통사고로 과거의 기억을 잃고 지내 왔지만, 그날 이후 기억이 회복되어 내 유년 시절이 어떠했는지 고스란히 알게 되었지. 난 키르기스스탄의 한 유목민 가정에서 태어나 2살 때 미국으로 입양되었더군. 난 머리가 아주 비상했다네. 어릴 때부터 천재 소리를 듣고 자랐지. 10세에 TJ 과학고(토마스 제퍼슨 과학고등학교)에 입학할 정도였으니까 말이야.

내 기억의 회복이 거기서 그쳤다면 난 '경이로운'이란 표현을 쓰지는 않았을 걸세. 허나 내 비상한 기억력은 끝내 내 전생을 기억해 내고 말았으니까. 난 비로소 내가 누구이며, 무엇을 해야 하는지 알게 되었네. 그런 면에서 나는 개인적으로 자네 팀에게 고마워하고 있다네. 하지만 내 야망을 실현하기 위해 계획에 따라 움직일 뿐, 사적 감정을 적용하진 않네.

2027년 4월 1일, 그날이 없었다면 난 자네들이 흔히 말하는 사이비 종교의 교주로서 나의 두 번째 생을 마감하고 말았을 걸세. 신도들의 숭배를 받으며 상당한 부를 누리고, 미녀들과 향락을 즐기는 그 생활에 난 그럭저럭 만족하고 지냈으니까.

그러나 내가 누구이며 어떤 능력을 가진 존재인지 알게 되었을 때, 내 안에서 거대한 야망이 꿈틀거리기 시작했네.

현재 뉴욕에서 일어나고 있는 일련의 일들은 나의 야망을 실현하기 위한 오프닝 이벤트에 불과하다네.

이쯤에서 내가 왜 자네 팀을 데드리스트에 올려 두었는지 밝혀도 될 것 같군. 자네는 언젠가 뉴욕 도심에 나붙었던, 인간의 피로 쓴 붉은 벽보에 관한 뉴스를 기억하고 있겠지. 그대로일세. 자네들은 나 '이누맘'의 신성한 왕국을 침범했네. 경고의 차원이지. 누구든 나 '이누맘'의 권위를 훼손하면 자네들처럼 된다는 경고 말일세.

다시 말하지만, 나는 내 야망의 실현을 위해 무자비할 것임을 경고해 두네.

또 보세, 네오.〉

네오 박사는 고민 끝에 이번에도 '이누맘'이라 칭하는 자의 e메일을 수사기관에 전송하지 않았다. 이누맘이란 자의 궁극적인 목표가 아직 드러나고 있지 않았기 때문이었다.

에밀리는 스테판과 와인 잔을 부딪치면서 오늘 스테판이 좀 이상하다고 생각했다. 스테판은 여느 때처럼 유혹의 눈빛을 보내오지도 않았고, 특유의 향기를 발산하지도 않았다. 우수에 젖은 눈으로 조용히 에밀리를 바라보기만 했다. 에밀리는 너무나도 매력적인 그 남자의 눈에 빨려들 것만 같았고, 심장이 쿵쾅거리며 뛰기 시작했다. 아! 드디어 그가 자신을 오픈하려는가 보다.

"에밀리, 내가 왜 에밀리를 선택했는지 알아?"

"모, 모르겠어요."

에밀리는 스테판의 시선을 잡아 두려고 안달하며 말했다.

"난 성공한 사업가야. 물질적으로 풍요롭지. 하지만 난 늘 어쩔 수 없는 어떤 결핍의 감정에 시달리고 있었어."

"…?"

"에밀리는 내 결핍의 감정을 채워 줄 수 있는 여자였어."

"…!"

"어린 시절, 나는 무척 불우했어. 사랑을 모르고 자랐지. 정상적인 교육도 받지 못했고…."

"아!"

에밀리의 입에서 자신도 모르게 느낌표가 나왔다. 언제나 당당하기만 했던 그에게도 그런 인간적인 아픔이 있었구나! 에밀리는 스테판을 위로해 주고 싶었지만, 그 순간 무슨 말을 해야 할지 떠오르지 않았다.

"에밀리에게 나를 오픈하기로 한 날이 이틀밖에 남지 않았군. 그런데 왠지 겁이 나. 에밀리가 날 떠나 버릴까 봐…."

자신의 정체성을 밝히기로 한 날을 불과 이틀 앞두고 스테판이 보인 나약한 모습이 오히려 에밀리의 마음을 뒤흔들고 있었다.

❖ ❖ ❖

워싱턴DC 카네기 도서관 앞 마운트 버논 광장에 고깔모자를 쓰고 양어깨에 두 개의 악기 가방을 멘 키 큰 남자가 나타났다. 어깨를 덮을 정도의 검은 장발에 콧수염을 기른 남자는 밤색 가죽재킷에 찢어진 청바지, 낡은 갈색 가죽구두 차림이었다. 그는 두리번거리다가 적당한 곳에 자리를 잡고 두 개의 악기 가방을 나란히 내려놓았다. 하나는 바이올린 가방이었고, 하나는 기타 가방처럼 보였다. 남자는 고깔모자를 벗어 그릇 모양을 만든 후, 악기 가방에서 7피트쯤 떨어진 곳에 놓았다.

준비가 끝난 듯 주위를 둘러보며 남자는 손가락을 마구 꺾어대기 시작했다. 남자의 긴 손가락 사이에서 딱딱 뼈마디 부딪히는 소리가 났다. 지나가던 사람들이 흘끔흘끔 남자를 돌아보았다. 그러자 남자는 더욱 맹렬히 자신의 손가락을 꺾어댔다.

마침내 몇몇 사람이 완전히 걸음을 멈추고 남자에게 시선을 고정했다.

사람들의 시선을 끄는 데 성공했다고 판단한 남자는 재빨리 악기 가방을 열었다. 남자의 손에 들려 나온 악기는 바이올린이었다. 남자는 능숙하게 바이올린을 가슴께로 가져가더니 베토벤의 바이올린 소나타 제5번 「봄」을 연주하기 시작했다. 사람들이 차츰 모여들기 시작했다.

남자의 거리 공연은 매우 성공적으로 보였다. 남자가 연주를 마칠 때쯤에는 백여 명이 운집한 채 저마다 고개를 들이밀고 남자를 바라보고 있었다. 모여든 사람들의 절반쯤은 관광객들이었고, 나머지는 시민과 학생 등이었다.

남자가 마침내 어깨를 젖혀 바이올린의 현을 크게 튕긴 후 연주를 마치자 박수가 터져 나왔다. 이어서 남자의 고깔모자 그릇에는 동전과 지폐가 쌓이기 시작했다.

무심한 표정으로 고깔모자 그릇에 쌓이는 돈을 바라보던 남자는 바이올린을 내려놓은 후, 다음 공연을 준비하기 위해 몸을 웅크린 채 기타 가방을 열기 시작했다.

그때였다. 왼쪽에서 고개를 내밀고 있던 사람이 옆 사람을 밀친 후 갑자기 달아나기 시작했다. 상황 파악이 안 된 사람들이 의아한 표정으로 그 달아나는 사람에게로 시선을 옮길 때, 연주하던 남자가 기타 가방에서 기관단총을 꺼내 들고 일어났다. 그리고는 어떤 예비 동작도 없이 바로 사람들을 향해 무차별적으로 총격을 가하기 시작했다. 비명과 함께 사람들이 쓰러졌고, 아직 총을 맞지 않은 사람들은 이리저리 흩어지며 필사적으로 달아나기 시작했다. 남자는 가까이 있는 사람들이 모두 쓰러지자 도망치는 사람들에게로 총을 쏘면서 달려나갔다. 남자의 동작은 표범처럼 재빨랐다. 남자는 달아나는 사람들을 거의 절반쯤 쓰러뜨린 후, 빠르게 다시 되돌아왔다. 그리고는 여전히 무표정한 얼굴로 쓰러져 있는 사람들을 향해 하나하나 확인사살 하기 시작했다.

그때 사이렌이 요란하게 울렸고, 방탄조끼를 입은 경찰들이 달려왔다. 그럼에도 전혀 개의치 않은 채 확인사살을 계속하던 남자는 경찰들이 100피트(30.48미터) 정도로 가까워졌을 때, 누군가가 쏜

총을 맞고 꼬꾸라졌다. 경찰들이 현장에 도착했을 때, 더 이상 총소리는 들리지 않았고, 수북한 시체들 사이에서 아직 살아 있는 사람들의 신음 소리만이 간간이 들렸다.

사건이 종료된 지 1시간 20분이 지난 오후 5시. 워싱턴DC 경찰국 기자실에서 경찰 대변인의 발표가 있었다.

"지금으로부터 1시간 20분 전인 오늘 오후 3시 40분경, 워싱턴DC 마운트버논 광장에서 총기 난사 사건이 발생하였습니다. 이 사건으로 현재까지 확인된 사망자는 43명이고, 부상자 31명은 병원으로 옮겨져 치료를 받고 있습니다. 부상자 대부분이 중상이어서 사망자가 늘어날 것으로 예상됩니다. 이번 사건은 매우 비열하고 잔인한 범죄였습니다. 거리 공연을 위장하여 관중을 끌어모은 뒤 최대한 많은 사람에게 총격을 가하고 확인사살까지 하였다는 점에서 그렇습니다. 미국의 수도인 워싱턴DC의 도심에서 이와 같은 사건이 발생하였다는 사실을 저희 워싱턴DC 경찰은 매우 엄중하게 받아들이고 있습니다. 이번 사건을 막지 못한 점, 워싱턴 경찰은 국민 여러분께 머리 숙여 사죄드립니다."

경찰 대변인은 팸플릿을 닫은 후, 좌석을 꽉 채운 기자들을 둘러보았다.

"죄송합니다. 저희들도 지금 경황이 없어서…."

경찰 대변인이 단상을 벗어나려 했다.

"범인이 이미 숨졌다고 들었습니다. 사실입니까?"

앞쪽에 앉은 기자가 경찰 대변인을 가로막아 서며 물었다.

"그렇습니다. 범인은 이미 숨졌습니다."

"범인은 누가 쏜 총을 맞고 숨졌나요?"

다른 기자가 재빨리 일어나며 물었다.

"아직 확인 중입니다만, 경찰은 아닙니다."

"그럼 증거를 인멸하기 위해서 범인의 동료가 살해했다는 겁니까?"

"그 점에 대해서는 아직 어떤 답변을 드릴 상황이 아닙니다."

"숨진 범인의 신원은 확인되었습니까?"

"현재 확인 중입니다."

"단독 범행입니까? 공범이 있습니까?"

"확인 중입니다."

"이번 사건을 테러로 보십니까?"

"명백한 테러로 보고 있습니다."

"테러로 보는 근거는 무엇입니까?"

"오늘 답변은 여기까지로 하겠습니다. 대책회의에 참석해야 하니 비켜 주십시오."

경찰 대변인은 기자들을 밀어내며 기자실을 빠져나갔다.

워싱턴DC 총기 난사 사건은 언론을 통해 미국 전역에 대대적으로 보도되었다. 뉴스를 접한 사람들은 하나같이 우려와 충격을 감추지 못하는 분위기였다. 하지만 이 사건을 바라보는 국민들의 시각은 조금씩 달랐다.

미국 남부 루이지애나주 배턴루지시의 한 주점.

"미국의 수도 워싱턴DC에서 저런 일이 일어나다니, 저건 미국에 대한 도전이야!"

"적들의 공격이 시작되었어!"

"또 테러 단체야?"

미국 북동부 뉴햄프셔주 포츠머스시의 한 맥줏집.

"또 총기 난사 사건이야?"

"이번엔 대형이구면."

"이 나라는 총기 사고 때문에 결국 망하고 말 거야."

"총기 규제 법안은 왜 아직도 통과되지 않는 거야?"

"공화당이 반대하니까!"

"내 앞으로 공화당 찍나 봐라!'

"맞아. 다음 선거에선 절대로 공화당 찍지 말아야 해. 호되게 당해 봐야 공화당 놈들도 정신을 차리지."

미국 중북부 위스콘신주 밀워키시의 한 가정.

"인간이 어쩜 저렇게 잔인할 수가 있을까?"

"저건 인간이 아니야. 인간의 탈을 쓴 악마일 뿐이지."

"하느님도 무심하시지, 세상에 왜 저런 악인을 풀어 두신 걸까?"

"하느님은 무슨, 얼어 죽을…. 신은 없어!"

워싱턴DC 총기 난사 사건 다음 날 새벽 4시, 네오 박사는 잠결에 메시지 도착음을 듣고 깼다. 그는 재빨리 노트북을 열었다. '이누맘'이라 칭하는 자의 네 번째 e메일이 도착해 있었다.

〈네오, 워싱턴 상황을 뉴스로 접한 기분이 어떤가? 자네도 보았겠지만 내 조직원들은 죽음을 두려워하지 않네. 왜인 줄 아는가? 그들은 내가 제공하는 영생의 피를 마셨기 때문일세. 내 피는 말 그대로 '영생의 피'라네. 그래서 조직원들은 부활에 대한 굳건한 믿음을 가지고 있지.

그런데 네오, 자네가 나를 성가시게 했어. 이미 말했지만 자네 때문에 나의 계획이 조금 앞당겨질 수밖에 없었어. 거기에 더해 자네는 나와의 약속조차 지키지 않았네. 그건 자네의 큰 실수였어.

네오, 내 원래의 계획을 말해 줄까? 난 자네 팀원들을 차례차례 살해한 후, 자네들이 도굴해 간 내 왕국의 유물을 남김없이 회수해 원래의 위치에 가져다 놓을 작정이었네. 그런 다음, 나의 초능력을 행사하여 세상 사람들을 놀라게 한 후 대대적으로 종말론을 퍼뜨리고, 그 후 아주 그럴듯한 방법으로 나의 존재를 세상에 드러내려 했지.

어쨌든 네오, 자네는 정신력이 강한 사람이네. 그리고 훌륭한 과학자야. 난 사실 자네에게 한 번의 기회를 줄 작정이었네. 자네처럼 훌륭한 과학자가 과학의 한계를 인정하고 나 '이누맘'을 지지한다고 선언하면 그 효과가 상당할 것이라 봤지.

하지만 네오, 자네에게는 그럴 의사가 전혀 없었어. 게다가 내 메시지를 언론에 전하는 역할도 하지 않았더군. 자네가 나와의 약속을 어겼기에 더 이상 자네의 목숨을 유예할 수가 없네. 5분 이내에 내 조직원이 자네의 목숨을 가지러 갈 걸세.

잘 가게. 네오.〉

네오 박사는 e메일을 열어 둔 상태에서 재빨리 긴급과 초긴급 두 개의 비상벨을 동시에 눌렀다. 1분 이내에 네오 박사의 담당 경호관 두 명이 뛰어들었다. 한 명은 베레타92F 권총을, 다른 한 명은 우지 기관단총을 들고 있었다.

"박사님, 무슨 일이십니까?"

권총을 든 선임 경호관 스미스가 놀란 표정으로 다가왔다.

"스미스 경호관, 문을 잠그고 이 e메일을 CIA에 전송해 주시오."

네오 박사가 말했다.

"바비오, 문 잠그게."

스미스 경호관이 우지 기관단총을 들고 문 앞에 서 있는 바비오 경호관에게 말했다. 바비오가 철커덕 방문을 잠갔다.

"무슨 메일인데 그러십니까?"

스미스 경호관이 노트북 앞에 앉으며 물었다.

"지체할 시간이 없소. 우선 전송부터 해 주시오."

스미스 경호관이 클릭한 후 노트북을 두들기기 시작했다.

그때, 방문에 등을 기대고 서 있던 바비오 경호관이 소리 없이 빠르게 우지 기관단총을 들어 올렸다. 총구는 스미스 경호관을 똑바로 겨냥하고 있었다.

두두두두.

기관단총이 발사되었고, 노트북 앞에 앉아 있던 스미스 경호관은 비명도 지르지 못한 채 픽 고꾸라졌다.

너무나 갑작스러운 상황에 입을 떡 벌린 채 넋이 나간 듯 침대 위에 앉아 있는 네오 박사 앞으로 바비오 경호관이 기관단총을 겨누며 다가왔다.

"바, 바비오 경호관. 당신이…."

"네오 박사, 당신은 지난번에 변장술로 살아난 적이 있지. 이번엔 우리가 당신들의 방법으로 당신의 목숨을 빼앗겠소."

바비오 경호관이 한 손으로 얼굴을 더듬더니 정교하게 제작된 바이오 실리콘 재질의 마스크를 뜯어냈다. 얼굴 윤곽은 바비오 경호관과 비슷했지만, 전혀 다른 사람의 얼굴이 드러났다.

"바비오 경호관이 휴가를 마치고 어제 복귀한 거로 당신은 물론 알고 있겠지? 바비오 경호관은 이틀 전에 죽었소. 난 이미 한 달 전부터 바비오 경호관의 자세한 신상 정보는 물론이고, 영상을 수도 없이 보며 그의 목소리와 말투를 연습했지. 휴가를 마치고 복귀할 때의 절차도 다 알고 있었어. 이 작전을 성공시키는 데는 우리 측으로 넘어온 카벤 로빈슨 전 경호경관의 도움이 컸지."

그때, 복도에서 요란한 발소리에 이어 쾅쾅 문 두드리는 소리가 났다.

"더는 지체할 시간이 없군. 잘 가시오, 네오 박사."

두두두두.

총구가 불을 뿜었다. 네오 박사의 가슴팍을 벌집처럼 만든 괴한은 이어서 총구를 자신의 목 밑으로 가져갔다. 두두!

경찰 특수부대원들이 방문을 부수고 진입했을 때는 모든 상황이 종료된 후였다.

워싱턴DC 총기 난사 사건에 이어 벌어진 네오 박사 피살사건은 미국이란 나라 전체를 혼란에 빠뜨려 버렸다. 컬럼비아대학 탐사팀을 겨냥한 미스터리 사건과 무자비한 워싱턴DC 테러 사건의 연결고리가 드러났기 때문이었다.

11월 1일 오전 10시, CIA는 초능력자를 정점으로 하는 악의 집단이 미국의 붕괴를 획책하고 있다는 보고서를 백악관에 전달했고, 한 시간 뒤 NSC(국가안전보장회의)가 소집되었다.

NSC가 끝난 직후 미국 대통령은 심각한 표정으로 직접 백악관 언론관 단상에 섰다.

― 미국을 향한 적들의 공격이 시작되었습니다. 우리가 싸워야 할 적들은 보이지 않는 적들입니다. 미국은 이 보이지 않는 적들에게 전쟁을 선포합니다.

이 전쟁은 과학과 비과학의 대결, 정의와 불의의 대결, 미국이 지금까지 경험하지 못했던 새로운 방식의 전쟁이 될 것입니다.

적들이 궁극적으로 노리는 것은 사회적 대혼란을 통한 미국의 붕괴입니다. 정부는 적들의 이러한 시도를 좌시하지 않고 적극 대처할 것입니다. 국민 여러분들은 정부를 믿고 차분히 일상에 임해 주시기 바랍니다.

자유와 정의, 인간의 이성과 과학의 기반 위에 세워진 위대한 나라 미국은 그 어떤 악의 무리에게도 결코 굴복하지 않을 것입니다.

미국은 이 전쟁에서 승리할 것입니다. ―

스테판이 자신의 정체성을 밝히기로 한 바로 그날.

"에밀리, 오늘은 집에 들어갈 생각하지 마."

섹스가 끝난 후, 스테판이 말했다.

"그게 무슨 말이야?"

"나와 같이 가 줘야겠어."

"가다니! 어딜…?"

갑자기 불길한 예감이 에밀리의 뇌리를 스쳤다.

"이런 날이 올 줄 예상하지 못했나? 에밀리가 수행해야 할 미션이 있다고 언젠가 내가 말했을 텐데?"

"그건 알지만… 갑자기 이러면 어떡해…요?"

"나도 어쩔 수가 없어. 이누맘 님의 명령이니까."

"이누맘이라니…?"

에밀리의 머릿속에서 불길한 상상이 급속도로 타올랐다.

"에밀리는 늘 나에 대해서 알고 싶다고 말했지? 조만간 다 알게 될 거야."

"필요 없어요! 이젠 알고 싶지도 않아."

에밀리는 반사적으로 몸을 일으켰다.

"그러지 마, 에밀리."

물리력이 동원될지 모른다는 예상과 달리 스테판은 그대로 침대에 누워 있었다. 그러나 더 이상 에밀리의 마음을 사로잡았던 스테판의 모습은 아니었다.

"스테판 씨 이런 사람이었어요? 귀가 시간 만큼은 지켜 주겠다고 약속하지 않았던가요? 전 가야 해요. 가야 한다고요."

에밀리는 재빨리 옷을 챙겨 입은 후 핸드백을 집어 들었다.

"누구 맘대로…. 쓸데없는 짓 하지 말고 가만히 있는 게 좋을 거야."

스테판의 목소리가 갑자기 협박조로 바뀌었다. 에밀리는 두려움에 사로잡혀 후들거리는 걸음으로 문을 향해 돌진했다. 그러나 허리춤이 붙들린 그녀는 더 나아가지 못했다.

"이거 놔요. 놔! 안 놓으면 소리칠 거야!"

에밀리는 악을 썼다.

"놓으라니, 뭘? 낄낄낄."

에밀리는 뭔가 이상한 느낌에 뒤를 돌아보았다. 스테판은 알몸 그대로 침대에 누워 낄낄거리고 있었다. 에밀리는 소스라치게 놀랐다. 조금 전 나를 잡아당긴 건 누군가? 그 무지막지한 힘의 정체는 또 뭐고?

"에밀리, 난 초능력자야. 물론 이누맘 님께서 잠시 허락해 주신 것에 불과하지만⋯ 에밀리, 궁금하지 않아? 내가 그 초능력의 실체를 보여 줄까?"

알몸 상태의 스테판이 일어나서 다가오더니 한 손을 에밀리의 허리에 척 갖다 댔다. 그리고는 에밀리를 손바닥으로 가볍게 들어 올린 후 빙글빙글 돌리기 시작했다. 에밀리의 몸은 스테판의 손바닥 위에서 팔랑개비처럼 핑핑 돌아갔다. 스테판은 에밀리가 어지러움에 정신을 잃을 때쯤 그녀를 침대 위로 던졌다. 동댕이쳐진 곰 인형처럼 침대에 처박힌 에밀리는 자신이 지금 바람 앞의 등불 같은 존재임을 실감했다.

"에밀리, 폴을 사랑하나? 네 아들 말이야."

"⋯?"

"에밀리, 네가 우리에게 협조하지 않으면 너는 물론이고 폴까지 죽어. 우리는 네 아들 폴이 어디에 있는지 다 알고 있어. 우리의 데드 리스트에 오르면 살아남을 수가 없어. 어떻게 할 거야? 폴이 죽도록 내버려 둘 거야? 아니면 우리 일에 협조할 거야?"

"폴은⋯ 폴은 안 돼요. 폴만은 살려 줘요."

에밀리는 바들바들 떨면서 애원했다.

"진작 그렇게 나올 것이지."

❖ ❖ ❖

에밀리를 태운 차가 뉴욕을 벗어날 무렵부터 정체가 시작됐다.

"뭐야 이거. 짜증 나게…."

운전하던 스테판이 투덜거렸다.

에밀리는 차창 밖으로 시선을 던졌다. 갓길에 경찰 버스 두 대가 정차해 있었고, 20여 피트 간격으로 중무장한 경찰들이 늘어서 있었다. 오! 제발. 에밀리는 한 가닥 기대를 걸며 마음속으로 기도했다.

검문은 1차 차량 조회와 2차 신원 조회로 나뉘어 진행되었다.

차단기가 올라갔고, 바로 앞의 차가 빠져 나갔다. 에밀리의 심장이 마구 뛰기 시작했다.

스테판의 차가 차단기 앞으로 다가갔다. 그러나 에밀리의 기대와는 달리 차단기는 금방 올라갔고, 그녀는 절망에 빠져 깊은 한숨을 내쉬었다.

차단기를 빠져 나온 스테판은 가볍게 휘파람을 불며 잠시 대기했다가 앞차가 빠져 나가자 바리케이드 쪽으로 차를 몰았다. 스테판의 차가 검문 위치에 정차했다. 에밀리는 다시 한 가닥 기대를 걸며 마음속으로 기도했다. 경찰은 신분증을 요구했고, 스테판은 미리 준비해 둔 것처럼 왼쪽 가슴께의 주머니에서 신분증을 꺼내 건넸다. 경찰은 스테판의 얼굴과 신분증을 대조해 본 후 신분증을 옆에 선 경관에게 넘겼다. 신분증을 건네받은 경찰은 빠르게 손가락을 움직이며 신원을 조회했다. 에밀리는 조마조마한 심정으로 상황을 지켜보았지만, 이번에도 아무 일 없이 통과였다.

"미남미녀 두 분이 잘 어울리시는군요. 좋은 여행 되시길…."

신분증을 돌려주던 경찰이 사람 좋은 미소와 함께 인사를 건넸다.

"수고하십시오, 경찰관님."

가볍게 경찰 검문을 통과한 스테판은 차를 몰며 뽈피리 같은 휘파람을 불어대기 시작했다.

현세의 신

현세의 신

        포털사이트의 온라인 커뮤니티에 올라온 '이누맘 님의 말씀'이라는 글을 처음 발견한 사람은 FBI 요원 제프 힐의 젊은 아내 제시카였다. 제시카는 컬럼비아대학 탐사팀 사건과 관련해 유해한 댓글을 조사해 달라는 남편의 부탁으로 온종일 집에서 인터넷을 뒤지던 중이었다.

〈이누맘 님의 말씀 1〉

— 모든 선에 이유가 없듯이 모든 악에도 그 이유는 없다.

— 나 이누맘은 부차한 선악의 개념을 초월하는 현세의 신이다.

(J.E.J)

제시카는 곧장 남편에게 이 사실을 알렸고, FBI는 즉각 포털사를 통해 올라온 글을 삭제함과 동시에 글을 올린 사람을 추적하기 시작했다.

그러나 다섯 시간 후, 또 다른 '이누맘 님의 말씀'이 인터넷상에 뜬 것을 FBI 사이버수사요원 트로이 숀 프랭코가 발견했다.

〈이누맘 님의 말씀 2〉

— 지금의 세상은 한계에 도달했다.

— 곧 새로운 세상이 도래할 것이다.

— 나 이누맘은 인간들을 새로운 세상으로 인도할 메시아니라.

(J.E.J)

FBI 사이버수사대가 수사력을 총동원하여 '이누맘 님의 말씀'이라는 글을 올린 사람을 추적하고 있을 때, 한 애국 시민이 세 번째 '이누맘 님의 말씀'이 인터넷에 떴다고 제보해왔다.

〈이누맘 님의 말씀 3〉

— 보이지 않고, 행사하지 않고, 천국행 티켓을 손에 쥐여주지도 않는 막연한 신은 더 이상 신이 아니다.

— 나 이누맘은 살아 있는 현세의 신이며 인간들에게 '영생의 피'를 나누어줄 수 있는 구체적인 신이다.

(J.E.J)

세 번째 글이 올라오고 3시간이 지나서 네 번째 글이 올라왔다.

〈이누맘 님의 말씀 4〉

— 나 이누맘의 피는 영생의 피라.

— 나 이누맘의 피를 마신 자는 부활할 것이며 영원히 죽지 아니할 것이다.

(J.E.J)

그리고 2시간 후, 다섯 번째 글이 올라왔다.

〈이누맘 님의 말씀 5〉

— 때가 임박하였다.

— 나 이누맘이 곧 세상에 출현할 것이다.

(J.E.J)

다시 2시간이 지나고 여섯 번째 글이 발견됐다.

〈이누맘 님의 말씀 6〉

— 세상의 인간들은 미리 마음의 결정을 내리라.

— 나 이누맘을 믿는 자는 살아남을 것이며, 나 이누맘을 부정하는 자는
  죽을 것이다.

(J.E.J)

FBI 사이버수사대는 이틀 동안 '이누맘 님의 말씀'이란 글을 올린 사람을 추적하였지만, 실패했다. 그사이 가칭 '이누맘 님 영접준비위'라는 온라인상 모임이 만들어졌고, 이누맘을 찬양하는 댓글들이 마구 올라오기 시작했다.

사태의 심각성을 인지한 미국 연방정부는 NSC를 소집하여 이누맘 문제를 다루기 위해 CIA와 FBI가 참여하는 테스크포스(TF)를 구성하기로 결정하였다.

'이누맘 님 말씀' 관련 두 번째 TF 대책회의가 예정된 날 새벽 3시, CIA 부국장(정보)의 스마트폰이 요란하게 울렸다. 잠에서 깬 CIA 부국장(정보)은 비상상황을 예감하며 전화를 받았다.

"부국장님, 매우 심각한 글이 인터넷상에 올라왔습니다."

정보과장의 목소리였다.

"또 그놈의 이누맘의 주저린가?"

"이번 건은 급이 다릅니다. 이전 건이 태풍급이라면 이번 건은 허리케인급입니다."

"문자로 보내 보게."

"문자로 보내기엔 너무 깁니다. 지금 케이츠 요원이 파일에 담고 있으니 e메일로 보내겠습니다."

"알았네."

CIA 부국장(정보)은 노트북을 열어 둔 채 기다렸다. 20분쯤 후, 스마트폰에 e메일 도착음이 울렸다.

〈이누맘 님의 신성(神性)에 관한 이해〉

#전설

— 신과 자연과 인간의 경계가 모호하던 아득한 옛날이었더라.
— 신화가 노래가 되고 노래가 삶이 되는 땅, 중앙아시아의 고원 지역에 이곳
    저곳을 떠돌며 살아가는 유랑민 부족이 있었더라.
— 부족민들이 이동 중에 부르는 전래된 노래가 있었더라.
— 부족민 중에 힘이 센 아이가 태어날 거라 하였더라.
— 힘센 아이는 모계(母係)를 부정할 거라 하였더라.
— 힘센 아이는 자라서 부족장이 될 거라 하였더라.
— 부족장이 된 힘센 아이는 주위의 다른 부족들을 제압하여 나라를 세우고
    왕이 될 거라 하였더라.
— 왕이 된 힘센 아이는 부족민들을 한곳에 정착하여 살게 할 거라 하였더라.

#계보

— 중앙아시아의 한 지역에 그 출생이 기이한 힘센 아이가 있었다.
— 힘센 아이는 출생 전부터 너무 힘이 센 나머지 스스로 어미의 자궁을 열
    고 나와 그 어미를 사망에 이르게 하였다.
— 아이는 자신의 이름을 '누르므르'라 스스로 지었다.
— 누르므르는 자라서 장군이 되었다.

— 누르므르 장군은 모든 전쟁에서 승리하였다.

— 누르므르 장군은 포로들을 노예로 삼아 사막에 거대한 도시를 건설하였다.

— 누르므르 장군은 당시의 관습과는 달리 제(祭)와 정(政)을 분리한 뒤 제(祭)를 정(政) 아래에 두는 도시국가를 수립하고 스스로 왕이 되었다.

— 누르므르 왕은 사막 위의 도시국가를 자신의 이름을 따 '누르므르 왕국'이라 칭하였다.

— 누르므르 왕에게는 자신을 꼭 닮은 아들이 있었다.

— 누르므르 왕은 아들이 6세에 이르자 아들에게 왕좌(王座)의 검을 하사하여 후계를 암시하였다.

— 그 아들의 이름은 '이누맘'이었다.

#전기

붓다가 세상에 오기 3429년 전이었고, 예수가 이 땅에 오기 3973년 전이었다.

역사에는 기록되어 있지 않지만, 지금으로부터 6010년 전 중앙아시아의 한 지역에 누르므르 왕국이 존재하였다.

누르므르 왕국은 피의 기반 위에 세워진 도시국가였다. 누르므르 왕국이 건국되기까지 수많은 전쟁이 있었고, 도시를 건설하기 위해 수많은 노예가 희생당했다. 그 과정에서 너무나 많은 피가 왕국에 뿌려졌다. 성벽 주변은 언제나 검붉은 피로 물들어 있었고, 도시의 곳곳에는 시체가 나뒹굴었다. 누리

끼리한 야생 솜으로 콧구멍을 틀어막은 사람들이 2인 1조로 돌아다니며 도시의 곳곳에서 악취를 풍기는 시체들은 수거하였다. 이들이 수거해 온 시체들은 수레에 실려 도시의 끄트머리에 있는 까마귀의 계곡에 던져졌다. 까마귀의 계곡 상공에는 언제나 까마귀들이 불티처럼 날고 있었다.

왕국이 성립되고 누르므르 왕이 통치의 기반을 확립한 후에도 이 나라에는 전쟁이 끊이질 않았다. 그리하여 왕국의 도처에는 여전히 많은 시체가 나뒹굴었다. 시체들은 쉽게 부패하여 악취를 풍겼고, 돌림병이 심각한 위협이 되었다. 그리하여 누르므르 왕 5년에는 '시체 처리원'이라는 전문직종이 공식적으로 생겨났다. 이들은 검은 복장에 머리에는 흰 새의 깃털을 꽂고, 피망처럼 생긴 노란색 코마개를 한 채 2인 1조로 들것을 들고 도시 곳곳을 돌아다니며 시체를 수거하였다. 이들은 고대 이집트에서 그 특수한 직업성을 인정받았던 미라 기술자들보다 2000년이나 앞선 전문직종인이었음을 후세의 역사는 마땅히 기록해야 할 것이다.

나 이누맘은 부왕인 누르므르 왕으로부터 왕좌의 검을 하사받은 적통 왕자였다. 나는 8세부터 부왕을 따라 다니며 수많은 전투에 직접 참전하였다. 나는 8세에 불과했지만, 전사 중의 전사로 용맹을 널리 떨쳤다. 나뿐만 아니라 누르므르 왕국의 모든 남자는 용맹한 전사들이었다. 남자아이들은 걸음마를 시작하면서부터 목검을 들고 전쟁놀이를 하는 것이 관습화되었고, 검을 휘두를 기력을 잃은 노인들은 스스로 목숨을 거두는 것을 명예로 여겼다.

누르므르 왕국 주변의 부족민들은 굶주린 들개처럼 집요하게 왕국의 국경을 침범해 왔다. 그들이 노리는 것은 왕국 내에 산재한 이십여 곳의 오아시스였다. 그러나 용감한 누르므르 왕국 전사들은 언제나 적들을 물리쳤다.

누르므르 왕국 주변에서 세력을 떨치던 테므르 부족이 국경을 침공했다는 파발이 전해지던 날, 부왕은 웬일인지 나를 왕궁에 남기시고 친히 병력을 이끌고 출정하셨다. 내 나이 10세 때였다.

테므르족은 겁이 없기로 소문난 부족이었지만, 나는 부왕을 믿고 왕자궁에서 승전보를 기다리고 있었다.

그날 오후, 나는 왕자궁에서 부왕의 전사 소식을 접하고 믿을 수가 없었다. 모든 전쟁에서 승리하였으며, 죽음을 비껴가는 불사의 상징이었던 부왕의 부고를 내가 어찌 믿을 수 있었겠는가?

나는 자세한 사정을 알아보도록 호위무사를 왕궁에 보냈다. 그러나 호위무사는 한 시간이 넘도록 돌아오지 않았다. 나는 답답한 나머지 호위무사가 주로 대기하던 처소 옆 망루로 올라가 왕궁 쪽을 바라보았다. 그때, 나는 왕궁 수비대장의 경호를 받으며 왕비의 처소에서 나오는 제사장을 보았다. '제전에 있어야 할 늙은 제사장이 왜 왕궁에 왔을까?' 어린 나는 생각하였다. '아마도 무슨 특별한 제사 의식이 있는가 보다.'라고….

유난히도 붉었던 그날의 황혼이 마지막 객혈을 토해 내고 어스름이 소리 없이 밀려올 무렵, 나는 왕자궁 주변에 왕궁의 수비병들이 배치되는 것을 보고서야 무언가 크게 잘못되어 가고 있음을 직감하였다.

나는 허수아비를 만들어 나의 옷을 입혀 침대에 눕혀 놓고, 부왕과 나만이 알고 있던 비밀 통로를 통해 왕비의 처소로 숨어들었다. 나는 왕비의 침실 옆 휘장 아래에 엎드려 있었다. 내 손에는 부왕이 하사한 왕자의 검이 들려 있었다.

밤이 깊고, 문이 열리더니 제사장이 왕궁 수비대장의 경호를 받으며 왕비의 처소로 들어왔다. 왕비가 친히 제사장을 맞이하여 침실로 안내했다. 시녀들이 곧 문을 닫고 물러났다.

"일은 잘 되어 가고 있나요?"

내 어머니 왕비가 말했다.

"모든 것이 순조롭게 진행되고 있소. 내일 아침 정무회의에서 당신이 나를 새로운 왕으로 추대하는 일만 남았소."

제사장이 말했다.

"수고했어요, 제사장. 아니, 나만의 당신. 어서 안아 줘요."

"오! 왕비. 어찌 이리도 아름다울 수가…"

두 역적이 하나로 엉키는 모습이 휘장 너머 실루엣으로 비쳤다. 온몸의 피가 역류하기 시작했다. 당장에라도 뛰쳐나가 두 역적을 요절내고 싶었지만, 나는 가까스로 참았다. 두 역적 중 하나가 나를 낳은 생모라는 사실이 나를 망설이게 한 것이었다. 나는 내 친어머니인 왕비가 요부라는 사실에 엄청난 충격을 받았고, 그녀에 대한 원망과 분노로 치를 떨었다.

"참, 왕자는?"

왕비가 제사장을 밀어내며 말했다.

"지금 왕자궁에 잠들어 있다는 보고를 받았소."

"당신과 내가 이러고 있다는 걸 왕자가 알면 얼마나 놀랄까? 호호호."

내 어머니, 아니 요부가 간드러지게 웃었다.

"부왕이 테므르 군대를 물리치고 개선하던 중에 내가 심어 둔 부하들에게 피살되었다는 걸 알면 더욱 놀라겠지. 크크크."

늙은 제사장이 음흉하게 웃었다.

"당신, 왕자를 어떻게 할 작정이에요?"

"오늘 밤 자정을 기해 처리할 것이오."

"그 아이는 보통 아이가 아니랍니다. 아주 조심해야 할 거예요."

"걱정하지 마시오. 왕자가 비범하긴 하나 열 살 소년에 불과하오. 한밤중에 급습해서 목을 베고, 시신은 까마귀의 계곡에 던져 버릴 것이오."

"당신만 믿겠어요. 이제 안아 줘요. 아아…."

두 연놈이 한 덩이로 엉켜 헐떡거렸다. 나는 하늘을 찌르는 분노를 더 이상 참을 수 없어 칼을 빼어 들고 뛰어들었다. 나는 먼저 내 어머니 왕비의 목을 단칼에 벤 후, 제사장의 배를 갈랐다. 늙은 제사장의 뱃가죽은 질겼다. 나는 제사장의 뱃가죽에 박힌 검을 힘들게 뽑아 괴상한 비명을 내지르는 제사장의 목을 그대로 날려 버린 후 재빨리 몸을 피했다.

비명을 듣고 어느새 수비병들이 달려오고 있었다. 나는 비밀 통로로 왕궁을 빠져나왔다. 달 밝은 밤이었다. 나는 왕궁 외곽을 지키는 수비대 한 명을 단숨에 죽인 후, 말을 빼앗아 타고 달아났다. 어느새 수십 명의 왕궁 수비대들이 추격해 오고 있었다. 나는 살아야 했다. 부왕의 한을 풀고 빼앗긴 왕국을 되찾기 위해서라도 살아야 했다. 나는 까마귀의 계곡을 지나 달리고 또 달렸다. 추격자들은 집요하게 나를 쫓아왔다. 나는 운명의 계곡을 지나고 저승의 계곡을 건너 깎아지른 절벽으로 도망쳤다. 말이 더 달릴 수 없는 곳에 이르러서 나는 말을 버리고 절벽을 타기 시작했다. 그러나 추격자들은 집요하고도 집요했다. 추격자들은 일제히 말을 버리고 절벽을 타고 기어올랐다. 추격자들과의 거리가 점점 좁혀지고 있었다.

이제 더 이상 달아날 곳은 없었다. 나는 극한의 긴장감 속에서 나도 모르게 하늘을 올려다보았다. 그때 붉은 별 하나가 서쪽으로 운행하는 것이 시야에 들어왔다. 나는 하늘을 향해 기도를 올린 후 나의 운명을 하늘에 맡기기로 하고 그대로 절벽에서 몸을 던졌다. 허공에서 떨어지는 동안, 나는 나의 몸이 서서히 해체되는 걸 느꼈고, 영원과 찰나의 경계가 허물어지는 것을 경험했다.

나는 극심한 두통을 느끼며 눈을 떴다. 그러나 아무것도 보이지 않았고, 무거운 그림자가 나의 눈꺼풀을 내리누르는 것을 잠시 느꼈다. 나는 온몸이 나른해지면서 다시 깊은 잠에 빠져들었다.

나는 심한 두통을 느끼며 다시 눈을 떴다. 망막에 얹힌 무언가가 치워지는 것 같았고, 눈부시게 하얀빛이 보였다. 나는 몸을 일으키려 했지만 잘 되지 않았다. 심한 두통 속에서도 나는 누운 채 눈동자를 굴려 사방을 보았다. 가없이 푸르른 하늘이 보였고, 깎아지른 절벽이 보였으며, 밑도 끝도 없는 허공이 보였다. 그때 나는 내가 깎아지른 절벽의 중턱 난간에 아슬아슬하게 누워 있다는 걸 알게 되었다. 잠시 후 다시 어떤 그림자가 나의 눈꺼풀 위에 내려앉았고, 나는 다시 온몸이 나른해지면서 깊은 잠에 빠져들었다.

이번에는 약한 두통과 함께 다시 눈을 떴다. 강렬한 햇살이 아프게 눈을 찔러 왔다. 눈꺼풀을 닫고 시력을 집중한 후 다시 눈을 떴다. 투명하게 푸른 하늘이 시야에 들어왔다. 나는 나의 눈꺼풀을 내리누르던 그림자의 기운이 한결 약해진 것을 느꼈다. 천천히 몸을 움직여 보았다. 내 몸이 차츰 움직이기 시작했고, 두통은 점차 사라졌다. 그때 나는 내가 왜 여기에 와 있는지가 궁금하여 기억을 더듬어 보았다. 그러나 아무것도 생각나지 않았다. 내 과거의 기억이 백지장처럼 싹 지워져 버렸던 것이다.

나는 천천히 조심스럽게 상체를 일으켜 앉아서 주위를 둘러보았다. 그때 나는 깜짝 놀랐다. 흰 머리카락과 흰 수염이 무성한 노인이 깎아지른 절벽의 난간에 가부좌를 틀고 앉아서 나를 내려다보고 있었던 것이다. 나의 시선은 노인에게서 벗어날 수 없었다. 나는 노인의 주위를 돌고 있는 신비한 빛의 고리를 보고 경외감에 사로잡혔다. 노인은 실오라기 하나 걸치지 않았지만, 길게 자란 머리카락과 수염이 몸의 주요 부위를 적절히 가려 주고 있었다.

얼마의 시간이 지났을 때, 나는 나도 모르게 노인에게 무릎을 꿇고 넙죽 고개를 숙이고 있었다.

"깨어났느냐?"

창공에서 공명하듯 들려오는 노인의 목소리는 마치 천둥과 번개를 뚫고 들려오는 신의 음성처럼 느껴졌다.

"그렇습니다. 그런데 누구시온지…?"

나는 감히 고개를 들지 못하고 물었다.

"고개를 들라."

나는 조심스럽게 고개를 들어 노인을 우러러보았다.

"너는 여기가 어디인 줄 아느냐?"

"모, 모르옵니다."

"이곳은 이승도 저승도 아닌 곳이니라."

"그렇다면, 이승도 저승도 아닌 또 다른 세계가 있단 말씀이옵니까?"

"그렇다! 이곳은 생(生)과 사(死)를 초월한 자들만이 올 수 있는 곳이며, 영원의 길을 추구하는 자들만이 올 수 있는 곳이니라."

"그러하옵니까?"

나는 절벽 난간에 태연히 앉아 있는 노인의 모습에 거듭 경외감을 느꼈다.

"너는 내가 무엇으로 보이느냐?"

"성자처럼 보이옵니다."

"그렇다! 네가 나를 성자로 보았다면 나는 성자니라. 또한 네가 나를 미친 노인으로 보았다면 나는 미친 노인이며, 네가 나를 신으로 보았다면 나는 신이니라. 나는 무엇도 될 수 있는 무한자(無限者)니라. 나는 이미 불멸의 길에 들어선 존재이며, 무소불위한 능력의 존재이니라."

나는 성자에게 몇 번이고 고개를 조아리고 나서 다시 물었다.

"그런데 성자님, 저는 누구이며, 왜 여기에 있는 것입니까?"

"미욱한 놈. 그것이 그리도 궁금하더냐?"

"그렇사옵니다. 성자님."

"너는 이곳에 와서도 아직 인간의 감정을 버리지 못하였구나! 궁금증은 호기심의 발현이라, 너는 그 호기심의 뿌리를 끊으라!"

"하지만 성자님, 저는 제가 누구이며 왜 여기에 있는지, 그것이 너무나도 궁금하여 견딜 수 없사옵니다."

나는 몇 번이고 머리를 조아리며 답을 청했다.

"10년이라는 시간을 너는 가늠할 수 있겠느냐?"

"불가하옵니다. 제가 어찌…."

"이곳은 본질적으로 시간의 개념이 무의미한 곳이다. 그러나 네가 그리 궁금해하니 말해 주마. 지금으로부터 10년 전이었다. 나는 사마디에 들기 전에 하늘을 향해 마지막 기도를 올리고 있었다. 그때 나는 서쪽으로 운행하는 붉은 별을 보았다. 나는 내가 사마디에 들기에는 아직 이르다는 걸 깨달았다. 하늘을 우러러 용서를 구하려고 고개를 들었을 때 허공에서 떨어지는 까만 점을 보고 불현듯 팔을 뻗어 손바닥으로 너를 받아냈다. 나는 너를 보는 순간, 단번에 비범한 기운을 느꼈다. 한데 내 너의 내면을 들여다보니 네 마음속에 분노와 복수의 감정이 가득 차 있었더라. 하여, 내 너의 번잡한 세속의 마음을 지우기 위해 너를 10년간 잠재웠노라."

성자의 말을 듣는 순간, 내 머릿속에서 10년이란 시간이 순식간에 두루마리처럼 풀려 나갔다. 그런 후, 마침내 내 기억의 가닥이 잡히기 시작했다. 나는 결국 나의 과거를 생생히 기억해 냈다.

"이제 너의 과거가 기억나느냐?"

"그렇사옵니다."

"너는 과거로 돌아가고 싶으냐?"

"그렇사옵니다. 돌아가 배신자들을 처단하고 누르므르 왕국을 재건하고 싶습니다."

"너는 내 10년의 수고를 무(無)로 돌리려 하는구나! 그래, 네가 여기를 나갈 수 있겠느냐?"

"성자님의 도움을 받고 싶습니다. 성자님이라면 저를 돌려보내 줄 수 있을 것 같습니다. 성자님, 부디 저를 돌려보내 주십시오."

"부질없다! 네가 돌아가고 싶어도 돌아갈 곳은 없다. 천기(天氣)의 변화로 인해 그곳은 이미 모래사막으로 변했고, 누르므르 왕국은 역사에서 사라졌다."

"그럴 리가요?"

"세속의 것은 본래 영원하지가 않다. 너는 세속의 기억을 지우고 마음을 비우라. 그리고 나의 길을 따르라. 그리하면 네게 영원의 길이 열릴 것이니라."

"영원의 길이 저에게는 너무나도 두렵사옵니다, 성자님."

"인간은 태어날 때부터 두려움과 호기심이라는 두 가지 원초적 감정이 내재해 있었다. 두려움과 호기심은 같은 몸을 하고 있지만, 서로 다른 곳을 지향하는 쌍두사(雙頭蛇)와 같은 것이다. 두려움이 승하면 호기심이 쇠하고, 호기심이 강하면 두려움이 약해진다. 인간의 모든 감정은 이 두 가지 원초적 감정에서 파생된 것들이다. 이러한 인간의 감정들이 마음에 작용하여 망상에 사로잡히고 번뇌를 일으킨다. 허나 미구에 닥칠 죽음 앞에 모든 것은 무색할 뿐 부질없는 것이다. 찰나를 살다 가는 인생이 하루살이의 날갯짓보다 나을 게 무엇이더냐. 너는 이곳에 와 나를 만났으니 두려워할 것도, 궁금해할 것도 없다."

"그럼 제가 어떻게 하면 되겠사옵니까? 성자님."

"선택의 여지가 있겠느냐? 나의 제자가 되어 나의 길을 따르라."

"그러시다면 성자님, 제게 성자님의 능력을 보여 주십시오."

"의심은 호기심의 또 다른 발현이라. 너는 호기심 덩어리로구나! 자, 보아라."

성자가 손바닥을 펴 가볍게 휘젓자 성자의 몸이 암벽 난간에서 허공으로 떠올랐다.

"이제 되었느냐?"

성자가 공중부양의 상태에서 말했다.

"성자님, 송구하옵니다만… 더 보여 주십시오."

"이런, 고얀 놈!"

공주부양 상태의 성자가 소리치며 한팔을 들어 손가락을 꼼지락거렸다. 그러자 내 몸이 갑자기 위로 쑥 떠올랐다가 힘껏 동댕이쳐졌다. 너무 아파 비명조차 나오지 않았다. 그런데 신기하게도 그 좁은 절벽의 난간에서 내 몸은 떨어지지 않고 아슬아슬하게 얹혀 있었다.

"이놈아, 아직도 그 호기심의 뿌리를 뽑아내지 못하겠느냐?"

"아니옵니다. 성자님. 이제는 믿겠사옵니다. 저를 성자님의 제자로 받아 주십시오."

나는 넙죽 엎드린 후 머리를 조아렸다.

"고얀 놈! 너는 그 자리에서 꼼짝하지 말고 열흘 동안 묵상에 돌입하라!"

내가 깎아지른 절벽의 난간에서 열흘을 견뎌내자 나의 위치는 성자가 앉아 있는 곳 바로 아래쪽 난간으로 이동됐다. 그때 성자가 옆으로 팔을 뻗어 암벽을 더듬더니 작은 돌조각을 떼어냈다. 성자는 다시 팔을 앞으로 뻗어 엄지와 검지로 집은 돌조각을 내 이마 위에 똑 떨어뜨렸다. 그 순간, 나의 머릿속이 백지장처럼 하얘지기 시작하더니 과거의 기억이 거짓말처럼 싹 지워져 버렸다.

"너는 아직 인간의 몸인지라 아무것도 먹지 않고서는 그 형체를 유지하기 어렵다. 너는 매일 새벽, 날카로운 돌칼로 내 발바닥을 그어 내 피를 받아 마시라."

성자는 자신의 발바닥 아래에 넙죽 엎드려 있는 내게 말했다.

"스승님, 제가 어찌 감히 스승님의 피를 마실 수 있겠습니까? 제발 거두어 주십시오."

"네게 아직도 인간의 감정이 남아 있는 게로구나. 겸손의 감정도 존경의 감정도 두려움의 또 다른 발현가 다름없다. 너는 내가 말하는 그대로 시행하라."

나는 매일 새벽 암벽에 붙은 돌조각을 떼어 스승님의 발바닥을 긋고 그 피를 받아 마셨다. 검붉다 못해 새까만 스승님의 피는 두세 방울 떨어지면 이

내 말라붙어 버렸다. 나는 스승님의 피를 마실 때마다 알 수 없는 갈증에 시달렸다.

의식을 거행한 지 1년이 지났을 때 스승님이 선언하듯 말했다.

"나는 너고! 너는 나다!"

다음 날 새벽, 날카로운 돌칼로 스승님의 발바닥을 그었을 때, 더 이상 피가 나오지 않았다.

"스승님, 이제 제가 어찌해야 하옵니까?"

나는 스승님의 발아래서 머리를 조아리며 말했다.

"더 이상 피가 나오지 않더냐?"

"그렇사옵니다, 스승님."

"나의 능력은 모두 너에게로 이전되었다. 나는 곧 사마디에 들 것이니라."

"하면 저는 이제 어떻게 해야 하옵니까?"

"너에게는 두 가지 선택이 있다. 하나는 내가 사마디에 들 때 내 등에 붙어서 함께 사마디에 들거라. 그리하면 네 영혼은 형체를 이탈해 우주 공간을 떠돌다가 6000년 후 환생할 것이고, 너는 그때까지 세상에 왔던 그 어떤 성인보다 추앙받는 성인이 될 것이다. 다른 선택도 있으니, 내가 사마디에 든 직후에 나를 죽이고 아직 식지 않은 나의 심장을 꺼내 먹어라. 그리하면 너는 하루를 넘기지 못하고 죽을 것이고, 너의 영혼은 우주를 떠돌다가 6000년 후 환생할 것이다. 그때 너는 천기(天氣)를 움직여 기상의 변화를 가져올 만큼의 초능력을 가진 존재가 될 것이다. 나의 심장을 꺼내 먹고 피의 맛을 알게 된 네가 그 능력을 악행에 이용할까 염려되기는 하나, 이제는 나도 어찌할 수가 없구나. 남은 것은 너의 선택뿐이니라."

스승님은 사마디에 들 준비를 하고 있었다.

나는 절대적 운명의 기로에서 고민하였다.

나의 선택은 어렵고도 어려웠다.

마지막에 나의 선택을 좌우한 건 피에 대한 나의 기억이었다. 스승님이 사마디에 든 후, 이상하게도 나의 기억이 생생히 되살아나기 시작한 것이었다.

나는 기억의 골짜기를 더듬어 가며 내 생애 전부를 반추해 낼 수 있었다. 그때 나를 사로잡은 건 피에 대한 기억들이었다. 나는 피를 보며 자라났고, 전장을 누비며 나의 검으로 수많은 피를 뿌렸다. 요부였던 내 어머니의 목을 잘랐고, 음흉한 제사장의 배를 갈랐다. 그리고 스승님의 발바닥을 그어 피를 받아 마실 때, 알 수 없는 갈증에 허덕였던 그 기억들이 생생하게 다가왔다. 피에 대한 나의 기억은 너무나도 강렬하였다.

나는 결국 스승님의 심장을 꺼내 먹는 쪽을 선택하였다.

나는 미라 직전의 상태에 있는 스승님께 큰절을 올린 후, 날카로운 돌칼을 집어 들었다. 나는 주저 없이 스승님의 가슴을 열고 심장을 꺼내 먹었다.

–영생교 본부–

FBI 사이버수사대 사이버테러 수사2과의 제임스 킨즈버그는 눈을 비비며 휴게실로 들어왔다.

"많이 피곤해 보이네, 제임스."

교육 동기생인 디지털증거분석팀의 레이첼 올브라이트가 말했다.

"미치겠다, 정말. 지우면 또 올라오고 지우면 또 올라오고…. 두더 지게임 하고 있는 기분이야."

"앉아. 뭐 마실래?"

"커피."

올브라이트 요원이 휴게실 한켠에 있는 냉장고 문을 열고 캔커피 두 개를 꺼내 왔다.

"분석팀은 어때?"

킨즈버그가 캔커피를 한 모금 들이킨 후 물었다.

"추적이 안 돼."

올브라이트는 고개를 절레절레 흔들었다.

"'J.E.J'라는 이니셜은 확인해 봤어?"

"물론이지. 1,010명의 실종자 중 이니셜이 일치하는 사람은 18명에 불과해. 여성이 13명, 남성이 5명이야. 그들의 신상 정보까지 다 들여 다보았지만, 그게 끝이야. 더 이상 추적이 안 되는데 뭘 어쩌겠어?"

"내 생각인데 말이야…. 이누맘이라는 자가 직접 글을 올리지는 않았을 것 같아. 이누맘이 사이비 종교의 교주라면 비서를 두었을 거고, 비서가 교주의 구술을 그대로 받아서 올리지 않았을까?"

"그럴 가능성은 충분하지."

"그렇다면 18명 중 한 명을 특정하여 집중적으로 추적해 보는 게 어떨까?"

"한 명을 어떻게 특정할 건데?"

"자네가 사이비 종교의 교주라면 비서를 여자로 두고 싶겠나 아니 면 남자로 두고 싶겠나?"

"당연히 여자지. 그것도 예쁜 여자라면 더 좋고. 흐흐."

"그렇다면 당장 13명으로 좁혀지잖아."

"그럼 13명 중 한 명을 어떻게 특정할 건데?"

"자네가 방금 말했잖아. 예쁜 여자라면 더 좋다고…. 그중 가장 예쁜 여자를 골라내 봐."

"가장 예쁜 여자? 가만, 떠오르는 얼굴이 있긴 한데…."

"말해 봐."

"줄리아 정."

"줄리아 정? 인터넷에 떠돌았던 그 실종 여대생 말이야?"

"그래, 걔 엄청 예쁘잖아. 하지만 13명의 여성 중 줄리아 정은 들어 있지도 않았어."

"당연하지. 줄리아 정의 이니셜은 J.J니까. 하지만 줄리아 정이 이 누맘과 결혼을 했다고 가정한다면? 줄리아 이누맘 정이 되지. 그럼 J.E.J가 되는 거잖아."

그러자 올브라이트가 손가락을 튕겨 딱 소리를 냈다.

"제임스, 자네의 추리가 그럴 듯하군. … 하지만 순전히 감에 의존한 것일 뿐, 근거가 없으니 채택할 수가 없네."

"상황이 이러니 별수 있겠나? 레이첼, 우리 지금 농담하고 있는 거 맞지?"

"이런 상황에서 우리가 할 수 있는 거라곤 고작 농담뿐이라니… 허허 참! 그래, 그냥 웃자. 하하하."

구글 커뮤니티에서 'J.E.J'라는 이니셜을 두고 네티즌들 사이에 갑론을박이 벌어지고 있는 가운데 새로운 글 하나가 불쑥 올라왔다.

— 'J.E.J'는 실종 여대생 줄리아 정이다. —

아무런 근거도 제시하지 않았지만, 단정적인 이 문장은 의외로 상당한 반향을 일으켰다.

#댓글

— 헉, 이럴 수가!
— 방금 줄리아 정 본인 맞죠?
— 그럼 줄리아 정과 이누맘이 동일인?
— 본인 맞는 거 같은데… 본인이 아니고서야?
— 동일인이 아니라 하수인? 이누맘이 사이비 종교의 교주라면 그 밑에서
  일 봐 주는… 그 뭐야… 비서쯤 되겠네.
— 악마는 미인을 좋아하는 법이지.
— 걔 정말 잘생겼더라.
— 죽일 년. 악당 편에 붙었군.
— 말도 안 돼!
— 그럼 악마의 하수인이군.

— 왜들 이러십니까? 인권침해가 심하네요.

— 근거를 제시해 주세요.

— 넹. 본인 맞아용.

— 우리의 메시아이신 이누맘 님을 전적으로 지지합니다. 어서 나타나시어 이 빌어먹을 세상을 뒤집어엎고 새로운 세상을 열어 주세요.

— 두 분 정식으로 결혼하셨나요?

— 신도 섹스를 할까?

— 악마와 요부라. 거 말 되네.

— 줄리아 정은 살아 있을까?

— 야, 줄리아 정. 너 혹시 이누맘과 결혼이라도 했냐? 이니셜에 E는 뭐야?

— 이누맘 님은 진짜 신 맞나요?

— 그만들 좀 합시다. 우리 국민들 수준이 이 정도밖에 안 되나? 한심하군.

— 사이비 종교의 교주와 젊고 예쁜 여비서라. 안 봐도 비디오네. ㅋㅋㅋ

— 이누맘은 신이 아니라 악마다.

— 왜들 이러십니까? 예쁜 게 죄인가요? 나 줄리아 정 본인. ㅋㅋㅋ

— 애국시민에게 박수를….

뉴저지주 워런카운티에 살고 있는 재미교포 로버트 정(한국명: 정상준)이 운영하는 마트에는 3일 전부터 손님이 눈에 띄게 줄었다. 특히 고객의 절반 정도를 차지하는 뉴저지의 한인 교포가 거의 마트에 모습을 드러내지 않았다. 무슨 일이 있는 게 틀림없다고 생각한 정상준은 교민회를 방문해 보기로 하고 아침 식사 후 집을 나섰다.

한편, 남편을 대신해 마트를 보고 있던 박춘분은 한 시간 전에 미세스 자머시가 전화상으로 한 말을 아직까지 곱씹고 있었다.

"이제 더 이상 당신네 가게에서 일하고 싶지 않아요."

도대체 왜 그러는 걸까? 박춘분은 아무리 생각해도 그 이유를 알수 없었다.

미세스 자머시는 딸 줄리아가 실종된 후 절망에 빠져 있던 로버트 정 부부를 돕기 위해 마트에서 자원봉사를 하던 착하고 젊은 백인 미세스였다. 로버트 정 부부는 미세스 자머시의 착한 마음씨에 반해 한 달 후 정식 직원으로 채용하였고, 오전에 카운터를 맡겨 오던 터였다. 그런 미세스 자머시가 오늘 이유 없이 출근하지 않았다. 박춘분은 무슨 일이지 싶어 곧바로 전화를 했다. 그런데 미세스 자머시의 반응은 박춘분의 이런저런 예상을 완전히 뒤집었다. 그녀는 완전히 다른 사람처럼 차갑게 말하고 일방적으로 전화를 끊어 버렸던 것이다. 그리고 다시 전화했지만 아예 받지도 않았다.

오전 10시까지 로버트 정의 마트에는 5명의 고객만이 다녀갔다. 백인 할머니 한 명, 임신복을 입은 멕시코 여성 한 명, 흑인 아저씨 한 명, 그리고 아이들 두 명이 전부였다.

오전 10시 5분경에 흑인 청년 두 명이 껌을 씹으며 마트로 들어왔다. 그중 한 명은 가끔 마트에 들러 기껏해야 맥주 몇 캔 정도 사 가던 안면이 있는 청년이었다. 이런 치들이 오늘은 무슨 까닭에서인지 번들거리는 눈으로 마트 안을 휘둘러보더니 입구 옆에 있는 쇼핑 카트를 하나씩 끌고 안으로 들어갔다. 뭔가 이상함을 느낀 박춘분은 고개를 내밀어 청년들이 들어간 통로를 바라보았다. 두 사람은 진열대 위의 물건들을 이것저것 마구 카트에 쓸어 담기 시작했다. 정상적인 쇼핑 행위가 아님을 단번에 알 수 있었다.

　박춘분은 바짝 경계했지만, 당장 뭐라고 말할 단계는 아니었다. 카트에 수북이 물건을 담은 청년들은 통로 끝에 서서 자기들끼리 말을 주고받으며 키득거렸다. 그런 후 마치 랩이라도 하듯 어깨를 이리저리 흔들며 카트를 밀고 나왔다. 박춘분은 눈에 힘을 잔뜩 주며 청년들을 주시했다. 아니나 다를까 청년들은 카운터를 지나쳐 문으로 직진했다.

　"이봐요! 계산하고 가야죠!"

　박춘분은 날카롭게 외치면서 카운터를 돌아 나왔다.

　한 청년은 이미 카트를 자동문 밖으로 밀고 있었고, 뒤따르던 청년은 표정을 일그러뜨리며 뒤를 돌아보았다. 불과 10피트(3미터)를 사이에 두고 청년과 눈이 마주치자 박춘분은 덜컥 겁이 났지만, 다시 소리쳤다.

　"계산하고 가세요. 계산!"

　"흥! 당신 딸이 악당 편에 붙었다면서? 빌어먹을 악당의 가족 같으니라고. 이 정도로 끝내는 걸 다행으로 알아야지!"

　청년은 험상궂은 표정으로 노려보고는 카트를 밀고 그대로 밖으로 나갔다. 청년들은 휘파람을 불면서 유유히 사라졌다.

　박춘분은 기가 막힌 나머지 한동안 움직이지 못하고 우두커니 서 있었다. 잠시 후에야 정신을 차리고 남편에게 전화를 걸었다.

　"여보, 빨리 와 줘요. 방금 두 사람이 들어와서 물건을 마구…."

"물건뿐이야? 어디 다친 데는 없어?"

남편은 마치 이쪽의 사정을 알고 있기라도 한 듯 말했다.

"네. 하지만…,"

"여보, 정신 차리고 빨리 마트 문부터 닫아. 나 30분 후에 도착할 거야."

"알았어요, 여보."

30분 후에 마트로 돌아온 로버트 정은 손에 쥐고 있던 구겨진 종이를 아내 앞에 툭 던졌다.

"이게 뭐예요?"

"마트 외벽에서 떼 온 거야. 아까 나갈 때는 못 본 것 같은데 그새 이런 게 붙어 있네."

박춘분은 종이를 주워서 펴 보았다.

이 마트에서 물건을 사지 말자. 이 마트는 악당들의 편에 선
  줄리아 정의 가족들이 운영하는 마트다. ─ 애국시민 일동.

"여보 도대체 이게 무슨 말이에요?"

"소문은 당사자에게 가장 늦게 전달된다더니 틀린 말 아닌가 봐. 우리만 모르고 있었어. 우리 줄리아가 악당의 편에 섰다는 소문이 전국에 쫙 퍼졌어."

"아니, 악당이라니. 무슨 악당요?"

"컬럼비아대학 탐사팀 살해범들 말이야."

"말도 안 돼요! 우리 줄리아가 그럴 리가 없어요. 절대로…."

"당연하지! 누구 딸인데…. 아무런 근거도 없이 떠도는 괴소문에 불과해."

"아니, 그럼 갑자기 손님이 끊긴 것도, 미세스 자머시가 출근하지 않은 것도 모두 그 소문 때문이에요?"

"응. 아무래도 마트를 접어야 할 것 같아. 교민들도 등을 돌리고 있는 마당에 어떻게 버티겠어."

"여보, 그럼 우리 어떻게 먹고살아요? 마트에 투자한 돈이 얼만데… 이를 어쩌면 좋아요?"

박춘분은 남편의 가슴에 얼굴을 묻고 흐느꼈다. 로버트 정은 아내를 꼭 껴안고 어깨를 토닥였다.

"여보, 그래도 내게 새로운 희망이 생겼어. 어쩌면 우리 줄리아가 살아 있을지 모른다는 생각이 들어."

그의 아내가 의아한 표정으로 고개를 들었다.

"그럴까요? 우리 줄리아가 살아 있을까요?"

"그럴 거야. 난 그렇게 믿고 싶어."

"제발…!"

"줄리아만 살아 있다면 이깟 마트쯤이야…."

"여보!"

두 사람은 서로를 부둥켜안았다.

❖ ❖ ❖

"아, 지루하군."

시속 130마일로 내달리던 스테판이 속도를 조금 늦추며 말했다.

맹렬한 속도감에 거의 정신을 잃을 뻔했던 에밀리는 간신히 몸을 가누며 창밖으로 시선을 던졌다. 일리노이주와 아이오와주의 경계를 막 지나는 중이었다. 사막이 끝없이 이어지고 있었고 사막에서 반사된 빛들이 그녀의 눈을 아프게 찔러왔다.

"에밀리, 심심하지?"

스테판이 에밀리를 힐끗 돌아보며 말했다.

에밀리는 극도로 긴장한 탓에 스테판의 말을 제대로 알아듣지 못했다.

"왜 말이 없어?"

스테판이 언성을 높였다.

"네? 뭐, 뭐라고요?"

에밀리는 가늘게 떨면서 되물었다.

"심심하지 않냐고 내가 물었잖아."

"괘, 괜찮아요."

"에밀리는 내가 누구인지 궁금하지 않아?"

"궁금해요. 너무너무…."

에밀리는 긴장한 와중에도 지금이야말로 스테판의 진짜 정체를 알아낼 기회라는 생각이 들어서 얼른 말했다.

"우리가 처음 만났던 게 언제였더라?"

"잘 모르겠어요."

"아! 컬럼비아대학 탐사팀이 귀국하기 한 달 전이었을 거야 아마…. 그때 이누맘 님께서 내게 임무를 주시면서 뉴욕으로 파견하셨으니까?"

스테판은 운전을 계속하면서 곁눈으로 에밀리를 돌아보았다.

"그때 교주님께서는 결정적인 순간에 미션을 수행할 여성을 미리 포섭해 두라고 명하셨지. 그러면서 교주님께서는 그 여성과의 성적인 접촉까지 허용해 주셨어. 난 적당한 대상을 찾기 위해 하루 종일 뉴욕 시내를 배회했지. 물론 널린 게 여자였지만, 하나같이 내 성에 차지 않았어. 그런데 왜 하필이면 에밀리였을까?"

"…?"

"에밀리가 한번 알아맞혀 봐."

"모, 모르겠어요. 전."

"에밀리가 가장 아름다워서였을까? 아니야. 에밀리보다 더 아름다운 여자도 많았어. 에밀리가 가장 똑똑해 보여서였을까? 천만에…. 뉴욕이란 도시에는 똑똑한 여자들로 넘쳐났어. 에밀리가 탐사팀원의 가족이었기 때문이었을까? 그것도 아니야. 미션을 수행할 여성이 꼭 탐사팀원의 가족일 필요는 없었으니까?"

스테판은 다시 에밀리를 곁눈으로 돌아보았다.

"언젠가 내가 말했었지. 에밀리는 내 결핍의 감정을 채워 주는 여자라고…."

"…."

"생각 안 나?"

"새, 생각나요."

"그건 내 진심이었어."

에밀리는 스테판이 무슨 말을 하려는 건지 통 알 수 없었다.

"난 샌안토니오 구시가지의 창녀촌에서 태어났어. 내 어머니가 창녀였거든. 아주 요염한 창녀였지. 난 아버지가 누구인지도 몰라. 내 어머니가 끝내 말해 주지 않았으니까. 난 열세 살 때까지 어머니와 함께 거기서 살았어. 그때까지 내가 뭘 배웠을 것 같아? 에밀리, 한번 맞혀 봐."

"모르겠어요."

"섹스의 기술이었어. 난 어머니 방을 훔쳐보면서 온갖 섹스의 기술을 터득할 수 있었지. 그리고 중학교 2학년 때 가출했고, 그때부터 홀로 살았지. 난 의식주 걱정 따위는 하지 않았어. 내게는 특별한 재주가 있었거든. 바로 타고난 성적 능력과 섹스의 기술이었지. 나와 잠자리를 가진 여자들은 한결같이 내게 많은 돈을 쥐여 주곤 했어. 난 물질적으로 풍요로웠지. 하지만 난 늘 고독했고, 알 수 없는 결핍의 감정에 시달리곤 했어."

에밀리는 스테판의 이야기를 들으면서 긴장감이 조금 풀어지는 기분을 느꼈다.

"내가 에밀리를 선택한 건 에밀리에게서 내가 어린 시절 느꼈던 결핍의 감정을 보상받는 기분이 들었기 때문이야. 처음 느껴 본 감정이었어. 지금 생각해 보면 그건 지극히 인간적이고 지극히 어리석은 감정이었지. 또한 이누맘 님께서 가장 경계하시는 감정이기도 하고. 하지만 이제 내게 그런 감정 따윈 없어. 난 이누맘 님께 고백한 후,

오로지 이누맘 님의 길을 따르기로 맹세했으니까.”

스테판은 다시 말을 끊고 에밀리를 쓱 돌아보았다.

에밀리는 속마음을 들키지 않도록 애쓰며 마음을 다잡았다. 정신
줄을 놓지 않고 기다리면 탈출의 기회가 있을지 모른다는 생각이 퍼
뜩 들었다.

“내가 어디까지 했더라… 아, 그렇지. 난 가출한 후 홀로 살아가는
데 성공했어. 그러던 어느 날, 한 여자가 날 유혹했어. 두툼한 입술
을 붉게 칠한, 매우 육감적인 여자였어. 여자는 날 허름한 여관으로
데리고 들어갔어. 그날 밤, 난 여자에게 최상의 서비스를 제공했지.
그런데 다음 날 아침에 여자가 돈을 주지 않는 거야. 심지어 날 조롱
하기까지 했어. 순간적으로 피가 거꾸로 치솟더군. 난 탁자에 놓인
화분을 집어 들어 여자의 머리통을 내리쳤어. 여자는 즉사해 버렸
지. 사실 난 그렇게까지 할 생각은 아니었어. 그런데도 스스로를 전
혀 제어할 수 없었어. 어떤 힘이 내게 작용했던 거야. 난 여자를 죽
인 후 급히 여관을 빠져나가 산속으로 도망쳤어. 난 그날 밤을 산속
에서 보내게 됐지. 칠흑 같은 밤이었어. 거기다 가랑비까지 내리고
있었지. 난 사람을 죽였다는 두려움과 추위 속에서 와들와들 떨고
있었어. 그때, 갑자기 번개가 치고 천둥소리가 들렸어! 심장이 덜컥
내려앉을 만큼의 엄청난 천둥소리였어. 난 너무 놀라서 어두운 밤
하늘을 바라보며 몸을 잔뜩 웅크렸지. 그리고 바로 그 순간, 어둠을
뒤흔들며 울리는 음성을 들었어. ‘넌 내게 선택되었다. 아무것도 두
려워하지 마라.’ 그런데 그 음성을 듣는 순간, 나를 옥죄이던 그 두
려움이 갑자기 사라지는 거야! 그리고 내게 알 수 없는 힘이 막 솟

구쳤어! 그때 내 휴대폰에서 문자 메시지 알람이 울렸어. 난 바로 메시지를 확인했지. 이누맘 님이셨어. 위치를 알려 주시면서 찾아오라는 거야. 난 그렇게 난 이누맘 님께 선택되었지. 선택의 과정이 그러했음에도 나는 처음부터 이누맘 님의 거룩한 사업을 위한 쓰임의 도구로 선택된 건 아니었어. 당시 이누맘 님은 신도 팔백 명 정도를 거느린 사이비 종교의 교주에 불과하셨고, 기억상실로 인해 자신이 초능력자임을 모르고 계셨어. 가끔씩 신통력을 보이기도 했지만, 교주님의 주 관심사는 미녀들과의 성적인 유희였어. 그러니까 이누맘 님께서는 나의 성적인 능력을 높이 사셨던 거야. 이누맘 님과 난 성적인 능력을 공유하는 관계였지. 이누맘 님이 미녀와 성관계를 가질 때 나는 옆 방에서 또 다른 미녀와 성관계를 가졌던 거야. 난 이누맘 님이 초능력자임을 이미 알고 있었기에 이누맘 님을 만족시켜 드리기 위해 최선을 다했지.

어느 날이었어. 내 방의 미녀가 냉장고에서 300년이 넘은 체코산 적포도주를 꺼내 내 알몸 위에 끼얹은 후 핥기 시작했어. 여자는 향기를 음미하면서 극도로 흥분하기 시작했어. 이누맘 님과의 면담 시간에 나는 향기가 여성의 성호르몬을 자극할 수 있음을 말씀드렸지. 이누맘 님과 난 여성을 흥분의 도가니로 몰아넣을 향기 개발에 착수했고, 아주 특수한 향기를 개발했지. 현재 내 몸에서 나는 바로 그 향기지. 물론 그 모든 것이 가능했던 건 바로 이누맘 님이 초능력자였기 때문이고.

그러나 이누맘 님이 끝내 기억력을 회복하지 못하셨다면 이누맘 님과 나의 관계는 의미를 갖지 못했을거야. 미녀들과 성적 유희를 즐기는 사이비 종교의 교주와 교주의 성적인 만족을 위해 최선을 다하는 신도의 관계가 무슨 의미가 있겠어. 하지만 이누맘 님이 기억력을 회복하신 이후 이누맘 님과 나의 관계는 새롭게 재정립되었지. 신정일치의 세계통일제국을 꿈꾸는 초능력자와 그의 충성스러운 조직원으로서 말이야.

믿기 어렵겠지만 이누맘 님은 자신의 두 번째 생을 살고 계셔. 천기를 움직여 기상의 변화를 가져올 만큼의 엄청난 초능력자야. 시공을 초월하여 존재하는 분이기도 하지. 에밀리는 곧 그분의 실체를 보게 될 거야."

스테판은 이쯤에서 다시 말을 중단하고 에밀리를 휙 돌아보았다.

"너무 긴장하지 마. 에밀리. 우린 널 해치지 않을 거야. 물론 네가 우리 일에 잘 협조할 때만 가능한 일이지만 말이야."

에밀리의 목구멍에서 신음 같은 한숨이 새어 나왔다.

"에밀리. 더 궁금한 게 있으면 지금 물어봐."

"그럼… 한 가지만 물어볼게요."

에밀리는 잔뜩 긴장한 와중에도 이 절호의 기회를 놓쳐서는 안 되겠다 싶었다.

"물어봐."

"스테판 씨는 언젠가 제게 미션을 주신다고 했죠?"

"정확하게 말하자면 내가 아니라 이누맘 님이 주시는 거지."

"암튼, 그 미션이라는 게 뭔지 말해 주시면 안 되나요?"

"그게 그렇게 궁금해?"

"네. 너무 궁금해요."

"조금만 더 기다려 봐, 에밀리. 이누맘 님께서 에밀리에게 직접 미션을 주실 테니까."

스테판은 다시 시속 130마일까지 속도를 내기 시작했고, 에밀리는 어지럼증 때문에 손잡이를 꼭 움켜쥔 채 눈을 딱 감아 버렸다.

또 다른 세상

또 다른 세상

"에밀리, 자는 거야? 정신 차려! 다 왔어."

스테판의 목소리에 에밀리는 깜짝 놀라 눈을 떴다. 차가 '늘푸른농장'이라는 표지판을 지나 마른 옥수수밭으로 가운데로 난 길로 들어가고 있었다. 끝없이 이어질 것만 같던 마른 옥수수밭이 끝나자 커다란 공장 건물이 보였고, 머지않아 넓은 주차장이 나타났다. 축구장만큼이나 넓은 주차장에는 탑차 트럭 두 대와 승용차 두 대만이 주차되어 있었다.

스테판은 한쪽에 차를 주차한 후 에밀리를 내리게 했다.

"따라와."

스테판은 주차장을 가로질러 성큼성큼 걸었다. 그 뒤를 따라 걷는 에밀리의 가슴은 점증하는 불안감으로 마구 널뛰기를 하고 있었다.

다시 이어지는 옥수수밭 사잇길을 따라 얼마를 더 걷자, 평범해 보이는 3층짜리 건물이 나타났다. 스테판은 건물로 들어가서 엘리베이터 앞에 섰다. 그러자 자동으로 엘리베이터 문이 열렸다. 스테판이 먼저 엘리베이터에 탑승했고, 에밀리가 뒤따랐다.

스테판이 빨간 버튼을 누르자 엘리베이터에 안의 불이 꺼졌고, 하강이 시작됐다. 너무 빠른 하강에 에밀리는 어둠 속에서 중력의 상실감을 느끼며 정신이 혼미해졌다.

"무서워?"

어둠 어딘가에서 스테판의 목소리가 들려왔다.

에밀리는 너무 무서웠다. 살려 달라고 말하고 싶었지만, 말조차 나오지 않았다.

"조금만 참아, 에밀리. 곧 교주님을 뵙게 될 거야."

마침내 엘리베이터가 멈추면서 엄청난 광도의 빛이 에밀리의 온몸 위로 일시에 쏟아졌다. 에밀리는 너무 눈이 부시고 어지러워서 엘리베이터 벽에 몸을 기대고 잠시 서 있었다.

"뭐 하는 거야? 어서 내려."

스태판이 소리쳤다. 에밀리는 간신히 정신을 수습한 후 더듬거리며 엘리베이터에서 내렸다.

"따라와."

스테판이 아랍풍의 타일이 깔린 복도를 걸었고, 에밀리가 뒤를 따랐다.

"에밀리, 여기가 이누맘 교주님의 성전이야."

에밀리는 그제야 강한 빛에 적응되어 고개를 들어 주위를 둘러볼 수 있었다. 순간, 그녀는 자신이 시간을 거슬러 중세의 어느 모스크에 들어온 듯한 착각에 빠져들었다. 기이한 성화들로 채워진 까마득히 높은 천장, 그 천장에 매달린 수많은 산테리아 조명등, 폭포수처럼 쏟아져 내리는 현란한 빛, 그리고 그리스 신전에서나 볼 수 있을 것 같은 거대한 대리석 기둥들. 거기에 바닥에 깔린 기하학적 무늬의 타일들까지, 그 모든 것들이 에밀리의 마음을 일거에 압도해 왔다.

스테판은 넓은 홀을 가로질러 문을 열고 들어갔다. 그러자 레드카펫이 깔린 복도가 나왔다.

"에밀리, 이누맘 님은 엄청난 초능력자야. 천기(天氣)를 움직여 기상의 변화를 가져올 수 있는 분이지. 또한, 피아의 구분이 분명하신 분이기도 하지. 이누맘 님은 자신의 길을 따르는 사람에게는 영생의 피를 제공하실 뿐만 아니라 자신의 초능력을 조금씩 나누어 주기도 해. 하지만 자신을 거부하는 자에게는 무자비한 분이시지. 에밀리, 내 말 명심해. 지금부터의 모든 시간은 에밀리가 하기에 달렸어."

스테판이 에밀리를 힐끔 돌아보며 말했다. 스테판의 말은 에밀리에게 엄청난 압박감으로 다가왔다.

스테판과 에밀리가 복도 끝의 이상한 문양이 새겨진 황금색 문 앞에 서자 문이 자동으로 열렸다. 붉은 조명 속에서 천장이 몹시 높은 홀이 나타났다. 두 사람이 안으로 들어서자 문은 자동으로 닫혔다.

스테판이 한쪽으로 걸어가더니 원형 대리석 기둥에 부착된 스위치를 눌렀다. 천장 바로 아래, 맞은편 벽면에 큼지막하게 설치된 스크린에 번쩍 불이 들어왔다. 하얀빛으로만 가득 차 있던 빈 화면이 갑자기 물결치듯 일렁거리는가 싶더니 이윽고 수염이 무성한 남자가 가부좌를 틀고 있는 영상이 나타났다. 다음 순간, 에밀리는 자신의 눈을 의심했다. 화면 속의 남자는 공중부양의 상태를 하고 있었던 것이다. 화면 조작이 아닐까 하는 의심이 들기도 했지만, 이미 스테판의 초능력을 경험한 바 있는 에밀리로서는 부정할 수가 없었다. 남자는 완전한 나체였지만, 외설스럽거나 저속한 느낌은 전혀 주지 않았다. 오히려 무성하게 흘러내린 긴 머리카락과 수염이 주요 부위를 적절히 가려 주면서 신비로운 느낌마저 들었다.

"이누맘 님, 에밀리 윌리엄스를 데려왔습니다."

스테판이 화면 아래에 엎드려 바닥에 머리를 박고 말했다. 그러자 스크린의 화면이 다시 물결치듯 일렁거리는가 싶더니 화면 속의 남자가 가부좌를 튼 상태 그대로 화면 밖으로 불쑥 나왔다.

"에밀리 윌리엄스는 자리에 앉으라."

화면 밖으로 나온 공중부양 상태의 남자가 말했다. 그 목소리는 우렁우렁하였고, 벽에 부딪힌 듯 길게 메아리를 일으켰다.

에밀리가 어쩔 줄 몰라 하자 스테판이 앞에 있는 둥근 원판을 가리켰다. 에밀리는 비틀거리는 걸음으로 걸어가 바닥에서 약간 돌출된 원판 위로 올라갔다. 그리고 원판 위에 자신도 모르게 무릎을 꿇고 엎드렸다.

"에밀리 윌리엄스는 지금부터 내가 하는 말을 그대로 시행하라."

"예, 이누맘 님."

에밀리는 머리를 조아렸다.

"에밀리 윌리엄스는 오늘부터 나의 신도다. 오늘부터 여기서 지내면서 다른 여자 사람 신도 교육생들과 열흘간 일정을 함께하라. 열흘 후, 내가 메시지를 줄 것이다. 에밀리 윌리엄스는 나의 메시지를 수령한 즉시 세상으로 나가 나의 메시지를 세상에 전하라!"

"예, 이누맘 님."

에밀리는 무조건 다시 머리를 조아렸다.

그때, 그녀가 엎드려 있는 원판이 좌우로 움직이다가 푹 꺼졌다. 원판은 2분 정도 하강한 후 멈추었다.

"내리세요."

원판 앞에 대기하고 있던 한 여자가 말했다. 그때 고개를 든 에밀리는 깜짝 놀랐다. 원판 앞에 서 있는 여자가 한동안 인터넷을 떠들썩하게 했던 실종 여대생 줄리아 정과 너무도 닮았던 것이다.

"뭐 하세요? 내리세요."

줄리아 정과 닮은 여자가 재차 말했다.

에밀리는 간신히 몸을 일으켜 원판에서 내려왔다.

"따라오세요."

여자는 매우 절도 있는 걸음으로 복도를 걸어가더니 어떤 문 앞에서 멈추었다. 그리고는 섬세해 보이는 손가락으로 문에 부착된 숫자판을 몇 번 터치하자 문이 옆으로 열렸다.

"들어오세요."

먼저 안으로 들어간 여자가 에밀리에게 손짓했다. 에밀리는 여자를 따라 물품 창고처럼 보이는 곳을 지났다. 여자가 어딘가에 이르더니 박스의 포장을 열고 비닐 봉투에 든 무언가를 끄집어냈다.

"여자 사람 신도 교육생들의 유니폼이에요. 저기 16번 탈의실로 가서 갈아입고 나오세요. 그리고 소지하고 있는 소지품 모두는 그곳에 그대로 두세요. 훈련원 관리자가 확인 후 관리할 겁니다."

에밀리는 여자가 시키는 대로 탈의실로 들어가 옷을 갈아입고 모든 소지품은 '16번 교육생 소지품 함'이라 적힌 함에 담아 둔 후 나왔다. 유니폼의 오른쪽 가슴께에는 16번이라는 번호표가, 왼쪽 가슴께에는 '영생의 길'이라는 글씨가 적혀 있었다.

"따라오세요."

에밀리는 물품 창고에서 나와 다시 여자를 따라 걸었다. 얼마간 걷던 여자가 다시 어딘가의 문을 열고 들어갔다. 그 안에는 십여 명의 여자들이 있었다.

"여기서 이분들과 함께 지내면서 일정을 함께할 거예요. 이리 와보세요."

여자는 에밀리를 대형 냉장고가 있는 곳으로 안내하더니 문을 열었다.

"여기 노란색과 보라색 음료가 있어요. 몸이 아플 때는 노란색 음료를, 피로할 때는 보라색 음료를 드세요. 그리고 긴급 상황에는 여기에 있는 이 노란색 알약을 드세요. 이 냉장고 안에 있는 것은 모두 특수 비타민제랍니다. 이런 비타민제는 교육장 곳곳에도 비치되어 있으니 필요할 때마다 언제든지 꺼내 드시면 된답니다. 그리고 지금은 휴식 시간이니까 여기서 이분들과 함께 쉬세요. 아, 참! 저는 이누맘 교주님의 성전 안내를 맡은 줄리아 이누맘 정이에요. 교육과 관련하여 궁금하신 점 있으면 언제든 저에게 물어보세요."

에밀리는 혹시 뉴욕에서 실종된 그 줄리아 정이 아니냐고 물어보고 싶었지만, 말이 목구멍에서 나오지 않았다.

"그럼 수고하세요."

줄리아 이누맘 정은 고개를 까딱하고는 가 버렸다.

50여 평쯤 되어 보이는 홀 안에는 인종 전시장이 연상될 만큼 피부색이 서로 다른 열다섯 명의 여자들이 매우 자유롭게 휴식을 취하고 있었다. 러닝머신을 하는 여자도 있었고, 스마트폰으로 부지런히 뭔가를 하는 여자도 있었다. 책상 앞에서 잡지를 읽거나 침대 위에 비스듬히 누워 TV를 보기도 했고, 거울을 보며 얼굴에 무언가를 찍어 바르는 여자, 마주 앉아 이야기를 나누는 여자들도 있었다. 에밀리는 여자들이 하나같이 잘생겼다는 것에 놀랐고, 홀 안의 분위기가 예상 밖으로 자유롭다는 점에서 약간의 안도감을 느꼈다.

에밀리는 적당한 곳이 있나 두리번거리다가 냉장고 옆의 빈 소파에 앉았다.

"어서 오세요, 신입 신도님. 영생교에 오신 것을 환영합니다."

러닝머신을 타던 키가 훤칠한 백인 여자가 얼굴에 땀이 송골송골 맺힌 채 에밀리에게로 다가왔다. 여자의 번호판은 1번이었다.

"안녕하세요?"

에밀리가 고개를 숙였다.

"어디에서 오셨나요?"

"뉴욕이요."

"아! 미국분이시군요. 전 호주에서 왔어요."

"그럼 여기 계신 분의 국적이 모두 다른가요?"

"그럼요. 여긴 세계 각국에서 교주님께 특별히 선택된 분들만 모였어요. 여긴 아주 아주 특별한 곳이에요. 말하자면 영생의 길로 가기 위한 베이스캠프 같은 곳이지요. 하지만 너무 놀라지는 말아요. 저희와 일정을 함께하면서 규칙만 준수하면 돼요. 전 1번 교육생 메드린 질렌할이에요."

"아, 저는 16번 교육생 에밀리 윌리엄스예요."

메드린은 목에 건 타월로 땀을 훔친 후 냉장고 쪽으로 가더니 보라색 음료를 꺼내 마셨다.

"뭐 마시고 싶은 거 있으면 여기서 꺼내 먹으면 돼요. 색깔별 효능에 대해서는 아까 안내하시던 분의 설명 들었을 테니까."

여자는 그렇게 말하고는 다시 러닝머신으로 올라가 달리기 시작했다.

에밀리가 5분쯤 소파에 앉아 있는데, 줄리아 이누맘 정이 다시 홀로 들어왔다. 그녀는 에밀리에게 A4용지 한 장을 내밀었다.

"일정표예요. 보시고 이분들과 함께 움직이시면 됩니다."

일정표를 건네고 바로 갈 줄 알았던 줄리아 이누맘 정은 뜻밖으로 허리를 약간 숙여 에밀리에게 눈을 맞추어 왔다. 맑고 총명해 보이는 그녀의 눈은 무언가 메시지를 담고 있는 듯 보였다.

"16번 교육생께서는 너무 놀라거나 겁먹지 마세요. 그리고 궁금한 거 있으면 뭐든 제게 물어보시고요."

줄리아 이누맘 정이 속삭이듯 말하자 에밀리는 갑자기 용기가 났다.

"저 혹시 실종된…."

에밀리가 낮은 목소리로 물으려는데, 줄리아 이누맘 정은 재빨리 눈동자를 움직여 제지했다.

"나중에요."

줄리아 이누맘 정은 눈으로 무언의 메시지를 주고는 곧바로 홀을 나갔다.

에밀리는 암흑 속에서 한 줄기 빛을 발견한 느낌이었다. 에밀리는 긴 장감을 완화하며 줄리아 이누맘 정이 주고 간 일정표를 읽어 보았다.

\# 이곳은 본질적으로 시간이 존재하지 않는 곳이다. 여기 적힌 시간은 여자 사람 신도 교육생들의 교육을 위해 편의상 나눈 것에 불과하다.

〈여자 사람 신도 교육생들의 교육을 위한 일정표〉

30:00 ~ 30:20 —기상 및 세수의 시간

30:20 ~ 31:00 —체조의 시간

31:00 ~ 31;30 —첫 번째 식사의 시간

31:30 ~ 33:00 —명상의 시간

33:00 ~ 34;00 —성전 방문 및 예배의 시간

34:00 ~ 35;00 —취미의 시간

35:00 ~ 36:00 —두 번째 식사의 시간

36:00 ~ 36:30 —이누맘 님에 대한 충성 맹세의 시간

36:30 ~ 38:00 —휴식 및 자유 시간

38:00 ~ 39:00 —근로의 시간

39:00 ~ 40:00 —전사의 시간

40:00 ~41:00 —영생의 피 시간

41:00 ~ 42:00 —세 번째 식사의 시간

42:00 ~42:30 —휴식 및 자유 시간

42:30 ～ 44:00 —목욕의 시간

44:00 ～ 46:00 —이누맘 님을 위한 봉사의 시간

46:00 ～ 46:30 —갈무리의 시간

46:30 ～익일 30:00 —수면의 시간

　# 이 교육을 수료하는 여자 사람 신도는 영생의 길로 가는 첫 관문을 통과하게 될 것이다.

　일정표에 적힌 것 중 에밀리의 눈길을 끈 것은 '영생의 피 시간'과 '전사의 시간'과 그리고 '이누맘 님을 위한 봉사의 시간'이었다.

　에밀리가 20분쯤 더 자리에 앉아 있을 때 스피커가 울렸다.

　뚜뚜뚜뚜.

　— 잠시 후 근로의 시간이 시작됩니다. 여자 사람 신도 교육생 여러분께서는 준비해 주시기 바랍니다. —

　스피커가 울리자 여자들은 일제히 하던 것을 멈추고 홀을 빠져나갔다. 여자들은 복도를 따라 조금 걷다가 어떤 문을 열고 들어갔다. 에밀리가 유니폼을 갈아입기 전에 들어갔던 창고 옆에 있는 또 다른 창고였다. 여자들은 한쪽 벽에 죽 걸린 칙칙한 색깔의 작업복을 하나씩 들고 각각의 번호가 붙은 탈의실로 들어갔다. 에밀리도 작업복 하나를 집어 들고 탈의실로 향했다.

　잠시 후, 작업복 차림의 여자들은 탈의실을 나와 복도 끝의 엘리

베이터 앞에 일렬로 대기했다. 에밀리는 열의 맨 끝에 섰다.

뚜뚜뚜뚜.

— 지금부터 근로의 시간이 시작됩니다. 여자 사람 신도 교육생 여러분은 엘리베이터에 탑승하십시오. —

문이 열리자 에밀리를 포함한 여자들은 그 커다란 원통형 엘리베이터에 탑승했다. 탑승이 끝나자 자동으로 문이 닫혔고, 엘리베이터가 빠르게 상승하기 시작했고, 5분 정도 후에 멈추었다. 엘리베이터 문이 열리자 여자들이 우르르 뛰쳐나가 고구마밭 앞에 도열했다. 에밀리는 열의 맨 끝에 섰다. 구름 한 점 없는 하늘 아래로 가을 햇살이 쏟아져 내리고 있었다.

그때 어디선가 다그닥 다그닥 말발굽 소리가 들리더니 카우보이모자를 쓰고 말을 탄 남자가 채찍을 휘두르며 달려왔다.

"나는 여러분의 근로를 감독할 근로감독관 그레고리 이누맘 잭이다. 오늘 너희가 할 일은 자색고구마 캐기다. 작업요령은 어제와 동일하다. 1인당 한 고랑씩 맡아서 임무를 완수하라. 실시!"

남자가 말을 마치자 여자들이 분주히 움직이기 시작했다. 그들은 먼저 낫을 들고 자기가 맡은 고랑의 고구마 줄기부터 걷어내기 시작했다. 에밀리도 여자들을 따라 했다. 여자들은 모두 능숙해 보였다. 에밀리는 안간힘을 썼지만, 몇 분 지나자 다른 여자들과 격차가 많이 벌어졌다. 에밀리의 등 뒤로 다그닥 다그닥 말발굽 소리가 들려왔다.

"그렇게 굼떠서 이누맘 님의 일꾼이 될 수 있겠느냐!"

에밀리의 등 위에 채찍이 떨어졌다.

"아악!"

에밀리는 고통에 비명을 내질렀다.

"신입인가?"

"예."

옆에서 일하던 여자가 에밀리 대신 대답해 주었다.

"내일부터는 이런 일이 없도록 하라."

교관은 다시 말발굽 소리를 내며 멀어져갔다.

에밀리는 너무 아파서 어금니를 꽉 깨물고 눈을 질끈 감았다. 잠시 후 다시 눈을 떴지만 눈앞이 아득해지면서 이곳에서 살아 나갈 수 없을 것 같다는 절망감이 밀려왔다.

뚜뚜뚜뚜.

— 근로의 시간을 마치겠습니다. 여자 사람 신도 교육생 여러분은 간단히 샤워를 마치시고 전투복으로 갈아입은 후 대기하십시오. 다음은 여러분을 이누맘을 위한 전사로 만들어 줄 전사의 시간입니다. —

스피커에서 안내가 흘러나오자 여자들은 일제히 자색고구마밭을 나가기 시작했다. 이들은 열 지어 고구마밭 끝의 간이 건물로 들어가 샤워를 했고, 먼저 나온 여자들은 탈의실로 들어가서 전투복으로 갈아입고 나왔다. 그리고 얼마간 걸어서 대기하고 있던 군용트럭 앞에 일렬로 도열했다.

뚜뚜뚜뚜.

— 지금부터 전사의 시간이 시작됩니다. 여자 사람 신도 교육생 여러분은 속히 대기해 있는 트럭 위로 올라타시기 바랍니다. —

맨 앞에 서 있던 1번 교육생 메드린이 긴 팔과 다리를 이용해 성큼 트럭 위로 올라갔다. 다음은 2번 교육생인, 피부가 살짝 검은 여자가 두 손으로 트럭 뒷문 난간을 잡더니 훌쩍 뛰어올랐다. 이어서 붉은 천으로 머리를 동여맨 아시아계 여자가 도움닫기를 하며 달려와서 한 손으로 난간을 짚고 360도 회전하여 사뿐히 트럭 위에 착지했다. 마치 기계체조 선수 같았다. 여자들이 박수를 쳤다. 다음 차례는 눈이 크고 백인과 흑인 혼혈로 보이는 여자였다. 그녀는 높이뛰기 선수처럼 언더로바로 가볍게 올라갔다. 이후의 여자들도 모두 어렵지 않게 트럭에 올라갔다. 마지막으로 에밀리의 차례가 왔다. 그녀는 어깨높이의 뒷문 난간을 두 손으로 움켜잡고 뒷발을 디딤대 위에 올린 후 끙끙거렸다.

"처음엔 다 그래. 조금 더 힘을 내 봐."

양손을 허리춤에 받친 채 트럭 위에 서 있던 1번 교육생 메드린이 아까와는 달리 명령조로 말했다.

에밀리는 젖 먹던 힘까지 짜내 트럭에 오르려 했지만, 생각처럼 되지 않았다.

"잡아 줘!"

메드린이 다시 소리쳤다. 그러자 조금 전에 트럭에 오른 15번 인디오 여자가 두 손을 내밀었다. 에밀리는 여자의 손을 꽉 잡고 다리에 힘을 주었다. 그런데 그 순간, 인디오 여자가 갑자기 에밀리의 손을 놓아버렸고, 에밀리는 뒤로 나자빠졌다. 트럭 위의 여자들이 깔깔거리며 웃어댔다.

"신고식이야!"

에밀리의 손을 놓았던 인디오 여자가 말했다.

에밀리는 바닥에 떨어지면서 부딪친 엉덩이와 어깨가 너무 아파 눈물이 날 지경이었다. 뿐만 아니라 기운이 다 빠져 더 이상 몸을 가눌 수도 없었다. 그때, 트럭 운전석에 앉아 있던 남자가 나오더니 다짜고짜 에밀리를 두 팔로 안아 들고는 트럭 위로 휙 던졌다. 에밀리는 사지를 뻗은 채 완전히 널브러졌다.

"먹어."

메드린이 다가와 노란 알약을 내밀며 명령조로 말했다. 에밀리가 머뭇거리자 메드린이 다시 말했다.

"이거 안 먹으면 넌 죽어."

에밀리는 알약을 건네받아 입으로 가져갔다. 에밀리가 알약을 입에 문 채로 얼른 삼키지 못하자 몇 명이 강제로 입을 벌리고 노란색과 보라색 음료를 들이부었다.

뚜뚜뚜뚜.

— 지금부터 전투 교육장으로 출발합니다. 여자 사람 신도 교육생 여러분은 최선을 다해 교육에 임해 주시기 바랍니다. —

트럭이 움직이기 시작했다. 트럭은 울퉁불퉁한 비포장도로를 10

여 분간 달리더니 멈추었다.

"다 왔어. 일어나."

메드린이 명령했다. 에밀리는 몸을 조금 움직여 보았다. 그런데 놀랍게도 갑자기 몸에 힘이 솟구쳤고, 통증도 사라졌다. 에밀리는 아까 먹은 알약과 음료의 효능을 처음으로 실감했다.

"집합!"

날카로운 목소리와 함께 어디선가 호루라기가 울렸다. 여자들이 우르르 트럭에서 뛰어내리더니 달리기 시작했다. 에밀리도 그녀들을 따라 달렸지만, 한참을 뒤처졌다.

"동작 봐라! 그렇게 굼떠서 이누맘 님의 전사가 될 수 있겠나? 16번 교육생은 앞으로 나오라."

단상에 서 있던 교관이 말했다. 에밀리는 숨을 헐떡이며 앞으로 나갔다.

"신입인가?"

교관이 물었다.

"예."

에밀리는 대답하다 말고 깜짝 놀랐다. 교관은 음료에 독극물을 타서 동료를 살해한 후 무어 교수를 칼로 찔러 살해하고 잠적한 전 경호경관 카빈 로빈슨이었던 것이다. 조국을 배반한 대역죄인으로 낙인찍혀 얼굴이 공개된 그는 미국인이라면 모르는 사람이 없을 정도였다.

"신입이라니 이번엔 봐 주겠다. 다음부터는 대열에서 뒤처지는 일이 없도록. 들어가라!"

에밀리는 행렬의 맨 끝으로 돌아갔다.

"나는 여러분을 진정한 이누맘 님의 전사로 만들어줄 사격 교관 카빈 이누맘 로빈슨이다. 오늘은 권총 사격술을 훈련할 것이다. 사격장으로 이동하기 전에 먼저 여러분의 순발력을 테스트해 보겠다."

교관이 허리춤에서 권총을 뽑아 들었다.

"20초 안에 저기 전방에 보이는 붉은색 기둥을 돌아오도록 하라."

탕!

총소리가 울리자 여자들이 미친 듯이 달렸다. 에밀리도 죽을힘을 다해 달렸지만, 반환점도 돌기 전에 대열에서 뒤처졌다.

"16번 교육생을 제외한 모든 교육생은 정해진 시간 안에 들어왔다. 훌륭하다. 하지만 교육생 중 한 명이 실격했으니 여러분은 정해진 규칙에 따라 벌을 받아야 한다. 16번 교육생을 제외한 전원은 체벌 기계 앞으로 가라!"

여자들은 하나같이 에밀리에게 눈총을 준 후, 옆에 있는 이상한 기계 앞으로 가더니 모두 양발을 발걸이에 끼운 후 드러누웠다. 교관이 기둥의 스위치를 누르자 기계가 움직이면서 여자들을 거꾸로 들어 올렸다. 30피트쯤 거꾸로 들어 올려진 여자들이 허공에서 대롱거렸다.

"16번 교육생, 소감이 어떤가?"

교관이 어쩔 줄 몰라 하는 에밀리에게 권총을 겨누며 다가왔다.

"죄, 죄송합니다. 저 때문에…."

"네가 교육에 뒤처지면 동료들이 저렇게 된다. 앞으로 잘할 수 있겠는가?"

"예."

"목소리가 약하다. 그렇게 해서 이누맘 님의 전사가 될 수 있겠는가?"
"앞으로 잘하겠습니다"
에밀리가 악을 쓰듯 말했다.
"좋다. 내일부터 이런 일이 없도록."

뚜뚜뚜뚜.
— 전사의 시간을 마치겠습니다. 여자 사람 신도 교육생 여러분은 간단히 샤워를 마치시고 엄숙한 마음으로 대기하십시오. 다음은 가장 중요한 영생의 피 시간입니다. —

샤워가 끝나자 여자들은 다시 유니폼으로 갈아입고 엘리베이터 입구에 대기했다.

뚜뚜뚜뚜.
— 여자 사람 신도 교육생들은 속히 엘리베이터에 탑승하십시오. 성전으로 출발하는 협궤도열차가 대기하는 플랫폼으로 가야 합니다. —

안내 방송이 끝나자 올라올 때 탔던 원통형 엘리베이터 문이 열렸다. 에밀리를 포함한 여자들이 재빨리 탑승하자 자동으로 문이 닫혔다. 하강이 시작됨과 동시에 엘리베이터 안의 불이 나갔다. 완전한 암흑이었다. 에밀리는 기절할 만큼 놀랐지만, 정신줄을 아주 놓지는 않았다. 예측을 불허하는 앞으로의 시간에 대한 두려움 속에서도 에밀리에게 한 줄기 희망의 빛을 비추는 것은 줄리아 이누맘 정의 존재였다. 그녀의 존재는 이 순간 에밀리에게 구원 그 자체니 마찬가지였다.

완전한 암흑 속에서 엘리베이터는 하강을 계속했다. 그런데 엘리베이터 안에서 이상한 현상이 나타나기 시작했다. 여신도들의 눈에서 마치 전구에 불이 켜지듯 파란빛이 하나둘 일기 시작한 것이다. 하강을 거듭할수록 파란빛은 점차 붉은빛으로 바뀌어 갔다. 그리하여 여자들의 눈은 피에 굶주린 늑대의 눈으로 바뀌었다.

그 빛 때문에 엘리베이터 안은 사물을 분간할 수 있을 만큼 밝아졌다. 그리고 그때, 에밀리는 보았다. 여자들이 모두 심한 갈증을 느끼는 듯 입맛을 다시며 목울대를 울렁거리고 있었던 것이다.

마침내 하강이 멈추었고, 엘리베이터 문이 열리자 엄청난 광도의 빛이 왈칵 쏟아졌다. 여자들이 다투어 엘리베이터에서 내렸다.

뚜뚜뚜뚜.

— 5분 후 성전으로 가는 협궤도열차가 도착합니다. 여자 사람 신도 교육생은 플랫폼에서 대기하십시오. —

안내 방송이 흘러나오자 여자들은 우르르 이동했다.

"질서를 지켜주세요. 여기 일렬로 서세요."

플랫폼에서 대기하고 있던 안내양 줄리아 이누맘 정이 말했다. 여신도들은 줄리아 이누맘 정의 안내에 따라 일렬로 섰고, 에밀리는 맨 끝에 섰다.

"아직 4분 정도의 시간이 남았으니까, 화장실 볼일이 필요한 분은 빨리 화장실에 다녀오세요."

줄리아 이누맘 정의 말에 두 명의 여자가 후딱 화장실 표지가 보이는 곳으로 뛰어갔고, 나머지 여자들은 그대로 서 있었다.

"신입 교육생께서는 혹시 화장실에 안 가도 되나요? 성전에 든 후에는 절대로 화장실에 갈 수 없답니다."

줄리아 이누맘 정이 에밀리에게로 다가오더니 살짝 눈짓하면서 말했다.

"글쎄요. 약간…"

에밀리는 줄리아 이누맘 정의 의도를 정확히 알 수 없어 애매하게 말했다.

"그러시다면 다녀오시는 게 좋을 겁니다."

줄리아 이누맘 정은 에밀리의 팔을 잡고 화장실 쪽으로 안내하는 척하면서 재빨리 쪽지를 그녀의 손에 쥐여 주었다.

에밀리는 재빨리 화장실로 뛰어갔고, 문을 잠근 후 쪽지를 폈다.

성전에 들어서 이누맘의 피를 마시면 절대 안 됩니다. 그 피는 악마의 피입니다. 역겹겠지만 피를 입안에 머금고 참으세요. 다행히 영생의 피 시간이 끝나면 바로 식사의 시간이 이어져요. 식당에 들어가면 짙은 향료 냄새가 날 거예요. 그때 금방 토할 것처럼 연기를 하면서 화장실로 달려가서 피를 뱉어 버리고 물을 내리세요. 처음 향료 냄새를 맡는 사람들은 대부분 구토를 느끼기 때문에 의심하는 사람은 없을 거예요. 그리고 입을 여러 번 헹구어서 악마로부터 당신을 지켜내세요. 당신이

오늘 악마의 피를 거부하는 데 성공한다면 내일부터는 악마의 피에 대해 걱정할 필요가 없답니다. 당신은 이미 악마의 피라는 바이러스에 대처할 수 있는 백신 주사를 맞은 셈이 되니까요. 악마의 게임에도 규칙이라는 게 있나 봐요. 첫 번째 악마의 피를 거부한 자에게 두 번째 악마의 피는 아무런 효력을 갖지 못한답니다. 설사 당신이 실수로 악마의 피를 삼켰다 해도 말입니다. 마지막으로, 이 쪽지는 읽은 즉시 잘게 찢어서 변기에 버린 후 물을 내리세요. 어떤 흔적도 남겨선 안 됩니다.

저는 실종 여대생 줄리아 정이에요. 제가 당신과 같은 편임을 잊지 마세요.

쪽지를 읽고 난 에밀리는 엄청난 긴장감을 느꼈다. 그러나 지체할 시간이 없음을 인지한 에밀리는 재빨리 쪽지를 잘게 찢어 변기에 넣은 후 물을 내렸다. 그리고는 화장실을 나와 플랫폼으로 뛰었다. 협궤도열차가 막 도착하고 있었고, 여신도들이 탑승하기 시작했다. 에밀리도 어렵지 않게 탑승했다.
한 량에 한 사람씩만 앉는 협궤도열차는 두더지 굴속 같은 어둠의 공간을 오르내리기를 반복한 끝에 정차했다.

뚜뚜뚜뚜.
— 성전 입구에 도착하였습니다. 여자 사람 신도 교육생 여러분은 잠시 대기하였다가 시녀들의 안내를 받아 성전에 들기 바랍니다. —

잠시 후, 두 명의 시녀가 나타났다. 올림퍼스 신전에서 올림픽 성화를 채화하는 여인처럼 한쪽 어깨가 드러나는 하얀 드레스를 입은 시녀들은 여신도들을 안내하여 기하학적인 문양이 새겨진 황금색의 벽 앞에 대기시켰다.

뚜뚜뚜뚜.

— 지금부터 '영생의 피' 시간이 시작됩니다. 여자 사람 신도 교육생 여러분들을 영원의 길로 인도할 영생의 피는 이누맘 님께서 여러분들에게 내리는 최고의 은혜입니다. 엄숙하고 경건한 마음으로 성전에 입장해 주십시오. —

황금색의 벽이 반으로 갈라졌다. 시녀들이 여자들을 한 사람씩 차례차례 안으로 들여보냈다. 여자들은 다시 검은색의 벽 앞에 대기했다. 검은색의 벽에는 은색의 작은 별 모형들이 무수히 박혀 있었는데, 언뜻 밤하늘을 마주하고 있는 듯한 느낌을 주었다.

그때, 검은 벽 너머에서 어떤 음성이 울려왔다.

— 어서 오라, 나의 충성스러운 신도들이여! 나의 피는 영생의 피라! 나 이누맘이 그대들에게 은혜를 내리노라. —

검은 벽이 중앙에서부터 천천히 반으로 갈라지면서 밝은 공간이 드러나기 시작했다. 에밀리의 첫 시선에 잡힌 것은 공중부양 상태에서 가부좌를 틀고 있는 이누맘의 모습이었다. 영상에서 보던 모습 그대로였다. 에밀리는 영상에서 본 모습이 사실이었음을 확인하고서도 그다지 놀라지 않았다. 이누맘이 악마라면 그 정도의 초능력은 행사할 수 있을 거라 이미 생각했던 것이다.

사실 에밀리가 놀란 이유는 따로 있었다. 15피트 높이에 떠 있는 이누맘의 아래에는 아치형 계단이 설치되어 있었는데, 계단의 맨 꼭대기 옆 난간에 한 사람이 엎드려 있었다. 이누맘의 아래쪽은 아직 조명이 완전히 들어오지 않은 상태여서 처음 에밀리의 눈에 보인 것은 꼽추처럼 등을 볼록 드러내고 엎드려 있는 비쩍 마른 남자의 기괴한 실루엣이었다. 잠시 후, 계단 쪽에도 환하게 조명이 들어왔고, 엎드려 있던 남자가 몸을 일으키면서 얼굴을 들어 올렸다. 흡사 무덤 속에 있던 해골이 벌떡 일어나는 것 같았다. 그 순간, 에밀리는 그 해골 같은 얼굴을 단번에 알아보았다. 변호사 윌슨의 아들 애비 군이었던 것이다.

에밀리는 너무 놀란 나머지 잠시 몸을 휘청였지만, 줄리아 정의 쪽지를 떠올리면서 가까스로 정신을 차렸다.

— 실시하라. —

이누맘이 말했다.

"예, 이누맘 님."

애비가 일어서서 누런 촛대 같은 것 위에 놓여 있는 날카로운 돌조각을 집어 들었다. 애비는 돌조각으로 조심스럽게 이누맘의 발바닥을 긋기 시작했다. 검은 피가 금을 따라 번지더니 엄지발가락을 타고 한 방울 똑 떨어졌다. 애비는 입을 벌리고 서 있다가 재빨리 피를 냉큼 받아먹었다.

"차례로 오르라."

애비가 뒤로 두어 걸음 물러나며 말했다. 그의 목소리는 성대 수술을 받은 것처럼 허스키하면서도 가래가 끓는 것 같은 이상한 톤으로 들렸다.

맨 우측에 서 있던 메드린이 시녀들의 안내를 받아 계단을 올랐다. 그녀는 애비가 지켜보는 앞에서 정확히 위치를 맞추어 입을 벌리고 서 있다가 떨어지는 피를 받아먹고 반대편 계단을 따라 내려갔다. 다음은 피부가 살짝 검은 여자가 올라갔다. 그녀 역시 입을 벌리고 얼마간 서 있다가 피를 받아먹고 내려갔다. 다음은 아시아계 여자로, 탐스러워 보이는 머릿결을 흔들면서 올라가더니 까치발을 하고는 입을 크게 벌렸다. 피는 쉽게 떨어지지 않았다. 여자는 몹시 갈증이 나는지 쉼 없이 목울대를 울렁였다. 여자는 한참을 기다렸다가 피를 받아먹고 내려갔다. 다음은 눈이 큰 혼혈 여자가 올라갔다.

순서가 거듭될수록 핏방울이 떨어지는 시간은 길어졌고, 피의 양도 줄어드는 것 같았다.

마지막으로 에밀리가 시녀들의 안내에 따라 계단을 올라갔다. 그녀 역시 다른 여자들처럼 입을 벌리고 서 있었다. 에밀리는 이미 까만색으로 응고되기 시작한 악마의 피를 보면서 구역질을 느꼈지만, 줄리아 정의 쪽지를 떠올리면서 가까스로 참아냈다. 그렇게 무려 5분 정도를 기다렸을 때, 깨알만 한 핏방울이 그녀의 혀끝에 똑 떨어졌다. 에밀리는 입술 주위의 근육을 움직여 피를 삼키는 시늉을 한 후 피를 입안에 머금은 채 계단을 내려갔다.

— 나의 충성스러운 신도들이여! 그대들은 이미 영생의 길로 들어섰다. 오늘은 이만 가라. —

이누맘이 말했다.
에밀리를 포함한 여자들은 홀을 나와 시녀들의 안내에 따라 검은색의 벽과 황금색의 벽을 통과하여 한곳에 대기했다.

뚜뚜뚜뚜.
— 영생의 피 시간을 마치겠습니다. 곧 협궤도열차가 도착합니다. 여자 사람 신도 교육생은 치레로 협궤도열차에 탑승하십시오. —

여자들이 차례차례 탑승하자 협궤도열차는 곧바로 출발했다. 협궤도열차가 덜컹거릴 때마다 에밀리는 입에 머금은 피를 삼키지 않기 위해 몹시 조심해야 했다. 협궤도열차는 올 때와 마찬가지로 두더지 굴속 같은 어둠의 공간을 이리저리 헤집고 달리다가 플랫폼에 정차했다.

뚜뚜뚜뚜.
— 곧 식사의 시간이 시작됩니다. 여자 사람 신도 교육생들은 안내에 따라 식당으로 입장하십시오. —

잠시 후, 주방장 복장을 한 여자가 나타나 여자들을 안내했다.
식당으로 들어서자 줄리아 정의 말대로 강한 향료 냄새가 풍겨왔다. 에밀리는 손을 코로 가져가며 푹 주저앉았다.

"처음에는 다 그래요. 저쪽으로 가면 화장실이 있어요."

메드린의 말에 에밀리는 곧장 화장실로 뛰어갔다. 그리고는 재빨리 입에 머금고 있던 '악마의 피'를 뱉어냈다. 피를 뱉어내자 이번에는 진짜 구토가 일어났다. 그녀는 변기를 붙잡고 주저앉아 배 속에 있는 거의 모든 내용물을 토해낸 후 물을 내렸다. 입을 헹구기 위해 일어서자 기운이 쭉 빠지면서 다리가 후들거렸다. 그러나 악마의 피를 삼키지 않았다는 안도감 때문인지 머리는 맑았고, 뭔가 정리가 된 기분이었다. 에밀리는 재빨리 화장실을 나와 식당으로 뛰어갔다.

뚜뚜뚜뚜.

— 곧 휴식 및 자유의 시간이 시작됩니다. 식사를 마친 여자 사람 신도 교육생은 휴게실로 가는 협궤도열차에 탑승하십시오. —

에밀리는 여자들의 뒤를 따라 협궤도열차에 탑승했고, 얼마 후 처음 여신도들을 만났던 그 휴게실로 들어갔다.

여자들은 모두 편한 복장으로 갈아입은 뒤 자유롭게 각자 휴식을 취했다.

에밀리가 냉장고 옆 소파에 앉아 쉬고 있는데, 러닝머신을 타던 1번 교육생 메드린이 다가왔다.

"미국분이라고 하셨죠?"

메드린이 물었다.

"네."

에밀리가 대답했다.

"같은 영어권이라 그런지 더 관심이 가네요. 아까 전사의 시간에는 미안했어요. 제 말이 심했죠?"

"아, 아뇨."

"전사의 시간엔 원래 그렇게 군기를 잡는답니다."

"선배님들 도움으로 무사히 넘길 수 있어서 감사합니다."

"궁금한 거 있으면 뭐든 물어보세요. 선배로서 대답해 줄게요."

에밀리는 메드린의 친절함에 용기를 냈다.

"교육을 언제까지 받나요?"

"15일 후면 끝난다고 들었어요."

"그 후엔 어떻게 되나요?"

"교육을 수료하면 이누맘 님의 성(姓)을 부여받고 각자의 고국으로 돌아가서 이누맘 님의 세상을 위해 특수 임무를 수행하는 거지요."

"아, 그렇군요."

뚜뚜뚜뚜.

— 잠시 후에 목욕의 시간이 시작됩니다. 여자 사람 신도 교육생들은 복장을 갖춘 후 목욕탕으로 출발하는 협궤도열차에 탑승하십시오. —

휴식을 취하던 여자들은 모두 목욕 복장으로 갈아입은 후 복도를 나와 얼마간 걸어서 대기하고 있던 협궤도열차에 탑승했다.

협궤도열차는 다시 두더지 굴속 같은 어둠의 공간을 이리저리 달린 후 한 곳에 멎었다. 중앙에 무지개 색깔의 분수가 쏟아지는 넓은 탕 앞이었다. 열차에서 내린 여자들은 환호하며 첨버덩 탕 속으로 뛰어들었다.

20분간 목욕을 끝낸 여자들은 탈의실로 들어가더니 붉은색 슬립 시루스로 갈아입었다. 너무 얇아서 여자들의 유방이며 음부가 훤히 드러날 정도였다.

여자들은 탈의실 옆의 대기실에서 대기했다.

뚜뚜뚜뚜.

— 잠시 후에 이누맘 님을 위한 봉사의 시간이 시작됩니다. 여자 사람 신도 교육생들은 마음의 준비를 하고 안마실로 가서 대기하십시오. —

여자들은 일제히 탈의실을 나와 좁은 통로를 따라 일렬로 걷기 시작했다. 잠시 후, 그녀들은 붉은색 조명이 눈부신 방으로 들어갔다.

에밀리는 얼굴이 화끈거렸다. 붉은색 조명 아래 훤히 드러난 여자들의 몸은 매우 도발적이었다. 흡사 매춘을 위해 자신의 몸을 홍보하는 여자들 같다는 느낌이 들었다.

그때, 한쪽 어깨가 파인 흰색 시루스를 입고 오른쪽 팔에 까만 완장을 찬 시녀가 작은 상자를 들고 들어왔다.

"매번 말하지만, 너희들은 성채를 보아서는 아니 된다. 또한, 안마 이상의 일탈 행위가 있을 시 엄벌에 처할 것이다."

시녀는 여자들에게 검은색 안대를 하나씩 나누어 주고 방을 나갔다.

에밀리는 안대를 착용했다. 그러나 망사로 된 안대는 시야를 완전히 가려주지 못했고, 짙은 붉은색 조명 때문에 사물이 조금 이상하게 보이게끔 했다.

안대를 착용한 다른 여자들 사이에서 약간의 술렁임이 이는 것 같더니 곧 잠잠해졌고, 알 수 없는 긴장감이 방 안에 감돌기 시작했다. 그때, 에밀리는 이 모든 것이 참 이상하다고 생각했다.

뚜뚜뚜뚜.

— 이누맘 님의 성채가 입장하고 있습니다. 여자 사람 신도 교육생들은 경건한 마음으로 성채를 맞이하시기 바랍니다. —

안마실의 한쪽 벽이 옆으로 갈라지더니 네 명의 시녀가 바퀴 달린 침대를 밀고 들어왔다. 침대 위에는 누군가가 하얀 천에 덮인 채로 누워 있었다. 네 명의 시녀가 천을 들어 올렸다. 머리카락과 수염이 무성한 노인이 눈을 감은 채 똑바로 누워 있었다. 이누맘이었다. 여자들은 모두 일어서서 이누맘을 향해 고개를 숙였다. 그때, 에밀리는 이누맘의 몸이 무성한 수염과 온몸을 휘감을 정도로 긴 머리카락을 제외하면 평범한 노인의 몸과 다를 바 없다는 것을 알았다. 보기만 해도 단번에 여자의 눈길을 사로잡아 버리는 스테판의 몸과는 비교할 수 없는 수준이었다.

"요령은 전과 동일하다. 네 명씩 번호 순서대로 실시하라."

시녀 중 한 명이 말한 후 다른 시녀들과 함께 방을 나갔다. 그러자 곧 메드린을 포함한 네 명의 여자가 각각 이누맘의 양팔과 양다리로 다가갔다. 네 명의 여자들은 정성을 다해 이누맘의 몸을 안마하기 시작했다.

몇 분쯤 지났을까? 에밀리는 바로 옆에서 함께 대기하고 있던 인디오 여자의 숨결이 갑자기 거칠어지는 걸 느끼고는 몹시 신경이 쓰였다. 그런데 자세히 귀 기울여보니 그 여자뿐만 아니라 다른 여자들의 숨결도 조금씩 가빠지는 걸 느낄 수가 있었다. 뭘까? 잠시 후, 에밀리는 그 원인을 알아차렸다. 여성의 성호르몬을 자극하는 특수한 향기가 서서히 퍼져 오고 있었던 것이다. 에밀리는 깜짝 놀랐다. 스테판을 통해 이미 익숙해진 그 향기를 이누맘도 발산하고 있었던 것이다. 하지만 이미 스테판의 강렬한 향기를 경험한 에밀리에게는 아직 별다른 성적 반응이 나타나지 않았고, 자신이 그 향기를 제어할 수 있을 것 같다는 자신감이 들었다. 분명 동일한 종류의 향기였지만, 스테판에 비하면 그 농도가 미미했던 것이다.

5분쯤 지났을 때, 붉은 조명이 꺼지고 하얀 조명이 들어왔다. 그리고 시녀 한 명이 방으로 들어왔다.

"1조 물러나고 2조 앞으로…."

네 명이 물러나고 대기하고 있던 다음 네 명이 들어가서 안마를 시작했다.

향기의 농도는 점차 짙어지고 있었다. 에밀리의 옆에 앉아 있는 인디오 여자는 이미 향기에 도취한 듯 신음까지 토해내고 있었다.

그때, 향기를 컨트롤하던 에밀리에게 몇 가지 생각이 떠올랐다. 스테판과 이누맘이 동일한 종류의 향기를 발산하고 있다면 스테판과 이누맘은 성적으로 연결되어 있는 걸까? 저 특수한 향기가 이누맘 초능력의 결과물이란 말인가?

드디어 에밀리를 포함한 마지막 조가 투입되었다. 에밀리는 인디오 여자의 맞은편에 서서, 눈을 질끈 감고 이누맘이 발산하는 향기를 컨트롤하면서 다리를 안마했다. 에밀리의 신경을 곤두세운 건 오히려 이누맘의 향기가 아니라 맞은편의 인디오 여자였다. 거의 격정에 가까운 성적 신음을 토해내기 시작했던 것이다.

에밀리 조가 안마를 시작한 지 3분쯤 지났을 때였다. 갑자기 붉은 조명이 사라지고 하얀 조명이 들어옴과 동시에 벽이 갈라지면서 다섯 명의 시녀가 들이닥쳤다.

"스톱! 안마 행위를 멈추고 모두 뒤로 물러나라."

완장을 찬 시녀가 말하자 다른 네 명의 시녀가 재빨리 이누맘의 몸을 하얀 천으로 덮은 후 침대를 밀고 나갔다.

"너희 중 한 명이 규칙을 어겼다. 끌어내라!"

완장을 두른 시녀가 말하자 다른 시녀 두 명이 들어와 다짜고짜 인디오 여자의 양팔을 잡더니 끌고 나갔다.

"벌써 세 번째 이런 일이 일어나고 있구나! 너희는 교육을 수료한 후 본국으로 돌아가 이누맘 님을 위한 특수한 임무를 수행할 전사들이다. 절대적으로 자제력이 요구되는 직무다. 더 이상의 이탈자가 없길 바란다."

완장을 두른 시녀는 서릿발 같은 시선으로 교육생들을 쏘아본 후 방을 나갔다.

뚜뚜뚜뚜.

— 이누맘 님을 위한 봉사의 시간을 조기에 종료합니다. 여자 사람 신도 교육생들은 속히 의상을 갈아입고 대기실에서 대기하십시오. —

여자들은 모두 옷을 갈아입고 통로를 따라 한참을 걸어 협궤도철도 옆의 대기실로 들어갔다. 모두 잔뜩 상기된 표정이었다.

"그녀가 도대체 무슨 짓을 한 거야?"

피부가 살짝 검은 여자가 입을 삐죽거리며 말했다.

"성체의 주요 부위를 건들었을지도 몰라."

눈이 큰 혼혈 여자가 말했다.

"설마…."

아시아계 여자가 토끼 눈을 하고 입을 크게 벌렸다.

"그녀의 숨소리가 유난히 거칠었어."

"맞아. 난 처음부터 그녀가 불안해 보였어."

"이번 미션은 정말 어려웠어. 정말이지 나도 자제하기 힘들었으니까."

눈이 큰 혼혈 여자가 말했다.

"선배님, 15번 교육생은 어떻게 되나요?'

아시아계 여자가 메드린에게 물었다.

"이누맘 님의 전사가 될 자질이 없다고 보고 폐기 처분되겠지. 뭐."

메드린이 담담하게 말했다.

"맙소사!"

아시아계 여자가 손을 입으로 가져갔다.

"이곳의 규칙은 엄격해요. 우리는 이누맘 님의 성체를 안마하는 영광 그 이상을 바라면 안 돼요. 우리 중에서 더 이상의 이탈자자 나오지 않았으면 좋겠어."

메드린의 말에 다른 여자들도 모두 고개를 끄덕였다.

다음 날. 첫 번째 식사의 시간에 앞서 줄을 서서 대기하고 있을 때, 에밀리는 줄리아 정으로부터 몰래 쪽지를 건네받았고, 일찍 식사를 끝내고 화장실에서 몰래 펼쳐 보았다.

이누맘은 인간의 심장을 먹고 살아가는 악마입니다. 요즘 이누맘은 매일 한 사람의 심장을 먹어치운답니다. 신도들에게 영생의 피를 제공하기 위해서지요. 이누맘 전용 식당 뒤편 깊은 곳에는 인간 도살장이 있어요. 물론 저도 그 정확한 위치는 알 수 없답니다. 이누맘의 직계 시종 몇몇만이 그곳을 알고 있고 드나들 수 있어요.

미국 도처에서 이유 없이 끌려온 사람들이 대기실에 있다가 하루에 한 명씩 사라진다는 사실을 저는 우연한 기회에 알게 되었어요. 바로 악마의 식탁에 올려질 희생양이 되는 것이지요. 어제 시녀들에게 끌려나간 15번 교육생은 심장을 이누맘의 식탁에 반납하고 폐기 처분되었답니다. 조직원이 될 자질이 없는 사람에게 이누맘은 절대로 자신의 피를 나누어주지 않아요. 이곳은 정말 무서운 곳이에요.

이누맘은 시공을 초월하여 살아가는 존재이며 천기(天氣)를 움직여 기상의 변화를 가져올 수 있는 초능력자입니다. 그리고 이누맘의 심장을 통과한 피는 그 효험이 있답니다.

이누맘은 원래 컬럼비아대학 탐사팀이 발굴한 고대 왕국의 왕자였답니다. 그는 절대적 운명의 기로에서 악을 선택하고 죽은 후 6000년이 지나서 환생했다고 합니다. 저는 이 사실을 영생교 경전을 정리하는 과정에서 알게 되었지요.

저는 이 악마의 소굴에서 에밀리 님이 제 편이라는 사실에 엄청난 용기를 얻고 있답니다. 제가 언니라고 불러도 될까요? 우리서로 용기를 주고받으면서 이곳에서 빠져나갈 궁리를 해 봐요.

그래도 다행인 것은 이누맘이 전능한 존재이긴 해도 전지한 존재는 아니라는 사실입니다. 인간의 마음을 꿰뚫는 능력만큼은 그에게도 없어요. 저는 그 사실을 이곳에 있으면서 확실히 알게 되었지요. 그건 아마도 그가 절대적 운명의 기로에서 선이 아닌 악을 선택한 때문이 아닐까 추측해 봅니다.

그러니까 언니, 용기를 잃지 마시고, 어떻게든 열흘만 잘 버텨내세요. 그러면 언니에게 세상으로 나갈 기회가 주어질 거예요.

쪽지를 읽은 에밀리는 재빨리 잘게 찢어 변기 속에 넣은 후 물을 내렸다.

❖ ❖ ❖

에밀리는 '수면의 시간'에 잠을 이루지 못했다. 어제 막간의 시간에 줄리아 정으로부터 내일 퇴소할 거라는 말을 들었기 때문이었다. 아침에 일어났을 때는 몹시 피곤했고, 오늘 일어날 일을 어떻게 감당할까 걱정이 됐다. 에밀리는 냉장고에서 파란색 드링크를 꺼내 마신 후 일단 여신도들과 기상 및 세수의 시간과 체조의 시간과 첫 번째 식사의 시간을 함께 보냈다.

뚜뚜뚜뚜.

— 식사의 시간을 마치겠습니다. 다음은 명상의 시간입니다. 양치질을 마친 여자 사람 신도 교육생 여러분은 명상실로 가는 협궤도열차가 도착할 때까지 대기실에서 대기해 주십시오. —

뚜뚜뚜뚜.

— 잠시 후 명상실로 가는 협궤도열차가 도착합니다. 에밀리 윌리엄스를 제외한 여자 사람 신도 교육생 여러분들은 플랫폼으로 이동해 주십시오. —

에밀리는 두근거리는 가슴으로 혼자 대기실에 남았다.

여신도들을 태운 협궤도열차가 출발하고, 얼마 후 줄리아 정이 나타났다.

"드디어 그날이 왔네요. 그런데 언니 피곤해 보여요. 비상시에 먹을 드링크제는 챙겼어요?"

"깜박했어요."

"만약의 경우를 생각해서 제가 챙겨왔어요. 이거 받아요."

줄리아 정이 준비해 온 알약과 드링크를 내밀었다.

"고마워요."

에밀리는 우선 줄리아 정이 준 노란색 알약과 파란색 드링크를 마셨다.

"따라오세요."

줄리아 정이 앞장서고 에밀리가 뒤따랐다. 줄리아 정이 준 알약과 드링크는 효과가 훌륭하고 즉각적이었다. 에밀리는 발걸음이 갑자기 가벼워지는 느낌이 들었다. 두 사람은 통로를 몇 번 꺾은 후 어딘가에 멈추었다. 줄리아 정이 문 앞의 암호판을 손가락으로 누르자 문이 열렸다. 에밀리가 처음 이곳에 도착해 여신도 교육생 유니폼으로 옷을 갈아입었던 바로 그 탈의실이었다.

"들어가서 옷 갈아입고 나오세요."

에밀리는 탈의실로 들어가 옷을 벗어 둔 곳으로 짐작되는 오른쪽 끝으로 가 보니 그녀의 이름표가 붙어 있는 옷장이 있었다. 에밀리는 옷장을 열고 옷과 소지품을 확인했다. 옷은 물론이고 스마트폰과 실반지, 스카프, 굽이 낮은 가죽구두까지 모두 그대로 있었다. 에밀리는 그제야 '자신이 이곳을 벗어나는구나!' 하고 실감했다. 그녀는 서둘러 유니폼을 벗고 자신의 옷으로 갈아입은 후, 홀 문 앞에 서서 기다리던 줄리아 정에게로 갔다.

"따라오세요."

에밀리는 줄리아 정을 따라 좁은 통로를 걸었다. 에밀리는 지금쯤 줄리아 정이 자신에게 어떤 메시지를 주지 않을까 하는 기대감과 예측을 불허하는 앞으로의 상황에 대한 긴장감 등으로 맥박이 빠르게 상승하고 있었다. 아니나 다를까, 두 번째 코너를 돌 때 줄리아 정이 에밀리와 몸을 살짝 부딪치면서 눈을 찡긋했다. 그리고는 재빨리 손가락으로 왼쪽 겨드랑이 쪽을 가리켰다. 에밀리는 옷매무새를 다듬는 척하며 자신의 오른손을 왼쪽 겨드랑이에 대 보았다. 조그만 직사각형 두 개가 만져졌다. 에밀리는 그것이 USB임을 직감적으로 알아차렸다.

줄리아 정과 에밀리가 복도 끝에 이르자 자동으로 엘리베이터 문이 열렸다.

"타세요."

에밀리가 탑승하자 곧바로 문이 닫히면서 올라간 엘리베이터는 2분쯤 후에 멎었고, 문이 열렸다. 문 앞에는 스테판이 서 있었고, 그의 뒤편으로 엄청나게 넓은 공간이 나타났다. 줄리아 정은 무표정한 얼굴로 에밀리를 스테판에게 인계한 후 말없이 돌아섰다.

"에밀리, 그동안 수고했어. 곧 이누맘 님을 뵙게 될 거야. 따라와."

에밀리는 스테판을 따라 기하학적 문양이 새겨진 타일 위를 걸었다. 거대한 대리석 기둥들을 지났다. 중세의 모스크를 연상시키는 예배당도 지났다. 두 사람이 겨우 지나갈 만큼 좁은 복도를 얼마간 걷자 벽이 막아섰다. 스테판과 에밀리가 벽 앞에 멈춰 서자 벽이 반으로 갈라졌다. 천장이 몹시 높은 홀 안 맞은편에 거대한 스크린이 눈에 들어왔다. 에밀리가 처음 이곳에 와서 처음 이누맘을 만났던 바로 그 홀이었다.

"들어와."

스테판이 먼저 홀 안으로 들어서며 말했다. 에밀리가 따라서 홀 안으로 들어서자 뒤편의 벽이 다시 닫혔다. 스테판이 에밀리를 돌아보며 둥근 원판을 가리켰다. 에밀리는 둥근 원판 위로 올라가 엎드렸다. 스테판은 성큼성큼 걸어서 대리석 기둥에 부착된 버튼을 눌렀다. 그러자 스크린에 전라의 이누맘이 공중부양을 하고 화면이 들어왔다.

"이누맘 님, 일정을 마친 에밀리 윌리엄스를 데려왔습니다."

스테판이 무릎을 꿇고 머리를 조아리며 말했다.

"어서 오라. 에밀리 윌리엄스여, 그동안 수고했노라."

우렁우렁한 음성과 함께 화면이 물결치듯 흔들리더니 이누맘이 공중부양의 상태로 화면 밖으로 3피트쯤 불쑥 나왔다.

"나의 충성스러운 신도 에밀리 윌리엄스여! 고개를 들라."

에밀리가 고개를 들어 이누맘을 바라보았다.

"지금 나 이누맘이 너에게 나의 성(姓)을 부여하겠노라. 너는 이제부터 에밀리 윌리엄스가 아닌 에밀리 이누맘이니라."

"영광스럽사옵니다, 이누맘 님."

에밀리는 감격한 듯 머리를 조아렸다.

"에밀리 이누맘이여! 이제 네가 임무를 수행할 시간이 왔다. 스테판은 나의 메시지를 에밀리 이누맘에게 건네라."

"예. 교주님."

스테판이 이누맘을 향해 고개를 숙인 후 선반 위에 놓여 있던 작은 반지함 같은 것을 에밀리에게 건넸다.

"에밀리 이누맘은 들으라. 그 반지함에는 나 이누맘이 세상의 인간들에게 전하는 메시지가 들어 있다. 에밀리 이누맘은 스테판과 긴밀히 소통하여 일정과 방법 등을 정한 후 세상에 나의 메시지를 전하라."

"알겠습니다. 이누맘 님."

에밀리는 스테판이 하던 식으로 무릎을 꿇고 이누맘에게 고개를 조아렸다.

"나의 메시지가 전해지면 세상은 급격히 혼돈에 빠질 것이다. 에밀리 이누맘은 임무를 수행한 후 스테판의 도움을 받아 안전한 곳에 은신해 있으라. 나 이누맘이 곧 새로운 임무를 줄 것이다."

"명심하겠습니다. 이누맘 님."

에밀리는 다시 한번 이누맘을 향해 머리를 조아렸다.

"지금부터 스테판과 에밀리 이누맘은 하나의 팀이다. 에밀리 이누맘은 이후의 모든 행동 요령을 스테판의 지시에 따르라."

"알겠습니다. 이누맘 님."

"스테판, 에밀리 이누맘을 세상으로 내보내라."

"예, 교주님."

스테판이 기둥에 있는 버튼을 눌렀다. 그러자 에밀리가 엎드려 있는 원판이 좌우로 움직이더니 푹 내려앉았다.

에밀리는 어둠 속에서 5분간 하강한 후 엘리베이터 앞에 멎었다. 곧 엘리베이터의 문이 열렸는데, 그 앞에는 어느새 스테판이 먼저 와서 대기하고 있었다.

"타."

스테판의 말에 에밀리는 엘리베이터에 올라탔다.

여전사들

여전사들

에밀리를 태운 차량은 사막을 지나고 고원을 지나 로키산맥을 넘어 미친 듯이 달렸다. 밤과 낮이 한 번씩 바뀌고 아침 햇살이 차창에 별빛 같은 반짝임을 흩뿌릴 때, 스테판이 에밀리를 슬쩍 돌아보았다. 그녀가 잠깐의 졸음에서 마악 깨어났을 때였다.

"에밀리, 너와 난 운명 공동체야. 너와 내가 힘을 합쳐 이 미션을 함께 수행하는 거야."

스테판이 속도를 줄이면서 말했다.

"알겠습니다, 스테판 님."

에밀리는 최대한 자연스럽게 대답했다.

"에밀리는 그동안 자신이 수행해야 할 미션이 무엇인지 몹시 궁금해했지?"

"지금도 몹시 궁금한걸요."

"이제 말해 줄 때가 된 것 같군."

에밀리는 바짝 긴장하며 귀를 세웠다.

"에밀리, 그 반지함 안에 든 USB에는 이누맘 님이 초능력을 행사하시는 영상과 이누맘 님이 세상의 인간들에게 전하는 육성 메시지가 담겨 있어. 에밀리, 너와 나의 임무는 이누맘 님의 메시지가 메이저 방송의 전파를 타게 하는 거야."

"예."

에밀리는 담담한 척 대답했다.

"여러 방법이 있어. 특종에 눈이 먼 기업적 저널리즘을 이용할 수도 있고, 보도국장에게 그의 치명적인 비리가 담긴 e메일을 보낸 후 협박을 해서 일을 성공시킬 수도 있지. 아니면 우리가 몇몇 방송국 뉴스팀에 심어 놓은 조직원들을 이용해 방송 기술적인 조작을 시도하는 방법도 있어. 하여튼 그 구체적인 방법은 뉴욕에 도착한 후 나랑 같이 의논하자고."

"알겠습니다, 스테판 님."

"초능력을 행사하시는 현세의 신 이누맘 님의 메시지가 전파를 타는 순간, 대세는 우리 쪽으로 기울게 돼 있어."

"어째서요?"

"지금 미국인들은 이누맘 님의 신성에 반신반의하고 있어. 미국 정보 당국이 이누맘 님 관련 사항들을 철저히 통제하고 있기 때문이지. 그만큼 이누맘 님의 존재가 세상에 알려지는 것을 두려워하고 있다는 증거지. 그런 상황에서 이누맘 님이 공중부양의 상태로 전 세계 인간들에게 연설하시는 영상을 보게 된다면 어떻게 될까? 신성을 지닌 이누맘 님의 존재가 사실임을 확인한 사람들의 반응이 어떻겠어? 벌써 그림이 그려지잖아. 거기다 이누맘 님의 메시지가 전파를 타는 그날 밤 자정을 기해 미국의 대도시 20여 곳에서 동시다발적 테러가 발생하게 기획되어 있어. 아무리 세계 최강국인 미국이라 해도 회복이 불가능한 수준의 어마어마한 테러가 말이야. 그게 결정타가 될 거야."

그거였구나! 에밀리는 스테판이 15일 전쯤 타임스퀘어 광장과 증권거래소 건물 앞에서 보였던 석연치 않았던 장면을 퍼뜩 떠올렸다.

"이누맘 교주님의 궁극적 목표는 전 세계를 스스로의 통치하에 두는 신정일치의 세계통일제국을 건설하는 것이야. 그러기 위해 세계 최강국인 미국을 접수하는 것이 우선이지. 현재 미국 내에서 벌어지고 있는 모든 상황은 그 일환이라고 보면 돼."

"그렇군요."

에밀리는 고개를 끄덕이며 말했다.

"에밀리, 지금 뉴욕의 상황이 어떨 것 같아?"

"모르겠네요. 뉴욕에 있질 않아서…"

"지금 준 비상계엄 상태야. 곳곳에 정보원들과 사복 경찰들이 쫙 깔렸어."

"긴장감이 흐르겠군요."

"당연하지. 그런데 에밀리가 지금의 상태로 뉴욕에 나타나면 어떻게 될까?"

"모르겠어요, 스테판 님."

"당장 신고당하거나 연행되고 말 거야. 에밀리는 이미 컬럼비아대학 탐사팀 사건과 관련된 실종자로 얼굴이 공개됐어. 그것도 가족을 내팽개치고 우리 측에 가담한 악녀로 인터넷에 유포되고 있지."

"그런가요?"

에밀리는 애써 담담한 척 말했지만, 자신이 악녀로 낙인찍혔다는 말에 상당한 충격을 받았다.

"에밀리, 이걸 써 봐."

에밀리는 스테판이 건넨 질감이 부드럽고 정교한 마스크를 펴 얼굴에 부착했다.

"와우! 기가 막히게 잘 어울리는군."

"감쪽같은가요?"

"감쪽같아. 치수도 딱 맞는 것 같고. 역시 우리 마스크 제작팀의 기술력은 탁월하단 말이야."

"마스크 제작팀이 별도로 있나요?"

"그럼. 신분을 감추고 행동해야 할 때가 많은 우리 조직의 특성상 마스크 제작은 매우 중요하니까."

"그렇군요."

"이제부터 에밀리는 에밀리가 아니고 애마 위켄트가 되는 거야. 자, 여기 신분증. 그리고 이건 에밀리와 나만 통화가 가능한 특수 폰이야. 항상 휴대하고 있어야 해. 그리고 이건 에밀리가 뉴욕에서 사용할 카드야."

스테판이 가짜 신분증과 휴대폰과 카드를 건네주었다. 에밀리는 짙게 선팅된 창문에 비친 얼굴과 신분증의 사진을 대조해 보았다. 완전히 똑같았다.

"에밀리, 원래 신분증과 스마트폰은 이리 줘. 카드도…."

운전을 계속하며 스테판이 말했다.

에밀리는 핸드백에서 신분증과 스마트폰, 카드를 꺼내 스테판에게 건넸다.

"쓸모없는 물건은 버리는 게 맞겠지."

스테판은 에밀리의 소지품을 창밖으로 휙 던져 버렸다.

"섭섭해하지 마, 에밀리. 네 스마트폰은 GPS를 차단시키려고 기능을 정지시킨 지 오래야. 신분증은 이누맘 님의 세상이 오면 어차피 새로 발급될 거고…."

"전 이제 이누맘 님의 전사입니다. 에밀리 윌리엄스가 아니라 에밀리 이누맘이랍니다. 현재는 애마 위켄트로 신분이 위장되어 있고요."

"이누맘 님의 전사답군. 좋아. 에밀리, 늦어도 일주일 후면 이누맘 님의 세상이 오게 될 거야. 세계의 질서는 이누맘 님을 중심으로 돌아가게 될 거고. 그때 에밀리 넌 중요한 역할을 맡게 될 거야. 에밀리, 너와 난 영생의 피를 공유하고 있어. 이누맘 님의 길을 따르는 동지고, 현재는 특수한 임무를 수행하는 한 팀이지. 이누맘 님의 거룩한 사업을 위해 결정적인 미션을 함께 수행하는 거야. 잘해 보자고, 우리."

"명심하겠습니다, 스테판 님. 그런데 미션은 언제 시행하나요?"

"이누맘 님께서 이틀 동안의 시간을 주셨어. 하지만 난 상황을 보고하고 내일 중으로 미션을 끝낼 작정이야. 이런 일은 전격적으로 실행하는 게 효과적이거든. 에밀리도 그렇게 알고 정신적으로 대비해."

"알겠습니다, 스테판 님."

스테판은 다시 속도를 내기 시작하더니 밤의 고속도로를 미친 듯이 달리기 시작했다. 동이 틀 무렵 인디애나주를 뒤로하고 오하이오주로 들어간 후 차츰 속도를 줄이기 시작했다.

"에밀리, 에밀리가 뉴욕을 비운 사이 뉴욕에서 어떤 일이 일어났는지 궁금하지 않아?"

"궁금해요."

"우리의 1차 목표가 마침내 완수되었지."

"…?"

"컬럼비아대학 탐사팀 전원을 살해하는 데 성공했어."

스테판은 고개를 슬쩍 돌리며 곁눈으로 에밀리를 돌아보았다.

에밀리는 남편 윌리엄스가 사망했다는 말에 충격을 받았지만 애써 담담한 척 말했다.

"경찰의 경호가 삼엄했을 텐데 어떻게 성공할 수 있었죠?"

"탐사팀원들의 정신적 지주였던 '네오'란 자가 살해당한 후 팀원들은 급격히 흔들렸어. 팀원들은 대부분 정서불안 증세를 보였고, 헛소리에 발광하는 작자들까지 나타났어. 그래서 뉴욕 경찰은 팀원들을 모두 안가에서 병원으로 옮기는 결정을 내릴 수밖에 없었던 거지. 우리는 이 기회를 놓치지 않았어. 우리는 이누맘 님의 초능력을 이용해 암호화된 비밀 이송 작전 문서를 입수하여 해독하는 데 성공했지. 우리는 치밀하게 준비했고, 죽음을 두려워하지 않는 우리의 조직원들이 탐사팀원 전원을 살해하는 데 성공했어."

"그, 그렇게 된 거군요."

"그런데도 말이야. 미국 정부는 아직도 이 사실을 극구 부인하고 있어. 컬럼비아대학 탐사팀 살해 현황 명단이 모두 살해로 표기된 채 인터넷에 마구 유포되고 있는데도 말이야. 참 웃기는 위정자들이 아니겠어? 미국 국민들 사이에서 생존자들이 있다면 확인시켜 달라는 여론이 들끓고 있어. 하지만 미국 정부는 안전상의 이유를 핑계로 그마저도 거부하고 있어. 그 여파로 대통령의 지지율이 10% 이하로 떨어졌어. 미 역사상 현직 대통령의 지지율이 10% 이하로 떨어진 게 처음이라는 거야. 산발적이긴 하지만 벌써 대통령의 하야를 요구하는 시위가 일어나고 있어. 우리가 팔짱을 끼고 가만 있는다 해도 정권의 붕괴는 시간 문제야."

스테판은 오하이오 중부를 지나면서 속도를 더욱 줄이기 시작했다.

"에밀리, 10분 후면 콜럼버스에 도착할 거야. 우리는 거기서 헤어지게 될 거고…."

스테판이 에밀리를 돌아보며 말했다.

"그럼 우리가 따로 행동하는 건가요?"

"정보 당국의 감시망을 피하려면 어쩔 수 없어."

"조금 떨리네요. 이제부터 혼자 행동해야 한다고 생각하니…."

"걱정하지 마, 에밀리. 우리는 한 팀이야. 가까운 곳에 내가 있다는 걸 명심하면 돼. 만약의 경우 에밀리는 휴대폰에 있는 비상 버튼을 누르기만 하면 돼. 5분 이내에 달려가서 내가 구출해 줄 거야."

"그럼 전 이제 어떻게 해야 하나요?"

"에밀리를 안전하게 뉴욕에 데려다줄 조직원이 곧 나타날 거야."

"네."

"자, 이거 받아."

스테판이 오른손으로 운전을 계속하면서 왼손으로 까만 USB를 내밀었다.

"뉴욕에 도착하면 숙소부터 정한 후 이걸 열어 봐. 에밀리가 선택해야 할 세 가지 실행 방안과 그에 따른 세부 행동 지침이 적혀 있을 거야. 에밀리는 세 가지 안 중 한 가지를 선택해서 그대로 시행하기만 하면 돼. 그리고 더 궁금한 사항이 있으면 내게 언제든 전화하고…"

"알겠습니다, 스테판 님."

에밀리는 스테판이 준 USB를 핸드백에 집어넣고 창밖을 보았다. 멀리 콜럼버스 시내가 보였다. 오전 8시 17분이었다.

"이제 다 왔군. 여기 내려서 인도에 그냥 서 있어. 곧 조직원이 나타날 거야."

에밀리는 스테판의 차에서 내린 후 인도에 서 있었다.

스테판의 차가 시야에서 사라질 때쯤 택시 한 대가 그녀 앞으로 미끄러지듯 다가왔다.

"뉴욕에 가시지요?"

택시기사가 창문을 내리고 말했다.

"그런데요."

"스테판 님의 지시를 받고 왔습니다. 타시지요."

에밀리는 택시 뒷좌석에 탔다.

에밀리는 조직원이 혹시 말이라도 걸어올까 봐 긴장했지만, 다행히 오는 내내 아무 말도 하지 않았다. 덕분에 그녀는 뉴욕에 도착한 후에 자신이 해야 할 일들을 나름대로 정리할 수 있었다. 뉴욕에 도착하면 먼저 스테판에게 전화를 걸어 안심시킨 후 호텔을 잡는다. 호텔에 들어가 줄리아 정이 준 USB부터 열어 본다. 이 정보를 라일리의 e메일을 통해 정보 당국에 전달한다. 다음은 스테판이 준 USB를 열어 본다. 시간을 최대한 효율적으로 활용하고, 각 상황에 침착하게 대처한다. 기타 등등.

조직원이 에밀리를 맨해튼에 내려 주고 사라지자 에밀리는 곧바로 스테판에게 전화를 걸었다.

"스테판 님, 방금 뉴욕에 도착했습니다. 맨해튼 미드타운 교차로입니다."

"오! 좋아. 우선 숙소부터 잡고, USB를 열고, 미션을 수행할 준비를 해. 딱 1시간을 주겠다. 지금부터 내가 에밀리의 능력과 충성도를 검증하겠어."

"알겠습니다. 숙소는 여기서 가장 가까운 호텔로 정할까요?"

"근처에 호텔이 몇 개 있을 테니 알아서 적당한 곳에 들어가."

"알겠습니다, 스테판 님."

에밀리가 통화를 끝냈을 때, 교차로의 신호등이 파란불로 바뀌고 있었다. 에밀리는 사람들 틈에 섞여 횡단보도를 건넌 후 걸으면서 생각했다.

'내게 주어진 시간은 딱 1시간이다. 이 1시간을 어떻게 활용하는가에 따라 일의 성패가 결정될 것이다. 이건 시간과의 싸움이야. 호텔을 정하는 것이 무의미한 상황이라면 시간이라도 벌자.'

에밀리는 첫 번째로 보이는 4성급의 XX 호텔로 들어갔고, 카운터에서 수속을 마친 후 608호에 들었다. 그리고 곧장 노트북부터 켰다. 이어서 재빨리 상의를 벗고, 겨드랑이의 실밥을 풀어 줄리아 정이 준 두 개의 USB를 꺼내 그중 하나를 노트북에 끼우고 클릭했다.

에밀리 언니에게

이곳에 오기 전, 아니 스테판을 만나기 전의 언니는 평범한 뉴욕의 시민으로서 자유롭고 평온한 가운데 일상적인 삶의 행복을 누렸겠지요. 나 역시 그랬답니다. 하지만 이 무슨 얄궂은 운명의 장난일까요? 우리는 이곳에 오게 되었고, 우리에게 인류를 구해내야 하는 엄청난 책무가 주어졌네요.

언니와 나는 악마의 피를 거부했으니 이미 다른 선택의 여지가 없답니다. 악마와 맞서 싸워서 인류를 구해 내는 길밖에는….

이누맘의 궁극적 목표는 세계를 '신 누르므르제국'이라는 신정일치의 통일대제국으로 만들어 통치하는 것이에요. 그러기 위해서 세계 질서를 재편하는 작업을 진행 중이랍니다. 현재 일어나고 있는 미국의 혼란은 그 일환이고요. 이누맘은 세계 최강국인 미국을 몰락시키고 자신의 재림을 세상에 선포하면 자신의 목표가 이루어질 거라고 믿고 있어요. 이누맘의 계획은 일견 단순한 것 같지만, 자세히 들여다보면 제법 구체적이에요. 목표를 성취하기 위해 세계 도처에서 각종 테러를 일으켜 세계인들에게 공포감을 심어주고 종말론을 퍼뜨림과 동시에 이누맘이 초능력을 행사하는 것이죠. 단순한 전술 같지만 이누맘의 초인적인 능력을 감안한다면 절대로 불가능한 것이 아니랍니다.

인류의 미래를 악마에게 맡길 수는 없겠지요. 그러니 한 가지 방법밖에 없어요.

이누맘은 악마적 신성을 지닌 초인이면서도 동시에 세속적 욕망을 고스란히 지닌 인간이기도 하답니다. 섹스를 통해 쾌락을 추구한다는 점에서 보통 인간들과 다를 바가 없지요. 그것이 반신반인인 이누맘의 유일한 아킬레스건이기도 하답니다. 우리가 일을 성공시키기 위해서는 이누맘의 이러한 약점을 최대한 이용해야만 해요.

이누맘과 일시적으로 심장이 연결되기도 하는 스테판은 원래 애비 군이 나타나기 전까지 성전에서 돌칼로 이누맘의 발바닥을 금긋던 의례 담당자였대요. 언니도 보아서 알겠지만, 의례 담당자는 이누맘의 발바닥에서 떨어지는 그 첫 번째 영생의 핏방울을 받아먹을 수 있지요. 그런 까닭에 스테판은 이미 적지 않은 초능력을 가지게 됐어요. 말하자면 스테판은 이누맘을 따르는 작은 악마인 셈이지요.

스테판과 이누맘은 매우 특수한 관계에 있답니다. 이누맘은 스테판의 성적인 매력과 능력을 높이 사 자신의 휘하에 둔 후 그를 이용하여 성적인 쾌락을 즐기고 있답니다. 그러니까 성관계를 할 때만큼은 스테판과 이누맘의 심장이 서로 연결되어 쾌감을 공유하게 된답니다. 요즘 이누맘의 침소에 불려가는 사람은 바로 저고요.

언니는 이 사실을 비밀리에 CIA에 알리고, 총알이 장전된 권총을 숨겨둔 후, 스테판을 유혹하세요. 그리고 정사 도중, 스테판이 방심한 틈에 숨겨 둔 권총으로 정확하게 그의 심장을 쏘세요. 피가 분수처럼 터져 나오겠지만, 당황하지 말고 몇 발을 더 쏴야 해요. 그러면 작은 악마 스테판의 생명은 끊어질 것입니다.

언니가 스테판과 정사를 시작하는 동시 간에 저도 이누맘과 섹스를 하게 될 거예요. 스테판의 몸이 성적으로 반응하게 되면 이누맘의 몸도 자동으로 성적인 반응을 일으키니까요. 스테판의 심장이 멎는 순간, 이누맘의 심장도 일시적으로 멎으면서 초능력이 사라지고 완전히 무기력한 상태가 될 거예요. 저는 그 틈을 놓치지 않고 이누맘의 심장을 폭파시킬 거예요. 이미 고강도의 폭발물을 이누맘 처소 근처에 숨겨 두었거든요. 심장이 완전히 폭파되면 이누맘도 생명이 끊어지고 그 질긴 악령도 윤회의 고리를 끊고 영원히 소멸될 거예요. 이누맘 초능력의 근원은 바로 그의 심장에 있으니까요.

언니, 너무 긴장하지 마세요. 이곳에 와서 알게 된 사실인데, 저들은 영생의 피를 마신 사람은 일단 의심하지 않아요. 자신들과 공동 운명체로 연결된 것으로 믿고 있으니까요. 그러니까 언니는 그저 매사에 침착하게 일을 진행하면 돼요.

악으로부터 인류를 구하는 거룩한 과업에 저는 제 한몸을 던질 각오가 되어 있답니다. 언니 역시 같은 마음일 거라 믿어 의심치 않아요. 건투를 빕니다.

추신: 이곳의 정확한 위치는 저도 잘 모릅니다. 다만, 제가 이곳에 오기 전 와이오밍주의 주도인 샤이엔에서 하루 동안 머물면서 영생교 입교식과 영상으로 이누맘과 면접을 가진 바 있답니다. 그 후 차를 타고 서남쪽 방향으로 180마일쯤 달려서 이곳에 도착했던 것 같아요. 그러니까 이곳의 위치는 와이오밍주의 서남부 어디쯤이 아닐까 추측해 봅니다.

에밀리는 줄리아 정이 준 두 번째 USB를 노트북에 끼웠다.

〈신 누르므르제국 수립을 위한 계획서〉

제1강: 세계 최강국인 미국을 붕괴시키고 이누맘 님의 존재를 세계 만방에
알린다.

제2강: 전 세계를 이누맘 님의 통치하에 두는 신정일치 세계통일제국인 '신
누르므르제국'의 성립을 세계 만방에 선포한다.

제3강: 신 누르므르제국의 황궁을 현재 미국의 워싱턴D.C에 건설한다.

제4강: 이누맘 님의 탄생지인 중앙아시아의 한 지역에 이누맘 님의 신궁을
건설한다.

제5강: 이누맘 님은 황궁과 신궁을 오가며 세계를 통치한다.

제6강: 신 누르므르제국 선포와 동시에 세계 모든 국가의 헌법은 그 효력을
상실한다. 동시에 이누맘 님의 전기와 영생교의 경전을 기반으로 한 새로운
율법인 「신누르므르제국법」이 전 법을 대신한다.

제7강: 세계 각국의 특사를 황궁에 조치하여 이누맘 님에 대한 충성 맹세의
서약을 받는다.

제8강: 특사를 파견한 나라들은 현재의 국가명을 그대로 유지한 채 신 누르
므르제국의 속국으로 편입된다.

제9강: 특사를 파견하지 않은 나라들은 이누맘 님을 부정하는 것으로 간주
하고 이누맘 님이 즉각 초능력을 행사한다. 전대미문의 대재앙과 국가적 대
혼란으로 이러한 나라들은 곧 지도에서 사라질 것이며, 그 국민들은 예외 없
이 노예로 삼을 것이다. 또한, 이러한 나라들은 집정관을 파견하여 신 누르므

르제국이 직할 통치한다.

제10강: 특사를 파견하여 이누맘 님께 충성을 맹세한 나라의 지도자들에게는 이누맘 님의 영생의 피가 공급될 것이며, 제한된 권력을 행사할 기회를 준다.

제11강: 모든 속국의 지도자들은 1년에 한 번 신궁과 왕궁을 방문하여 이누맘 님을 알현할 기회를 가진다.

제12강: 세계 모든 나라의 교육제도를 개편 통일하고 이누맘 님의 전기와 영생교 교리를 공부하게 한다.

제13강: 이누맘 님의 신성을 느끼며 영생의 길을 추구하는 영생교만이 유일한 종교임을 선언한다.

제14강: 전 세계인들은 하루에 한 번 이상 이누맘 님을 향한 경배의 시간을 가진다.

제15강: 이누맘 님을 숭배하는 노래를 만들어 경배의 시간에 부르게 한다.

제16강: 기존의 모든 종교는 부정한다. 볼 수 없으며, 행사할 수 없으며, 천국행 티켓을 손에 쥐어 줄 수 없는 신은 더 이상 신이 아니다. 볼 수 있고, 느낄 수 있고, 행사할 수 있는 신, 인간들에게 영생의 피를 공급해 줄 수 있는 현세의 신 이누맘 님만이 유일하고 진정한 신임을 대대적으로 홍보한다.

제17강: 세계 모든 나라의 예배당, 성당, 사원 등은 영생교 본부가 즉각 접수하여 이누맘 님 경배당으로 바꾸고, 모든 종교의 재산과 시설들은 영생교의 소유로 한다.

제18강: 세계 모든 나라의 핵무기는 즉시 폐기한다.

제19강: 세계 모든 나라의 군대는 즉시 해산한다.

제20강: 세계 모든 나라의 경찰은 즉시 해산하고, 율법감시단으로 대체한다.

지체할 시간이 없음을 인지한 에밀리는 화면에서 메일을 클릭한 후 빠른 손놀림으로 주소 칸에 라일리의 e메일 주소를 쳤다. 제목란에는 '초긴급. XX 호텔 608호. 에밀리 윌리엄스'라고 쳤다. 에밀리는 줄리아 정의 메시지 두 개를 연속으로 라일리에게 전송했다. 에밀리는 다시 클릭한 후 타이핑했다.

〈추신: 라일리, 길게 말할 시간이 없어. 방금 보낸 메시지 두 건을 신속히 CIA에 전송해 줘. 부탁이야. 그리고 난 지금 아마 위켄트라는 여자로 신분이 위장된 상태야. 그 사실도 CIA에 알려 주는 게 좋을 거야.〉

에밀리는 시계를 보았다.

남은 시간 41분.

에밀리는 재빨리 줄리아 정이 준 USB 2개를 옷장 깊숙이 감추고 돌아왔다.

에밀리는 스테판의 존재가 몹시 신경 쓰였다. 갑자기 입이 바짝 마르고 목이 탔다. 냉장고 옆에 키가 3피트쯤 되는, 짧은 팔이 달린 원통형 AI 서빙 로봇이 대기하고 있었다. 에밀리는 로봇 리모컨을 집어서 버튼을 눌렀다. 로봇 상단에 파란 불이 들어왔다.

"안녕하세요? 저는 서빙 로봇 세나예요. 무엇을 도와드릴까요?"

스테판과 함께 호텔에 들었을 때 몇 번 들어 본 멘트였다.

"물 한 잔 줄래?"

에밀리는 스테판이 준 USB를 노트북에 연결하고 클릭했다.

#스테판 & 에밀리 팀의 미션

〈이누맘 님의 육성 메시지가 전파를 타게 하라.〉

제1 실행안: 특종에 혈안이 된 상업적 저널리즘을 이용하라.

미국의 방송은 기본적으로 기업이며 치열한 시청률 경쟁을 한다. 두 경쟁 방송사에 동시에 접근하여 '이누맘 님의 육성 메시지'라는 특종을 두고 속보 경쟁을 붙여라. G 방송에 먼저…

"손님, 물 가져왔습니다."

AI 서빙 로봇이 쟁반에 생수 한 잔을 받쳐 들고 서 있었다. 에밀리는 물을 마시면서 내용을 마저 읽어 보았다. 스테판이 이미 말해 준 대로 세 가지 실행 방안과 각각의 세부 행동 지침이 적혀 있을 뿐, 그 외의 별다른 지시사항은 없었다. 에밀리는 어차피 세 가지 실행안 중 아무것도 실행할 의사가 없었기 때문에 선택을 고민할 필요는 없었다. 하지만 스테판을 안심시키려면 세 가지 실행 방안 모두 자세히 알아 둘 필요가 있다고 판단해 메시지를 다시 한번 꼼꼼히 읽어 보았다.

다시 시계를 보았다. 남은 시간 35분.

CIA는 지금쯤 줄리아 정의 메시지를 접수했을까? 스테판을 어떻게 유혹하지? 거사의 시간은 언제가 좋을까? CIA는 내게 권총을 전달해 줄 수 있을까? 스테판이 갑자기 호텔을 옮기자고 하면 어쩌지? 에밀리의 머리는 복잡하게 돌아갔다.

이제 남은 시간 32분.

에밀리는 일단 스테판을 안심시키고 시간을 벌 필요가 있다고 생각해 스테판에게 전화를 걸었다.

"스테판 님, 에밀리 이누맘입니다."

"오 에밀리 호텔에 든 거야?"

"네 XX 호텔 608호입니다."

"빠르군. 그래, 실행 방안은 검토해 봤어?"

"네. 제가 검토해 본 바, 제1안은 리스크가 큽니다. 2안과 3안을 놓고 고민 중인데, 최종적으로 제3안을 채택할까 합니다. 스테판 님의 의견을 구하고 싶습니다."

"방송국 뉴스팀에 심어 둔 우리 측 조직원을 이용하여 방송 기술적인 조작을 하자는 건가?"

"네, 그게 가장 안전하면서도 성공 확률이 높을 것 같습니다."

"그렇다면 A 방송국이 타깃이 되겠군. 하지만 보도와 관련해 중요한 결정을 내리는 사람은 보도국장이야. 내 생각에 두 번째 실행안도 괜찮을 것 같은데…."

"아! 그렇다면 두 가지 안을 동시에 채택하는 게 어떨까요? 제가 검토해 본 바, P 방송이라면 3안과 2안의 동시 시행이 가능할 것 같습니다."

"자세히 말해 봐."

"먼저 P 방송국 보도국장에게 그의 치명적 비리가 담긴 e메일을 보낸 후, 보도국장에게 협박 전화를 합니다. 그런 다음 제가 보도국장을 직접 만나 방송사고가 일어나더라도 눈감아 줄 것을 요구합니다. 그리고 뉴스팀에 심어 둔 우리 측 조직원에게 이누맘 님의 육성 메시지가 담긴 USB를 넘깁니다. 말하자면 제3안의 성공 확률을 높이기 위해 제2안이라는 보험을 들어두자는 거지요."

딱! 손가락 튕기는 소리가 났다.

"바로 그거야! 에밀리의 판단이 나와 완벽히 일치하는군. 사실 나도 그 방안을 염두에 두고 있었어. 그것만이 미션을 성공시킬 수 있는 가장 확실하고 안전한 방안이니까. 놀랍군! 에밀리는 조직원으로서의 자질이 훌륭해."

"스테판 님의 칭찬이 제게 큰 힘이 되네요."

에밀리는 스테판을 안심시키는 데 일단 성공했다는 생각에 잠시 안도의 한숨을 내쉬었다.

"에밀리, 그럼 타임을 오늘 저녁 7시로 잡고 진행해."

"9시가 아니고요?"

"그 시간대가 뉴스 시청률이 가장 높긴 하지만, 앵커 문제 등 몇 가지 문제점이 있어서 그래. 7시로 해."

"알겠습니다, 스테판 님."

"그리고 P 방송국 보도국장에게는 6시쯤 e메일을 보내."

"너무 늦지 않을까요?"

"보도국장이 이성적 판단을 내릴 시간적 여유를 줘서는 안 돼. 그리고 6시 20분에서 6시 30분 사이에 직접 보도국장을 만나서 우리 요구 사항을 전달해. 그리고 남은 시간 동안 우리는 미션을 성공시킬 모든 준비를 마쳐야 해."

"알겠습니다, 스테판 님."

"지금 몇 시야?"

"2시 28분입니다."

"아직 여유가 있군. 에밀리, 식사 안 했지?"

"네. 하지만 배가 고프지 않습니다."

"조금 먹어 두는 게 좋을 거야. 30분 후에 2층에 있는 레스토랑으로 내려가 봐. 조직원이 P 방송국 보도국장의 비리가 담긴 파일과 e 메일 주소를 전해 줄 거야. 그 후에 다시 통화하자고."

"알겠습니다, 스테판 님."

통화를 마친 에밀리는 심각한 고민에 빠졌다. 스테판이 모든 상황을 통제하고 있다면 거사를 성공시키기가 매우 어려울 거라는 생각이 들었던 것이다.

XX 호텔 맞은편 건물 7층의 한 오피스텔.

"저 여자가 에밀리 윌리엄스라니 믿을 수가 없군."

XX 호텔 608호실을 실시간 모니터링하고 있던 CIA 작전과장 트로이레너드가 말했다.

"애마 위캔트라는 여자로 위장되었다잖아요."

CIA 요원 프랭코가 말했다.

"저들의 위장술은 정말 감쪽같군. 셀라니 팀은 어디쯤 오고 있나?"

"5분 후면 호텔에 도착한다는데요. 과장님."

"5분. 너무 늦어. 기동력이 그것밖에 안 되나?"

"마침 뉴저지에 있어서 그 정도로 빨리 올 수 있었다고 하던데요.

지금 앰뷸런스를 이용해서 오는 중이랍니다."

"에밀리 윌리엄스는 왜 저러고 있는 거야? 고민에 빠진 것 같은데…."

"초조한지 자주 시계를 들여다보네요."

"그나저나 에밀리 윌리엄스를 어디까지 믿어야 할지 모르겠어. 자네 생각은 어때?"

"지금으로써는 그녀를 믿고 작전을 펼칠 수밖에요."

"내가 말하는 건 그녀의 능력이 아니라 그녀의 마음이야. 지금쯤 본부에서 줄리아 정의 메시지라는 걸 분석하고 있겠지만… 아직 에밀리 윌리엄스가 아군이라는 확신이 들지 않아. 자네 생각은 어때?"

"악마의 피를 거부했다지 않습니까?"

"증거가 없잖은가?"

"줄리아 정의 메시지에 따르면…."

"줄리아 정의 메시지를 그대로 믿는 건 모험이야. 그녀는 지금도 악의 소굴에 있어."

"어쨌든 지금으로써는 줄리아 정과 에밀리 윌리엄스를 믿고 가는 수밖에 달리 방법이 없는 것 같습니다."

"그렇긴 한데…."

레너드는 손바닥으로 턱수염을 밀어대면서 여전히 회의적인 표정을 지었다.

그때 프랭코의 폰에서 메시지음이 울렸다.

"과장님, 스테판 추정 인물이 XX 호텔로 들어갔다는 보고입니다."

"그래? AI 로봇은 대기하고 있지?"

"6층 물품 창고에 들여놓았다고 합니다. 아! 에밀리 윌리엄스가 일어나네요."

"카운터에 있는 아밀리아 요원에게 연락해. 에밀리 윌리엄스가 608호실을 나갔다고."

"네, 과장님."

프랭코가 전화하는 사이 레너드는 목이 타는지 냉장고에서 작은 생수 한 병을 꺼내더니 뚜껑을 열고 벌컥벌컥 들이켰다.

"과장님, 스테판 추정 인물이 에밀리 윌리엄스의 옆 호실을 예약했다고 하네요."

"그래!"

에밀리가 레스토랑에서 식사하고 있을 때 말쑥한 양복 차림에 키가 큰 노신사가 걸어왔다. 노신사는 지나가면서 작은 샘플 봉지를 에밀리의 식탁 위에 살그머니 놓았다. 에밀리는 봉지를 핸드백 속에 잽싸게 집어넣었다.

'지금쯤이면 CIA가 움직이지 않을까?' 에밀리는 천천히 식사를 하며 생각했다.

"과장님, 스테판 추정 인물이 2층 카페에서 커피를 마시고 있다고 합니다."

통화를 끝낸 프랭코가 말했다.

"AI 로봇은?"

레너드 과장이 물었다.

"에밀리 윌리엄스와 스테판 추정 인물이 접선하는 사이에 608호와 609호에 투입하는 데 성공했다고 합니다."

"셀라니 팀은?"

"호텔에 도착해 이미 활동 중입니다."

"특수요원들은?"

"613호실에 대기 중입니다."

에밀리가 6층 엘리베이터에서 내렸을 때, 젊은 여자 두 명이 팔짱을 끼고 찰싹 붙은 채 지나갔다. 립스틱을 짙게 바른 한 명이 다른 한 명의 어깨에 머리를 거의 얹고 있었다. 뭐야! 레즈비언인가? 혹시…?

에밀리는 빠른 걸음으로 608호실 문을 열고 들어갔다. 역시나 컴퓨터 책상 위에 쪽지가 놓여 있었다.

에밀리 윌리엄스 님께.

작전을 수행할 모든 조건이 갖춰졌습니다.

스테판을 유혹하기만 하면 됩니다.

지금 스테판 추정 인물이 609호실을 예약했습니다.

실수의 위험성 때문에 침대 밑에 권총을 넣어 두는 방법을 선택하지 않았습니다.

대신 CIA가 요인암살용으로 특수 제작한 AI 로봇이 해결할 것입니다.

에밀리 윌리엄스 님의 건투를 빕니다.

에밀리는 AI 로봇을 돌아보았다. 뭐야! 아까 보던 그 원통형 로봇이잖아. 저렇게 평범해 보이는 로봇이 뭘 어떻게 해결해 준다는 거야? 이미 상용화되어 호텔의 객실에 보급된 다른 AI 서빙 로봇에 비해 이 AI 로봇은 어쩐지 촌스러워 보였고, 영 신뢰가 가지 않았다.

에밀리는 로봇 리모컨을 집어 들고 스위치를 눌렀다. 로봇의 상단에 파란 불이 들어왔다.

"안녕하세요? 저는 서빙 로봇 세나예요. 무엇을 도와드릴까요?"

"이리 좀 와 볼래?"

로봇은 소리 없이 미끄러져 에밀리에게로 다가왔다.

"너 서빙 말고 다른 것도 할 수 있니?"

AI 로봇은 대답하지 않았다. 대신에 로봇 상단에 빨간 불이 깜빡거렸다.

"너 이런 거 할 수 있어? 이거 있어?"

마리는 검지와 엄지를 이용해 총 쏘는 흉내를 냈지만, AI 로봇은 여전히 대답하지 않았다.

"에밀리 윌리엄스가 AI 로봇을 신뢰하지 못하는군. 2단계를 작동시키게."

레너드의 명에 노트북 앞에 앉아 있던 프랭코가 마우스를 움직이더니 클릭했다.

AI 로봇의 이마에 파란 불이 들어왔다.

"저를 못 믿으시는군요."

AI 로봇의 말에 에밀리는 깜짝 놀랐다.

"그래! 그럼 너의 능력을 보여 줘 봐."

에밀리가 말하자 AI 로봇 원통형 상단에 파란 불이 깜박거리더니 가슴께의 화면이 켜지면서 자막이 지나갔다.

– 작전명: 사루비아

　작전 내용: 적절한 타이밍에 남자의 심장을 쏴라. –

"더 보여 드릴까요?"

AI 로봇이 말했다.

"그래. 계속해 봐."

파란 불이 깜빡거리더니 AI 로봇의 키가 소리 없이 5피트 정도 커졌고, 짧았던 오른쪽 팔이 길어지더니 이리저리 꺾이면서 옆구리 쪽으로 들어갔다가 나왔다. AI 로봇의 손에는 권총이 들려 있었다.

"더 보여 드릴까요?"

AI 로봇이 말했다.

"알겠어. 그만해."

에밀리가 말했다.

프랭코가 마우스를 클릭하자 AI 로봇은 처음 모습으로 변해 원래 자리로 돌아갔다.

에밀리는 시계를 보았다. 3시 20분. 6시에 P 방송국 보도국장에게 e메일을 보내기로 했으니 2시간 40분의 시간이 있다. 그 안에 거사를 성공시켜야 한다. 스테판을 어떻게 유혹하지? 무턱대고 와 달라고 하면 이상하게 생각할지도 몰라. 아! 참, 그렇지. 스테판 추정 인물이 옆 호실을 예약해 두었다고 했지. 어쩌면 이미 가까이 와 있을지도 몰라. 그렇다면…?

에밀리는 3시 30분에 스테판에게 전화를 걸었다.

"스테판 님, 어디 계시나요?"

"멀지 않은 곳에 있어. 왜 그래?"

"시간을 견디기가 힘들어서요."

에밀리는 불규칙적으로 숨을 몰아쉬면서 연기했다.

"긴장할 것 없어. 에밀리. 곁에 내가 있다는 걸 명심해."

"알겠습니다, 스테판 님."

에밀리는 일단 전화를 끊은 후 10분쯤 후 다시 스테판에게 전화를 걸었다.

"스테판 님, 지금 와 주시면 안 될까요?"

"왜 그래?"

"너무 긴장돼서요."

"그렇게 긴장돼?"

"스테판 님이 필요해요. 제게 힘을 주세요."

"알았어. 그럼 지금 609호실로 와. 문 열어 둘게."

"어머나! 바로 옆에 계셨던 거예요? 오! 나의 스테판 님."

에밀리는 감격한 듯 연기했다.

"이런 경우를 대비해서 에밀리의 옆 호실을 잡은 거야. 어서 와."

"네. 마스크 벗고 갈게요."

에밀리는 애마 위캔트 분장 마스크를 뜯어낸 후 거울 앞에서 머리를 매만지면서 잠시 생각했다. CIA가 옆 호실에도 특수 AI 로봇을 넣어 두었을까? 이제 와서 어쩌겠어. CIA를 믿고 가는 수밖에….

에밀리가 609호실의 문을 열고 들어서자 아까 레스토랑에서 샘플 봉지를 떨어뜨린 노신사가 팔짱을 낀 채 서 있었다.

"누, 누구세요?"

에밀리가 깜짝 놀란 표정으로 뒷걸음질을 쳤다.

"놀라지 마, 에밀리. 나야."

노신사가 마스크를 뜯어내자 스테판의 얼굴이 드러났다.

"스테판 님!"

에밀리는 감격에 겨운 목소리로 외치며 스테판에게 달려가 안겼다.

"보고 싶었어요. 스테판 님, 절 좀 어떻게 해 주세요."

"오! 에밀리, 아무 걱정하지 마. 내가 있잖아."

스테판은 에밀리에게 키스한 후 에밀리를 번쩍 안아 들었다.

"에밀리, 내가 그렇게도 필요했던 거야?"

"네. 너무너무…."

"실은 나도 에밀리를 원하고 있었어. 에밀리는 언제나 내 결핍의 감정을 자극한단 말이야."

에밀리는 스테판에게 가슴을 최대한 밀착시키며 비벼댔다.

"좋았어. 내가 에밀리의 소원을 풀어 주지."

스테판은 에밀리의 옷을 벗긴 후 그녀의 몸에 자신의 향기를 마구 분사하기 시작했다. 그 순간, 에밀리는 두려움이 밀려왔다. 스테판의 성적인 능력에 자신의 정신이 굴복해 버리면 어쩌나 하는 염려 때문이었다.

에밀리의 염려는 바로 현실화되었다. 그녀의 몸속에서 성호르몬이 빠르게 분비되면서 정신마저 몽롱해지기 시작했던 것이다. 스테판은 벌써부터 신음하는 에밀리를 내려다보며 옷을 벗기 시작했다.

"오늘은 색다르게 시작해 볼까?"

스테판은 에밀리를 똑바로 눕힌 후 침대 옆 선반 위에 있는 로봇 리모컨을 집어 들고 스위치를 눌렀다. AI 로봇의 몸통 상단에 파란 불이 켜졌다.

"안녕하세요? 저는 서빙 로봇 세나예요. 무엇을 도와드릴까요?"

"와인 한 병 가져와."

스테판의 말에 AI 로봇이 쟁반에 와인 한 병을 담아서 들고 왔다.

스테판은 뚜껑을 열고 향이 진한 적포도주를 에밀리의 유방과 배꼽, 음부 쪽에 끼얹은 후 엎드려서 핥기 시작했다.

"무척 결렬한 섹스로군요."

프랭코가 말했다.

"악마의 섹스야. 에밀리 윌리엄스가 자신의 임무를 잊고 완전히 몽환 상태가 되었군. 저것 좀 보게, 워건. 정말 대단하군!"

레너드가 말했다.

"전 이누맘과 스테판이 서로 심장이 연결되어 섹스의 쾌감을 공유한다는 줄리아 정의 메시지를 반신반의했는데, 슬슬 믿는 쪽으로 무계추가 기우는데요?"

레너드도 프랭코의 말에 동의를 표하듯 고개를 끄덕였다.

섹스가 끝났을 때, 에밀리는 스테판의 상체 위에 늘어지듯 엎어져 있었다.

"어땠어? 에밀리."

스테판의 말에 에밀리는 눈을 떴다. 동시에 빠르게 정신이 되돌아 오기 시작했다.

"어땠냐니까? 에밀리."

"좋았어요."

"나도 좋았어, 에밀리."

에밀리는 천천히 고개를 들었다. 스테판이 눈을 감은 채 똑바로 누워 있었다.

지금이구나!

에밀리는 AI 로봇을 돌아보았다. AI 로봇은 이미 침대 옆에 소리 없이 다가와 있었다. 에밀리는 스테판을 안심시키기 위해 낮은 신음을 내면서 조심스럽게 상체를 들어 스테판의 왼쪽 가슴을 열어 주었다.

탕!

AI 로봇은 순간을 놓치지 않고 방아쇠를 당겼다. 스테판의 상체가 들썩거렸고, 핏줄기가 치솟았다. 에밀리는 재빨리 스테판에게서 떨어졌다.

탕! 탕! 탕! 탕! 탕!

AI 로봇은 틈을 주지 않고 스테판의 심장을 향하여 다섯 발을 더 발사했다. 로봇의 팔이 내려왔고, 파란 불이 깜빡거리더니 화면에 불이 들어왔다. 작전 종료.

그때, 우지 기관단총을 든 두 명의 특수요원이 문을 열고 진입했다.

두두두두!

한 명은 스테판에게 확인 사살을 했고, 다른 한 명은 경계 태세에 돌입했다.

"저 정도면 끝난 거 아닐까요? 과장님."

화면을 통해 현장 상황을 주시하던 프랭코가 말했다.

"아직 일러. 저자는 악마야. 무슨 일이 또 일어날지 몰라."

레너드가 말했다.

그때였다. 완전히 피투성이가 된 스테판의 몸이 갑자기 천장에 닿을 만큼 튕겨 올랐다가 침대로 철퍼덕 떨어졌다. 이어 스테판의 몸이 바람 빠진 공처럼 급격히 쭈그러들기 시작하더니 미라로 변해 버렸다.

"저거 뭐야? 우리 지금 영화 보고 있는 거 아니지? 워건."

"영화를 보고 있는 게 아니라 영화 같은 현실을 목도하고 있습니다."

"줄리아 정이 해낸 걸까?"

"그런 것 같습니다."

❖ ❖ ❖

"에밀리 윌리엄스 님께 경의를 표합니다."

옆 호실로 이동해 샤워를 마치고 옷을 갈아입고 나오는 에밀리를 향해 여성 CIA 요원이 말했다. 옆에 함께 서 있던 여성 요원은 에밀리를 향해 엄지를 치켜세웠다.

"찬사를 받아야 할 사람은 제가 아니라 줄리아 정이에요. 그녀가 아니었다면 아무것도 할 수 없었을 테니까요. 부탁드립니다. 그녀를 꼭 좀 구출해 주세요."

"걱정하지 마세요. 곧 줄리아 정 님의 구출을 위한 대책회의가 열릴 겁니다."

엄지를 치켜세웠던 요원이 말했다.

"아! 참. 드릴 게 있는데… 제 핸드백 혹시 못 보셨어요?"

에밀리가 주위를 두리번거리며 말했다.

"여기 있습니다."

뒤에 있던 요원이 핸드백을 에밀리에게 건넸다. 에밀리는 핸드백을 열고 반지 함을 꺼내 열었다. 그러나 그 순간, 에밀리는 경악할 수밖에 없었다. 반지 함에는 아무것도 없었던 것이다.

"맙소사! 이를 어째! 가장 중요한 게…."

"걱정하지 마세요. AI 로봇을 통해 저희가 이미 확보했으니까요. 옷장 속에 숨기신 USB도 저희가 다 찾아냈고요."

여성 CIA 요원이 웃으며 말했다.

"아! 네, 역시…."

"그런데 에밀리 윌리엄스 님, 우선은 병원으로 가서 몇 가지 검진을 받아야 할 것 같습니다만, 괜찮으시겠죠?"

다른 요원이 조심스럽게 물었다.

"그, 그래야겠지요."

에밀리의 얼굴이 살짝 붉어졌다.

에밀리가 여성 CIA 요원들의 안내로 호텔 로비에 내려왔을 때는 이미 병원 구급차가 대기하고 있었다.

11월 14일 새벽, 동이 틀 무렵. 육군 특수작전사령부 연병장으로 군용트럭 세 대가 줄지어 들어왔다. 트럭들은 사령부 건물 앞 정중앙에 있는 단상 옆에 차례로 주차했다. 트럭에서 베이지색 베레모를 쓰고 중무장한 군인들이 우르르 뛰어내리더니 단상 앞에 3열로 도열했다. 제75레인저연대 직할 수색대원들이었다.

트럭 조수석에서 마지막으로 내린 중대장 제임스 부룩크 대위가 걸어와 도열한 대원들 앞에 섰다. 부룩크 대위는 대원들의 표정을 하나하나 살폈다. 대원들의 표정에서는 팽팽한 긴장감이 감돌고 있었다. 세계 도처에서 수많은 작전을 수행한 대원들이었지만, 지하 수백 미터로 하강하여 악마의 잔당들을 상대로 작전을 벌이는 것은 두려울 수밖에 없었다.

"제군들에게 지나친 긴장감이 감돌고 있다. 제군들은 세계 최강의 특수부대원들이다. 무엇이 두려운가? 제군들의 존재 이유는 국가다. 조국을 위해 한몸 바칠 각오가 되어 있지 않은 대원이 있다면 앞으로 나오라. 상부에 건의해 전역시켜 주겠다."

앞으로 나오는 대원은 없었다.

그때, 미 육군 수송헬기 소리가 요란하게 들려왔다. 수송기는 귀청을 찢을 정도로 요란한 소리를 내며 방금 군용트럭들이 빠져나간 자리에 착륙했다. 커다란 헬리콥터 날개가 새벽 공기를 휘저으며 빙글빙글 돌아가는 가운데, 수송기 문이 열리면서 선글라스를 쓴 육군 특수작전사령관 베네가스 중장이 내렸고, 뒤이어 부관 한 명이 뛰어내렸다. 오른손에 지휘봉을 쥔 장군은 뚜벅뚜벅 걸어가 단상 위로 올라갔다.

"충성! 제75레인저연대 직할 제2수색중대 출동 준비 완료!"

부룩크 대위가 베네가스 장군에게 거수경례를 했다.

베네가스 장군은 오른손을 올려 답례를 한 후, 선글라스를 벗고 예리한 시선으로 특수대원들을 하나하나 훑어보았다. 그는 부대원들에게서 흐르는 두려움을 동반한 팽팽한 긴장감을 단번에 포착하고, 왼쪽 주먹으로 탁자를 내리친 후 지휘봉으로 제임스 부룩크 대위를 찌르듯이 겨냥했다.

"귀관은 관등성명을 대라!"

"충성! 제75레인저연대 직할 제2수색중대장 대위 제임스 부룩쿠입니다!"

"귀관의 대원들에게서 불필요한 긴장감이 흐르고 있다. 이런 상태에서 작전을 수행할 수 있겠는가?"

"할 수 있습니다, 사령관님!"

부룩쿠 대위가 큰 소리로 답했다.

"여러분의 지휘관이 할 수 있다고 말했다. 대원들은 이 작전을 수행할 수 있겠는가?"

베네가스 장군이 대원들을 향해 말했다.

"할 수 있습니다, 사령관님!"

대원들의 우렁찬 함성이 새벽 공기를 뒤흔들었다.

"좋다. 귀관과 귀관의 대원들을 믿겠다."

베네가스 장군은 다시 선글라스를 쓰고 잠시 사이를 둔 후 연설을 시작했다.

"보이지 않는 적들과의 전쟁이 끝나가고 있다. 이제 우리에게는 마지막 남은 하나의 분명한 과제가 있다. 그것은 바로 줄리아 정을 구출해 내는 것이다. 줄리아 정은 미국을 구한 진정한 영웅이다. 그 어떤 위험을 감수하고서라도 줄리아 정을 구출해 내야 한다. 만약 사망했다면 그 시신만이라도 수습하여 알링턴 국립묘지에 안장해야 한다. 그것이 악마의 소굴에서 악마와 맞서 싸운 줄리아 정에 대한 최소한의 도리다. 여러분은 두려워하지 말라. 여러분은 미국의 최정예 전사들이다. 초능력을 행사하는 악마의 수괴 이누맘은 사망했다. 구심점을 잃은 악마의 잔당들은 오합지졸에 불과할 것이다. 이제 여러분들은 와이오밍주 서부 늘푸른농장 지하에 구축된 악마의 소굴로 투입될 것이다. 불굴의 투지로 작전에 임해 주기 바란다. 이상!"

"사령관님에 대한 경례!"

"충성!"

새벽 공기를 가르며 대원들의 함성이 울려 퍼졌다.

수색대원들을 태운 수송기가 이륙하여 아이오와주 상공을 지날 때였다.

　"작전을 중단하고 연대로 돌아오라는 명령이다. 힐 중위, 기수를 돌려라."

　상부의 전화를 받고 난 후 브룩크 대위가 말했다.

　"중대장님, 이유가 뭡니까?"

　부룩크 대위의 바로 뒷자리에 탑승하고 있던 톰슨 중사가 물었다.

　"나도 모른다."

　브룩크 대위가 돌아보지 않고 말했다. 부룩크 대위의 등 뒤로 대원들의 목소리가 들려왔다.

　"이런, 악마의 잔당들을 상대로 희한한 작전을 벌일 기회가 사라져 버렸군."

　"허탈한데?"

　"이 한몸 조국을 위해 바칠 각오가 돼 있었는데 말이야…."

　텍사스주 휴스턴시의 윌리엄스 빌딩을 관리해 주는 회사의 설비공 호들은 오늘 새벽, 30분 일찍 출근했다. 야간 근무를 마치는 동료 로빈슨과 커피 한잔하면서 걸쭉한 농담을 주고받기 위해서였다. 세 살 아래인 로빈슨은 업무 외적인 면에서도 이야기가 통하고, 취향

등 여러모로 죽이 맞는 편이었다. 호들은 로빈슨과 키득거리며 한바탕 떠들고 나서 일을 시작하면 어쩐지 고된 하루가 후딱 지나가는 것 같았다.

호들은 샤워실에 로빈슨이 보이지 않자 곧바로 지하 3층 사무실로 들어갔다. 그런데 로빈슨은 보이지 않고, 한 달 전에 새로 온 설비팀장이 자신의 책상 위에 엎어져 자고 있었다. 살짝 김이 샌 호들은 사무실을 나오려다가 뭔가 이상한 느낌이 들어 다시 팀장을 돌아보았다. 소매 밖으로 나온 팀장의 거무죽죽하고 쭈글쭈글한 손이 보였다. 뭐지? 호들은 팀장에게 가까이 다가갔다. 그리고 기절초풍할 정도로 놀랐다. 팀장이 미라로 변한 채 죽어 있었던 것이다.

호들은 계단을 타고 헐떡거리며 1층으로 뛰어 올라갔다. 엘리베이터에서 한 사람이 막 내리고 있었다.

"여보세요? 헉헉, 저희 팀장이 미, 미라로 변한 채 죽어 있어요. 시, 신고 좀 해 주세요?"

캐주얼 차림에 안경을 쓴 남자는 황당한 듯 멀뚱한 표정으로 호들을 바라보더니 느릿느릿 말했다.

"전화 없어요? 직접 하시지 왜…."

그때 경비원이 다가왔고, 호들은 경비원에게 같은 말을 반복했다. 경비원은 무슨 뚱딴지같은 소리냐는 표정이었지만, 곧 앞장서 계단을 내려갔다. 호기심이 발동한 캐주얼 차림의 남자가 호들과 함께 뒤따랐다. 그리고 잠시 후, 미라 시신을 확인한 경비원은 곧바로 경찰에 신고했다.

지역적인 문제로 시차가 있었지만, 비슷한 시각 로스앤젤레스 U.S 뱅크타워 경비원도 화장실에서 공무과 직원 복장을 한 사람이 미라로 변한 채 죽어 있는 것을 발견하고 경찰에 신고했다.

로스앤젤레스에서 미라 시신이 발견된 지 10분 후에 CIA 긴급상황실로 샌프란시스코의 대형 주상복합 건물의 지하 1층에서도 미라시신 1구가 발견되었다는 정보가 들어왔다. 그런데 충격적인 것은 경비원 복장을 한 채 쓰러진 이 미라 시신의 옆에 타이머가 장착된 초고강도의 폭발물이 함께 발견되었다는 것이었다.

CIA는 이미 이보다 30분 전에 뉴욕시에서 2구의 미라 시신이 발견되었다는 정보를 가지고 있었다. 에밀리 윌리엄스가 CIA에서 진술한 내용을 근거로 뉴욕증권거래소 건물 지하와 뉴욕 타임스퀘어 광장 주위의 고층 건물 지하를 샅샅이 수색한 경찰이 찾아낸 것이었다.

이날 자정까지 미 전역에서 신고되거나 경찰이 수색해서 찾아낸 미라 시신은 총 20구였다. '20'이란 숫자는 이누맘의 육성 메시지가 전파를 타는 순간 미국의 대도시에서 20건의 대형 테러가 동시다발적으로 발생할 것이라는 줄리아 정의 메시지 내용과 정확히 일치했다.

20구의 미라 시신이 발견된 다음 날 오전 9시 10분, 줄리아 정이 구출되었다는 소식이 CNN 뉴스 속보를 통해 처음으로 전파를 탔다.

— CNN 뉴스 속보입니다. 미국을 구한 영웅 줄리아 정이 구출되었습니다. 미 국방부는 오늘 오전 8시 20분 줄리아 정이 구출되었다고 발표하였습니다. 국방부 대변인의 발표에 따르면 오늘 오전 7시 18분, 와이오밍주 서부 상공의 정찰용 드론이 '늘푸른농장'의 마른 옥수수 밭고랑에 쓰러져 있는 한 여성을 포착했고, 위치 추적 후 긴급 투입된 공수부대원들이 7시 50분경 이 여성을 구출했습니다. 구출 당시 이 여성은 흐트러진 머리에 피가 묻은 옷을 입은 채 실신 상태였다고 합니다. 구출 후 지문 확인을 통해 줄리아 정임을 확인한 군 당국은 줄리아 정을 곧바로 월터리드국립군의료센터로 이송하였습니다. —

— "ABC 오전 9시 뉴스입니다. 줄리아 정이 오늘 오전 7시 52분에 구출되었습니다. 국민적 관심을 한몸에 받고 있는 줄리아 정 관련 소식 알아보겠습니다. 국방부에 나가 있는 프리드 기자 연결하겠습니다. 프리드 기자 나와 주시죠."

"네, 프리드 기자입니다."

"프리드 기자, 현재 가장 궁금한 것이 줄리아 정의 건강 상태인데요. 관련해서 들어온 소식 있습니까?"

"아직 없습니다. 줄리아 정이 입원해 있는 월터리드국립군의료센터에는 언론의 접근이 일절 허용되지 않는 상태이기 때문에 국방부 발표가 나오기 전에는 알 수 없습니다."

"그럼 구출과 관련하여 들어온 새로운 소식은 없습니까?"

"정찰용 드론이 마른 옥수수밭에 쓰러져 있는 줄리아 정을 발견하는 과정에서 줄리아 정이 끼고 있던 투어멀린 반지가 결정적인 역할을 했다는 소식이 들어와 있습니다."

"공수부대 투입 과정은 어땠나요?"

"팽팽한 긴장감 속에서 작전을 개시했지만, 의외로 쉽게 줄리아 정을 구출했다고 합니다. 정리하자면 이번 작전은 구출이라고 하기보다는 구조라고 하는 편이 더 정확할 것 같습니다."

"알겠습니다. 프리드 기자, 그럼 새로운 소식 들어오는 대로 계속해서 전해 주시죠.

다음은…." —

오후 1시에 줄리아 정과 관련하여 국방부 대변인의 브리핑이 있을 거라는 안내문이 기자실 게시판에 붙자, 국방부 출입 기자들은 점심도 거른 채 브리핑룸으로 들어가 진을 쳤다.

오후 1시, 국방부 대변인이 브리핑룸 단상에 섰다. 대변인은 여유 있는 표정으로 기자들을 둘러본 후 메모를 읽기 시작했다.

— 나라를 구한 국민적 영웅 줄리아 정은 월터리드국립군의료센터 의료진의 도움으로 현재 건강을 완전히 회복하였습니다. 줄리아 정은 오늘 중으로 몇 가지 검진을 받은 후, 내일 CIA로 거처를 옮길 예정입니다. 이상입니다. —

대변인이 팸플릿을 덮자 모든 기자가 일제히 손을 들었다.

"시간 관계상 몇 분께만 질문을 받겠습니다."

대변인이 모두 손을 내리라는 손짓을 하고는 두 번째 줄에 있는 기자를 지목했다.

"폭스뉴스 니콜라스 케이츠 기자입니다. 줄리아 정이 악의 소굴에서 어떻게 탈출할 수 있었는지 구체적으로 말씀해 주십시오."

"아직은 말씀드릴 수 없습니다. 줄리아 정의 진술이 있었으나 현재 확인 작업 중입니다."

"확인 작업이라니, 무엇을 뜻하는 것입니까?"

"곧 알게 될 것입니다."

대변인은 앞줄에 있는 기자를 지목했다.

"시카고트리뷴 대니얼 니그로 기자입니다. 영생교 본부가 있던 와이오밍주 서부의 '늘푸른농장' 지하로 특수부대를 투입할 계획은 없습니까?"

"현재 검토 중입니다."

"이누맘이 악마적 신성을 지닌 초능력자임이 확인됐습니까?"

"그건 제가 답할 사항이 아닌 것 같습니다."

"'보이지 않는 적'과의 전쟁은 종료된 것입니까?"

"공식적으로 종료를 선언한 바 없습니다."

— "ABC뉴스 속보입니다. 조금 전, 줄리아 정의 탈출 과정에 대한 국방부 대변인의 브리핑이 있었다고 합니다. 이 소식, 국방부에 나가 있는 프리드 기자 연결해서 알아보겠습니다. 프리드 기자. 줄리아 정의 탈출과 관련된 소식 전해 주시죠."

"예, 프리드 기자입니다. 국방부 대변인이 밝힌 줄리아 정의 탈출 과정 전해 드리겠습니다. 줄리아 정의 탈출 과정은 매우 극적이었지만, 예상처럼 위험한 상황은 아니었다고 합니다. 줄리아 정은 일시적으로 무력해진 이누맘의 심장에 초강력 TNT 폭발물을 터뜨렸고, 이누맘의 육신이 산산조각 나면서 엄청난 양의 피가 분출했다고 합니다. 그 순간, 줄리아 정은 거사가 성공했음을 직감했고 한동안 하염없이 눈물만 흘렸다고 합니다. 줄리아 정은 오래전부터 자신의 목숨에 대해서는 초연하기로 수없이 다짐했고, 거사에 성공했다는 사실에 만족하고 목숨에는 전혀 연연하지 않았다고 합니다. 그러나 예상과 달리 이누맘 조직원들의 공격은 없었고, 주위는 너무나 조용했다고 합니다. 그래서 조심스럽게 이누맘의 처소를 빠져나왔을 때, 성전의 시녀들은 물론 남녀 조직원 모두가 미라로 변한 채 죽어 있었다고 합니다. 그때 줄리아 정은 탈출의 가능성을 느꼈고, 곧바로 탈출을 시도했습니다. 평소 신도 교육생들의 안내를 맡아 지하 궁전의 자세한 구조와 지상으로 올라가는 길을 알고 있었기에 어렵지 않게 악의 소굴을 벗어날 수 있었습니다. 지상으로 올라온 줄리아 정은 푸른 하늘을 보는 순간 일시적으로 역중력 현상을 느꼈고, 그 후 정신을 잃었다고 합니다."

"방금 전해 주신 내용은 줄리아 정의 진술을 국방부 대변인이 발표한 것이겠군요."

"그렇습니다. 국방부 대변인은 줄리아 정의 진술을 100% 신뢰한다고 브리핑에서 밝혔는데요. 군 당국이 고성능 카메라를 장착한 AI 로봇 개 10여 기를 영생교 본부 지하로 내려보내 내부를 샅샅이 촬영한 결과 모두 사실임을 확인하였다고 합니다."

"네, 알겠습니다. 극한의 긴장감 속에서도 정신의 끈을 놓지 않고 거사를 성공시킨 줄리아 정의 정신력에 경의를 표하지 않을 수 없군요."

"그렇습니다. 줄리아 정이야말로 인간 정신력의 가장 훌륭한 표상이라 할 수 있을 것 같습니다."

"프리드 기자, 관련된 다른 뉴스는 없습니까?"

"군 당국이 곧 대규모 특수부대를 영생교 본부가 있는 와이오밍주 서부의 '늘푸른농장' 지하로 내려보내 미라 시신 수거 작업에 착수할 거라는 뉴스가 들어와 있습니다."

"프리드 기자, 수고했습니다. 이상으로 ABC뉴스 속보를 마칩니다."

며칠 동안 줄리아 정과 에밀리 윌리엄스는 각기 다른 곳에서 CIA 보호하에 건강검진을 받았고, 가족들을 만났으며, 컬럼비아대학 탐사팀 희생자 묘역을 찾아 네오 박사를 비롯한 희생자들을 참배했다.

— CNN 뉴스 속보입니다. 조금 전 국방부는 200여 명의 특수대원이 영생교 본부가 있는 와이오밍 서부의 늘푸른농장 지하로 내려가 미라 시신 수거 작업을 완료하였다고 대변인을 통해 발표하였습니다. 자발적 지원을 받아 투입된 특수부대원들은 이누맘 지하궁전 내부를 샅샅이 뒤져 총 302구의 미라 시신을 수거하여 한곳에 모아 두었다고 합니다. 미라 시신 중에는 동료를 살해하고 악의 무리에 가담한 카벤 로빈슨 전 경호경관과 영생의 피를 찾아 떠났던 애비 윌슨 군의 것도 확인할 수 있었다고 합니다. 특히 해골에 거무죽죽하고 쭈글쭈글한 연한 가죽을 붙여 놓은 듯한 애비 윌슨 군 미라

시신은 그것이 애비 윌슨 군의 것임을 단번에 알아볼 수 있을 정도였다고 합니다. 국방부는 미라 시신 수거 작업에 참여한 애국심 넘치는 특수대원들 모두에게 1계급 승진과 함께 포상금을 수여할 예정이라고 합니다. 한편, 지상에서 수거된 스테판 미라 시신 포함 총 21구의 시신도 곧 악마의 지하궁전으로 옮겨질 예정이라고 합니다. CNN 뉴스 속보를 마칩니다. —

이누맘 사건과 관련하여 가장 많은 정보를 축적하고 있는 CIA의 수뇌부는 미라 시신 처리를 앞두고 과학자 2명을 초빙하여 의견을 듣는 시간을 가졌다. CIA 내 안가에서 열린 회의에는 과학자 2명과 CIA 국장, CIA 부국장, CIA 수석작전요원, CIA 부국장(정보), CIA 부국장(과학·기술)이 참석하였다.

"저희가 두 분 박사님을 모신 것은 미라 시신 처리와 관련해 고견을 듣기 위해서입니다. 먼저, 하버드대 석좌교수이며 저희 CIA에 생물학 분야 자문인 분자생물학자 안토니오 하워드 박사님의 의견을 듣고 싶습니다."

CIA 부국장이 말했다.

"자료를 보니 이누맘이 초능력자였으며 그의 심장을 통과한 이른바 '영생의 피'가 효험이 있다고 되어 있는데, 이누맘이란 자의 악마적 신성까지 인정하시는 겁니까?"

한 시간 전부터 와서 CIA가 제공한 정보 자료를 꼼꼼히 훑어본 하워드 박사가 말했다.

"저희는 자료에 담은 정보 이상은 말할 수 없습니다."

CIA 부국장(정보)이 말했다.

"그럼 이누맘이란 자가 죽은 뒤 6000년 후에 환생하여 두 번째 생을 살았다는 것은 인정하십니까?"

"그 역시 답할 수 없습니다."

CIA 부국장(정보)이 말했다.

"아니다가 아니라 답할 수 없다로군요."

"박사님, 이 자리는 청문회가 아니라 미라 시신 처리에 관해 조언을 듣는 자리입니다."

CIA 부국장(과학·기술)이 개입했다.

"아, 알겠습니다. 저는 지금까지 분자생물학을 연구하면서 다양한 방법으로 생명현상을 실험하였습니다. 그 결과, 하나로 수렴되는 결론이 있었습니다. 모든 생명현상은 DNA 구조의 지배하에 단백질 효소의 생합성 과정을 통해서만 생성되고 유지된다는 것입니다. 그런데 이번 이누맘 사건을 겪으면서 영생의 피를 통한 생명의 부활이라는 기이한 생명현상을 보고 너무나도 놀랐습니다. 영혼의 존재 여부와는 별개로, 우리가 알지 못하는 기이한 생명현상에 대해 새로운 인식을 하게 되었습니다. 이번 사건은 과학계에 커다란 숙제를 안겨주었습니다. 그래서 저는 미라 시신 중 스테판 미라 시신과 애비 윌슨 군 미라 시신을 포함한 10여 구 정도를 남겨 추후 과학적 실험을 할 필요가 있다고 생각합니다."

"하워드 박사님, 의견 감사합니다. 그럼 전미물리학회 회장을 역임하셨고, 현재 펜실베이니아대학 석좌교수인 데니얼 헤르난데스 박사님의 의견을 듣겠습니다."

CIA 부국장이 말했다.

"저는 이번 사건을 지켜보면서 과학자로서 엄청난 자괴감을 느꼈습니다. 과학은 사실상 이번 사건에 아무런 역할도 하지 못했습니다. 한마디로 속수무책이었습니다. 과학은 비과학과의 대결에서 사실상 패배했습니다. 이번 사건을 해결한 것은 악을 거부했던 두 여인이었습니다. 과학자의 한 사람으로서 너무 부끄럽습니다."

"박사님, 너무 자책하지 마십시오. 부끄럽기는 저희도 마찬가집니다."

CIA 국장이 말했다.

"그럼에도 감히 미라 시신 처리에 대한 저의 의견을 말씀드리겠습니다. 저는 모든 미라 시신을 한곳에 모아 영구적으로 완전히 소멸시켜야 한다고 생각합니다. 그리고 그 수단으로 인간이 과학의 힘을 빌려 개발한 가장 가공할 무기인 핵을 사용하는 데 주저하지 말아야 할 것입니다. 저는 이곳에 오기 전 고(故) 네오 박사의 묘역을 참배하였습니다. 훌륭한 과학자였으며, 불굴의 정신력을 보여 준 네오 박사야말로 훌륭한 인간의 표상이라고 생각합니다. 악의 형질로부터 비롯된 미라 시신의 영구적이고도 완전한 소멸만이 고(故) 네오 박사에게 부끄럽지 않은 일이 될 것입니다."

"헤르난데스 박사님의 의견, 잘 들었습니다. 두 박사님의 의견을 충분히 토의하고 논의하여 채택된 안을 NSC(미국국가안전보장회의)에 올릴 예정입니다. 결정은 NSC에서 할 것입니다."

CIA 부국장이 말했다.

"에드워즈 부국장님, 제게 잠시 발언의 기회를 주시겠습니까? 헤르난데스 박사님의 의견에 이의가 있습니다."

하워드 박사가 말했다.

"좋습니다. 어차피 두 박사님께 한 번씩 마무리 발언 기회를 드릴까 했으니, 겸해서 하시죠."

"먼저 저도 고(故) 네오 박사님을 존경하고 있다는 말씀을 드리고 싶습니다. 그러나 우리는 과학자입니다. 과학의 본령이 무엇이겠습니까? 과학은 현재의 현상을 연구하고 실험함으로써 미래 혹은 가정된 어떤 상황에 만족할 만한 예측을 내놓아 인류의 역사 발전에 기여하는 것입니다. 미라 시신을 연구하자는 것은 미래에 발생할지 모르는 유사한 상황에 대처하자는 의미입니다. 그것은 과학의 책무입니다. 발언 마무리합니다."

"헤르난데스 박사님께서도 발언하시죠."

CIA 국장이 말했다.

"다시 말씀드리겠습니다만, 미라 시신은 악으로부터 비롯되었습니다. 가정된 미래의 악에 대처하기 위해서 악을 연구한다는 것은 안이한 생각입니다. 악의 끈질김을 과소평가해서는 안 됩니다. 이번 보이지 않는 적과의 전쟁에서 과학은 아무런 도움도 주지 못했습니다. 악을 거부하고 악으로부터 미국을 지켜낸 두 여인이 아니었다면 역사의 발전은커녕 역사를 수천 년 후퇴시켜 중세시대보다 더한 암흑의 시대로 되돌아갔을 것입니다. 인간의 이성과 자유가 제한되고, 엎드려 숨죽이며 강요된 믿음으로 악마적 신성을 느껴야 하는 것이 역사의 발전이란 말입니까? 영생의 피는 악마의 피였습니다. 악마의 피는 연구할 하등의 가치가 없습니다. 미라 시신은 남김없이 수거하여 영구적으로, 완전히 소멸시켜야 합니다. 이를 위해 핵을 사용할 것을 강력히 주장합니다."

헤르난데스 박사가 매우 단호한 어조로 말했다.

"두 박사님 말씀, 잘 들었습니다. 의견 청취를 종료합니다."

CIA 국장은 틈을 주지 않고 바로 일어나 두 과학자에게 손을 내밀었다.

이후 CIA는 두 시간 동안의 내부 회의를 거쳐 헤르난데스 박사의 의견을 반영한 미라 시신 처리안을 NSC 보고안으로 확정하였다.

그날 오후 8시에 소집되어 펜타곤 지하 벙커에서 개최된 NSC(국가안전보장회의)에서는 CIA가 제출한 안을 만장일치로 채택하여 대통령실로 송부했다.

다음 날 오전 10시, 미국 대통령은 NSC 확정안을 재가했다.

악의 소굴이었던 지하궁전으로 특수부대원 200명이 투입되었다. 특수부대원들은 궁전 바닥에 폭탄을 이용하여 반경 16피트의 구덩이를 만든 후, 모든 미라 시신을 구덩이에 차곡차곡 집어넣었다. 그런 다음 기폭장치를 단 B83 핵폭탄 3기를 시신 위에 얹었다. 이 장면은 미군 수뇌부들과 CIA 수뇌부들이 각기 다른 장소에서 영상을 통해 고스란히 지켜보고 있었다.

모든 특수부대원이 철수하고 10분이 경과했을 때, 핵폭탄이 원격 폭파됐다. 건국 이래 최초로 미국 본토 내에서 핵이 폭발하는 순간이었다.

초강력한 B83 핵폭탄 3기가 동시에 폭발하는 위력은 엄청났다. 이누맘이 초능력을 이용해 구축해 놓았던 지하궁전은 흔적도 없이 무너져 내렸고, 반경 300피트에 깊이 1.5마일의 구덩이가 블랙홀처럼 생겨났다. 이로 인해 발생한 지진은 몬타나주 진도 3.8, 아이다호주 진도 3.6, 유다주와 콜로라도주가 진도 3.0, 네브래스키주가 진도 2.4, 사우스다코다주가 진도 2.2 그리고 멀리 오리건주에서도 진도 1.8의 지진이 발생하였다.

11월 17일 오전 11시 55분. 미국 대통령은 백악관 프리핑룸에서 '보이지 않는 적'과의 전쟁 종료를 선언했다.

미국을 구한 두 영웅 줄리아 정과 에밀리 윌리엄스에게 미국 최고의 훈장인 '메달오브아너'를 수여하는 날.

음악이 흐르는 가운데 백악관 앞뜰에 마련된 단상 위에는 미 대통령과 부통령, 모든 각료가 차례로 앉았다. 단상 아래에는 백악관이 특별히 초청한 200여 명의 참전용사와 애국시민들이 엄숙한 자세로 앉아 있었다.

오전 9시 30분, 검은색 리무진이 백악관 경내로 들어왔다는 소식이 전해지자 취재 라인 밖에서 대기하던 취재진이 분주히 움직이기 시작했다. 영웅들을 맞이하기 위해 미 대통령이 직접 자리에서 일어나 단상 아래로 내려왔다. 잠시 후, 리무진이 모습을 드러내더니 대통령 앞에 정차했다. 오른쪽 뒷문이 열렸고, 에밀리 윌리엄스가 모습을 드러냈다. 애국시민들의 박수가 함성처럼 쏟아졌고, 대기하고 있던 대통령이 에밀리 윌리엄스에게 거수경례를 했다. 취재진의 카메라와 사진기가 쉴 새 없이 작동되는 가운데 백악관 비서실장의 안내를 받은 에밀리 윌리엄스는 맞은편 문에서 내린 아들 폴의 손을 잡고 걸어갔다. 단상 중앙 양옆에 비어 있는 두 자리 중 하나에 착석할 줄 알았던 에밀리 윌리엄스는 예상 밖으로 경내 정원 쪽으로 걸어갔다. 훈장을 수여받기 전에 줄리아 정과 먼저 만남의 시간을 갖고 싶다는 그녀의 특별한 요청 때문이었다.

　잠시 후, "와!" 하는 엄청난 함성과 함께 우레와 같은 박수 소리가 들리더니 줄리아 정이 모습을 드러냈다. 대통령이 줄리아 정에게 거수경례를 했다. 줄리아 정은 뒷좌석에서 내린 아버지와 어머니 사이에 서서 나란히 걸었다. 의전 요원들이 줄리아 정을 에밀리 윌리엄스에게로 안내했다.

　줄리아 정과 에밀리 윌리엄스의 식전 만남은 백악관 정원 가문비나무 아래에서 이루어졌다.

　"줄리아 씨!"

　먼저 와서 앉아 있던 에밀리 윌리엄스가 줄리아 정을 발견하고 달려 나왔다.

　"언니!"

　줄리아 정이 마주 달렸다.

　두 여인은 누가 먼저랄 것도 없이 서로를 부둥켜안고 울기 시작했다. 두 여인의 울음은 5분간 계속됐다.

다음 날, 두 여인이 부둥켜안고 우는 사진이 미국의 모든 일간지의 일면을 장식했다.

이후 1주일간 미국의 모든 언론은 두 여인에 관한 영웅담과 특집 기사를 경쟁하듯 보도했다. 하지만 두 여인이 5분간 그처럼 서럽게 울었던 눈물의 의미를 제대로 조명하는 언론은 없었다.

영웅이 된 그녀들은 왜 울었을까?

어쩔 수 없는 운명의 굴레 속에서 유실해 버린 그녀들의 평범한 일상생활, 그 속에서 누려야 할 소박한 행복에 대한 그리움 때문이 아니었을까?

이 소설은 고대에 일어났음직한 어떤 사건을 현재로 끌어 와 소설화한

것이다. 그래서 소설 속 또 다른 소설인 <이누맘님의 신성에 관한

이해> 부분이 핵심이며 사건을 풀 수 있는 키다. 나로서는 최선을 다한

소설이다. 이 소설의 평가를 독자들께 맡긴다.

2025년 3월 1일
저자 김교협

보이지 않고 행사하지 않는 신은 죽은 신이다.

신이 되려 한 남자

펴 낸 날 2025년 3월 22일

지 은 이　김교협
펴 낸 이　이기성
기획편집　김정훈, 이지희, 서해주
표지디자인　김정훈
책임마케팅　강보현, 이수영
펴 낸 곳　도서출판 생각나눔
출판등록　제 2018-000288호
주　　소　경기도 고양시 덕양구 청초로 66, 덕은리버워크 B동 1708, 1709호
전　　화　02-325-5100
팩　　스　02-325-5101
홈페이지　www.생각나눔.kr
이 메 일　bookmain@think-book.com

• 책값은 표지 뒷면에 표기되어 있습니다.
　ISBN　　979-11-7048-859-0(03810)